Alexander Heimann

Honolulu

Roman

Edition Erpf
bei Neptun

Von Alexander Heimann
sind bisher in der Edition Erpf bei Neptun als Taschenbuch erschienen:

Lisi
Die Glätterin
Bellevue
Nachtquartier

1. Auflage 1997
Ungekürzte Ausgabe

ISBN 3-256-00159-9

Umschlaggestaltung: Reto Santschi
Gesamtherstellung: Wilhelm Röck, Weinsberg
Printed in Germany

Das Buch

Fritz Prisi sitzt friedlich im Bus, den Walkman über den Ohren. Da hält der Bus mitten auf der Strecke, und zwei lederbemantelte Männer steigen ein. Fahrausweiskontrolle. Fritz Prisi lehnt sich im Sitz zurück, verschränkt die Arme über seiner Jeansjacke und bereitet sich moralisch auf das Tête-à-tête mit den beiden Kontrolleuren vor.

Wie Fritz Prisi es der Beamtenwelt in diesem Land, «in dem man nicht einmal mehr davonrennen konnte», heimzahlt, ist eine äusserst vergnügliche und zugleich spannende Sache. In weiteren Hauptrollen: Murr, der eigentlich Maximilian von Raffenweid heisst, ein Salonaussteiger ist, der bis zum Tag, an dem er Prisi aufgegabelt hat, keine grösseren Sorgen kannte, als seinen Anteil der von Raffenweidschen Millionen irgendwie durchzubringen; Omar Rüdisühli, früher Arbeiter in der Batteriefabrik in Schattenhalb, jetzt sozialdemokratischer Bundesrat und Vorsteher des Militärdepartementes; eine Läuferin des Grand Prix von Bern mit der Startnummer 768.

Der Autor

Alexander Heimann, Jahrgang 1937, lebt als Buchhändler und Schriftsteller in Bern. Romane: Lisi (1980), Die Glätterin (1982), Bellevue (1984), Nachtquartier (1987), Honolulu (1990), Wolfszeit (1993), Dezemberföhn (1996). «Lisi» wurde verfilmt (Lisi und der General), «Die Glätterin» ins Schwedische übersetzt.

Alexander Heimann erhält den Deutschen Krimi-Preis 1997 für sein Werk «Dezemberföhn».

For myself

1

Ich war wieder einmal pleite, und weil dieser Bandit von Mechaniker, der mein Motorrad geflickt hatte, es nur gegen Barbezahlung herausgeben wollte, musste ich auf die Städtischen Verkehrsbetriebe umsteigen.

Und an einem Donnerstagmorgen zwischen sechs und sieben passierte es. Ich sass friedlich im Bus, hatte den Walkman über den Löffeln und lauschte dem neuesten Fallara von George Cotzwood-Balbee. Die angelaufenen Fenster waren undurchsichtig, aber draussen gab es ohnehin nichts zu sehen, denn es herrschte noch Dunkelheit; ab und zu flirrte ein Lichtschein vorbei, damit hatte es sich.

Auch die schlafzimmerbleichen Fahrgäste markierten Eintönigkeit, starrten in sich hinein oder bestenfalls in die Zeitung. Einigen stand die Panik vor dem neuen Tag ins Gesicht geschrieben. Der Bus war so früh am Morgen nicht voll, die meisten hatten Sitzplätze. Als ich einmal die Kopfhörer lüftete, knarrte gerade die müde Stimme des Fahrers im Lautsprecher:

«Attauderstrssss!»

Wahrscheinlich sollte das «Statthalterstrasse» bedeuten, wen kümmerte es schon.

«Warum brüllt der Langweiler da vorne nicht einmal ‹Honolulu› in sein Kaffeesieb?» dachte ich, «das wäre endlich etwas anderes.» Mit dem Zeigefinger schrieb ich «Honolulu» an die beschlagene Scheibe; durch die schwarzen Buchstaben konnte ich die Strasse ausmachen, vorbeiflitzende Automobile, erleuchtete Schaufenster bereits offener Geschäfte, später eine Plakatwand.

Die verdutzten Leute in meiner Nähe machten Augen wie Pflugsräder, versuchten wegzuschauen und kehrten mit ihren Blicken doch immer wieder zu den Buchstaben zurück. Ich wollte mich gerade anschicken, «Arschlöcher» unter «Honolulu» zu schreiben, da hielt der Bus unerwarteterweise mitten auf der Strecke, und zwei lederbemantelte Typen kamen an Bord. Fahrausweiskontrolle, das hatte mir gerade gefehlt.

Männiglich nestelte in Hand- und Busentaschen, eine nervöse Bewegung ging durch die Heerscharen der Frühaufsteher, als wäre der Fuchs in den Hühnerstall eingebrochen. Der Bus befand sich bereits wieder in voller Fahrt, an ein Ausreissen war nicht zu denken. Im Sitz zurücklehnend, verschränkte ich die Arme über meiner Jeansjacke und bereitete mich moralisch auf das Tete-a-tete mit den beiden Spassvögeln vor.

Als sie mit ihrer Kontrolle bei mir anlangten, horchte ich angestrengt in meinen Walkman und schickte den Blick gen Himmel, das heisst gegen das Wagendach, von dem das Plakat einer religiösen Gemeinschaft herunterbaumelte. «Jesus hilft auch dir», stand da in violetter Schrift.

«Das nimmt mich jetzt wunder», dachte ich, und schon tippte mich einer der Beamten an. Ich mimte Erschrecken und riss den Kopfhörer herunter.

«Fahrausweiskontrolle», schnarrte der zartere der beiden und streckte seine halbgeöffnete Hand fordernd aus. Das Imposanteste an ihm war die runde steife Mütze mit zwei Silberstreifen, die ihm, hätten es seine Morcheln von Ohren nicht verhindert, glatt auf die Nase gefallen wäre.

Bereits drehten sich interessierte Gesichter in unsere Richtung. Ich griff in die Tasche. Männiglich glaubte, ich würde den Ausweis zücken, doch ich zauberte nur mein Nastuch hervor und schneuzte mich ausgiebig.

«Sorry, what did you say?» kaute ich dann und blickte den Mann freundlich an.

«Verkaufen Sie uns doch nicht für dumm», antwortete der Kontrolleur lässig, «diese Tricks kennen wir.» Sein Kollege grinste unverschämt.

«What, what...?» stammelte ich, und diesmal war meine Verwirrung nicht mehr gespielt. Die Gelassenheit der Männer machte mich nervös. Hätten sie streitbar reagiert, so wäre ich ihnen die Antwort nicht schuldig geblieben, aber so, wie die mich cool lächelnd behandelten, musste ich ja fast aus dem Konzept geraten. Ich setzte Fragezeichen in die Augen und kehrte die Handflächen nach aussen, zum Zeichen, dass ich nichts verstehen würde.

Die Beamten waren etwas ratlos, englisch parlieren wollte oder konnte offenbar keiner von ihnen. Wer weiss, vielleicht hätten sie von mir abgelassen; aber da mischte sich eines jener perfekten Hausweiber, die schon früh morgens mit Einkaufstaschen samt Wägelchen umherrennen, in unseren Disput ein:

«Der kann so gut Deutsch wie Sie und ich», rief sie von ihrem Sessel aus und plusterte sich dabei auf wie eine Henne, die soeben ein Ei gelegt hat. «Fritz Prisi heisst er, und bezahlt hat der sicher noch nie.»

«Woher wollen Sie das wissen?» fauchte ich, von meinem Sitz steigend, und fiel nun vollends aus der Rolle.

«Sie sind doch genau so einer.»

«Was für einer?» Irgendwie kam mir die Frau jetzt auch bekannt vor; wahrscheinlich eine Nachbarin. Unterdessen hatte der Bus wieder angehalten, neu zugestiegene Passagiere drängten an uns vorbei.

Man habe jetzt genug Zeit versäumt, erklärten die Beamten und versuchten, mich kurzerhand gegen den mittleren Ausstieg zu bugsieren. «Bitte, kommen Sie mit.»

Ich aber widersetzte mich ihnen so lange, bis der Bus wieder anfuhr, und wandte mich bei allem Gestossen- und Gezerrtwerden dem Frauenzimmer zu, das mich verzinkt hatte:

«Warte nur», zischte ich böse. «Warte nur, du dicke, alte Kuh, in der nächsten Nacht werde ich mein Messer so lange an deinen wabbeligen Hinterbacken wetzen, bis du aus lauter Herrje rückwärts an der Decke umherkletterst.»

Der Bus steuerte bereits die nächste Station an, hielt.

«Hört ihr das?» kreischte die Frau ausser sich und keuchte schwer. Zum erstenmal wurde mir klar, was mit «wogendem Busen» gemeint ist. «Hört ihr das? So etwas läuft frei herum, und die Scheibe hat er auch verschmiert mit seinem blöden Geschreibsel.»

«Was fällt Ihnen ein?» schrie mich der schmächtige Kontrolleur mit dem zu grossen Hut an. «Was Sie da von sich geben, ist eine Frechheit. Raus mit Ihnen!»

«Raus!» brüllte auch der andere; nun wurde ich unsanft angepackt, von Freundlichkeit war keine Spur mehr. Es war eine Frage der Zeit, und diverse Passagiere hätten sich erhoben und mitgeholfen, mich aus dem Wagen zu prügeln. Darum liess ich mich sozusagen freiwillig zur Tür drängen.

«Nichtsnutz», raunte es um mich herum, «Punker, elender..., die sollte man doch alle..., besoffen, schon am Morgen früh...» Von ferne grüsste das Jesus-Plakat.

«Alles Lug und Trug», sagte ich mir, dann erhielt ich einen unsanften Stoss von hinten, stolperte zwischen zu- und wieder aufklappenden Türhälften über das Trittbrett, verwickelte mich dabei im Kabel vom Walkman, erhängte mich bei einem Haar und machte endlich eine Bruchlandung auf dem Pflaster vor dem Bushäuschen. Die Herren Kontrolleure, die Hüte auf Sturm, waren mir gefolgt. Einer von ihnen riss mich hoch, für einen Augenblick machte es den Anschein, als wollte er mich ohrfeigen, aber er beherrschte sich, wie es sich für einen Beamten gehört.

«Benehmen Sie sich doch wie ein zivilisierter Mensch», versuchte er mir zuzureden. «Wir brauchen nichts als Ihre Adresse; oder noch besser, Sie bezahlen gleich jetzt.»

Hier waren wir wenigstens unter uns. Die eben noch wartenden Leute hatte der Bus mitgenommen. Auf der andern Strassenseite gab es ein langgezogenes Fabrikgebäude sowie einige Bienenstöcke von Wohnblöcken, in deren Waben das Licht brannte. Hinter dem Bushäuschen verlor sich ein brachliegendes Feld im Finstern.

«Ich habe kein Geld», knurrte ich, «und so behandeln lasse ich mich auch nicht.»

«Ausgerechnet Sie müssen etwas von behandeln sagen», wurde ich zurechtgewiesen. «Los, geben Sie Ihre Adresse an; dass Sie Fritz Prisi heissen, wissen wir bereits.»

«Ich heisse überhaupt nicht Fritz und Prisi schon gar nicht», maulte ich, «und wo ich wohne, geht euch einen Dreck an.»

«Jetzt reicht es aber», ereiferten sich beide gleichzeitig. Einer griff erneut nach meinem Arm, der andere zerrte ein Funkgerät hervor, sprach Zahlen und geheimnisvolle Worte hinein.

Die Beamtenwut der beiden beschwingte mich, machte mich scharf auf weitere Wortgefechte: «Richtig, jetzt reicht es», rief ich, «Finger weg, hören Sie.»

«So nehmen Sie doch Vernunft an», bat der mit dem Funkgerät.

«Gar nicht nehme ich Vernunft an», zeterte ich. «Was wollt ihr eigentlich von mir? Bezahlen kann ich nicht, mein Name ist Hase, und Adresse habe ich keine, also!»

«Das geht doch nicht so.»

«Was geht nicht so? Noch einmal, was wollt ihr tun? Mich fesseln? Versucht es doch. Wollt ihr auf mich schiessen?»

«So hören Sie doch», weinten die Beamten im Chor. Ich wollte gerade erklären, wie gut ich höre, da schlich ein Streifenwagen der Polente heran. Mir fielen beinahe die Augen aus dem Kopf. War das Zufall, oder standen die mit ihrem Funkgerät direkt mit der Fliegenden in Kontakt? Ich wusste es nicht. Hingegen wusste ich, dass ich handeln musste, und zwar rasch. Nachträglich kam mir doch noch die höhere Gewalt zu Hilfe: «Honolulu!» schrie ich völlig zusammenhanglos und wies mit ausgestrecktem Arm gegen die Wohnblöcke. Dieser miese Trick lenkte die beiden tatsächlich für ein paar Sekundenbruchteile ab. Ich vollzog einen

Blitzstart, schlug einen Haken um das Bushäuschen und floh in die Dunkelheit, die so dunkel auch wieder nicht war, denn das verflixte Tageslicht begann aus allen Ecken herankriechen.

2

Mit eingezogenem Dach rannte ich querfeldein, hoffend, im noch vorhandenen Rest der Nacht verschwinden zu können; aber es war wie bei einer Fata Morgana, jedesmal wenn ich glaubte, die Grenze zwischen Hell und Dunkel erreicht zu haben, befand sich der schwarze Vorhang wieder ein paar Meter vor mir.

Auch ohne mich umzudrehen, wusste ich, dass sie hinter mir her waren. Zwar machten sie keinen Lärm, dennoch merkte ich ihre Nähe, fühlte ihren keuchenden Atem an meinem Nackenhaar.

Mir selber ging die Puste aus, bevor ich zweihundert Meter weit gekommen war, und die Beine wollten sich nicht mehr bewegen. Es dünkte mich, als würde ich ein Laufband in falscher Richtung angehen, ich kam überhaupt nicht vom Fleck. Ich hatte in meinem Leben noch nicht oft pressiert, und sportliche Betätigung bedeutete für mich die Hölle. Zurücklehnen, locker ausschnaufen und jede Fahrgelegenheit benützen war schon immer meine Devise gewesen, das rächte sich jetzt.

Das Feld vor mir schien sich endlos auszudehnen, und es dauerte ewig, bis endlich die Umrisse eines überwachsenen Schutthügels auftauchten, der im Flachen stand – wie ein grosser Gugelhopf auf der Platte. In der Absicht, das Hindernis zu umgehen, um mich so den Blicken meiner Verfolger für einen Moment zu entziehen, mobilisierte ich meine letzten Kräfte.

Hinter der ersten Erhebung erschien eine zweite, ich sah mich schon mit meinen Verfolgern Verstecken spielen um die Hügel herum, da entdeckte ich zu meiner Rechten einen kleinen, gedeckten Lastwagen mit offener Rückseite, der einsam dastand. Ohne nur eine Sekunde zu überlegen, stürmte ich darauf zu, schwang mich auf die Ladebrücke und legte mich flach auf den Bauch. Es roch nach Erde und verfaultem Gemüse, vielleicht gehörte der Wagen einem Gärtner oder einem Landwirt, was wusste ich.

In meinen Ohren rauschte ein ganzes Meer, und der Puls schlug so stark, dass darob das ganze Vehikel zitterte. Sobald das schlimmste Herzklopfen nachliess und meine durchgeschüttelte Hirnmasse sich zu sammeln begann, dämmerte mir, dass ich ein grosser Trottel war. Wenn bei meinen Verfolgern nämlich die gewiss nicht abstruse Idee einfahren sollte, im Lastwagen nach mir zu suchen, sass ich hundertprozentig in der Falle. Auch der Gedanke an den Fahrzeugbesitzer, der jeden Moment aufkreuzen konnte, um entweder abzufahren oder, noch schlimmer, seine Ware aufzuladen, war alles andere als sympathisch.

Aber nichts dergleichen geschah. Ich hob den Kopf und lauschte; draussen blieb es still, keine laufenden Schritte waren zu vernehmen, kein Bauer begann Kartoffelsäcke zu verfrachten. Hatte ich mir womöglich alles eingebildet, waren die mir gar nicht nachgelaufen? Waren die einfach beim Bushäuschen stehen geblieben, hatten die Achseln gezuckt oder sich gar die Bäuche gehalten vor Lachen wegen dem ulkigen Schwarzfahrer, der Hals über Kopf geflohen war?

Ausser der Kälte, die sich langsam bemerkbar machte, weil ich mich nicht mehr bewegte, stiegen Scham und Bitterkeit in mir hoch. Wie kam ich, Fritz Prisi, Einwohner von Bümpliz bei Bern, dazu, mich dermassen zu blamieren? Anstatt im geheizten Bus zu sitzen und an einem geregelten Tagesablauf teilzuhaben, lag ich in diesem muffigen, finsteren Versteck und wagte kaum, mich zu bewegen, geschweige denn, aufrecht davonzuschreiten wie ein normaler Mensch. Wieder einmal ging mir auf, was für ein armes Schwein ich doch eigentlich war.

Einen elenden Punker hatten sie mich genannt. Was hiess da schon Punker? Ich war weit davon entfernt, ein solcher zu sein; trug keinen orangen Hahnenkamm, keine Ohrenklips und keinen Nasenring, keine Hakenkreuzbroschen und keine spangenverzierte Lederhose, hinten auf meiner Jeansjacke befand sich nicht einmal ein Schmetterling. Ich gab mich ein wenig ausgeflippt, ein wenig verkommen, das war aber auch alles. Ich fand das hiesige Punkertum ohnehin lächerlich, geradezu spiessig. Da schlüpften ein paar Bürgerssöhne und -töchter in sackhässliche Gewänder, machten gross auf Individualismus und uniformierten sich dabei schlimmer als Blasmusikkadetten, inhalierten ihren Shit, übten stechende Blicke, in der festen Überzeugung, jedermann fürchte sich vor ihnen. Die sollten sich einmal im Ausland umsehen, dort eine Nase voll nehmen.

Als ich gerade einmal etwas Geld flüssig hatte, war ich nach London getrampt. Dort hatte ich vielleicht Figuren angetroffen, gute Nacht. Unverhofft war ich in eine Rotte von unzähligen Punkern geraten; der jüngste war ein tätowiertes Baby gewesen, der älteste musste mindestens hundert Jahre auf dem Buckel gehabt haben. Der riesige Platz war voll gewesen, bis an den Horizont hatte man nichts anderes als Punker gesehen, ihre Haarschöpfe hatten in sämtlichen Farben geleuchtet, und alles hatte einen wahnsinnig echten Eindruck gemacht.

Langsam begann es mich im Kreuz zu zwicken, im Arm, der unter meinem Brustkorb eingeklemmt war. Draussen blieb es ruhig. Ich legte mich auf die Seite, krümmte mich zusammen und stützte mit der linken Hand den Kopf. Im Augenblick, wo ich mich bewegte, stieg mir auch der Modergeruch wieder in die Nasenlöcher. Ich sei besoffen, hatten sie mir nachgerufen. Dabei trank ich grundsätzlich keinen Alkohol; das hatte mein Alter zur Genüge getan, so lange, bis die ganze Familie ruiniert war und er an Schnaps krepierte, wenigstens indirekt. Besonders prächtig ging es bei uns zu Hause ja nie. Unsere alten Herrschaften lagen sich dauernd in den Haaren, und meine Schwester flog aus der achten Klasse, weil sie dem Lehrer das Schulreisegeld aus dem Pult gestohlen hatte. Ich selber mauserte mich mehr schlecht als recht von einer Klasse zur andern, das einzige, was ich aus dem Effeff konnte, war das Aufsatzschreiben. Wusste der Teufel, woher ich dieses Talent hatte, selbst die schlimmsten Pauker gerieten wegen meinen Schreibkünsten aus dem Häuschen.

Ich hob den Kopf und lauschte: In der Ferne hörte ich menschliche Stimmen, eine zuschlagende Autotür, einen auflheulenden Motor, dann war es wieder ruhig.

Mein Vater war durch Fremdverschulden verunglückt. An einem gewöhnlichen Novembermorgen turnte er in der Gerechtigkeitsgasse auf einem fahrbaren Gerüst umher und reinigte die Fenster eines im ersten Stock gelegenen Büros. Während er oben im Schweisse seines Angesichts sein Brot verdiente, stieg unten eine schicke Dame aus dem Mercedes mit Chauffeur, band ihren Dobermann am Gerüst an und verschwand in einem Delikatessengeschäft. Als sie mit einem weissen Päckchen am kleinen Finger wiederkam, tat der Köter einen Freudensprung und brachte das Gerüst so arg ins Wanken, dass mein Vater samt Wassereimer und Schwamm in die Gasse hinunterstürzte und sich dabei sämtliche Knochen brach. Irgendwie schlosserten sie ihn wieder zusammen, aber körperliche Arbeit konnte er vergessen, und etwas Geistiges, ausser saufen, brachte er ohnehin nicht fertig. Er wurde mit einer honorablen Invalidenrente abgefunden.

Die Rente erwies sich zu Beginn als Glücksfall, wurde aber mit der Zeit meinem Vater zum Verhängnis. Er sass von früh bis spät zu Hause, stierte in den Fernsehkasten und bejammerte sein Schicksal, mit dem er seinen gesteigerten Alkoholkonsum rechtfertigte. Es wurde immer schlimmer mit ihm, zuletzt soff er sich nur noch von einem Katzenjammer zum andern und drohte mit Selbstmord.

Meine Mutter arbeitete damals als Verkäuferin in der EPA, die missratene Schwester brannte, kaum mündig geworden, mit einem rauschgiftsüchtigen Sozialarbeiter durch, während ich selber im Magazin einer Fabrik für schwimmende Plastiktiere tätig war.

An einem sonnigen Juniabend kam ich nach der Arbeit wie gewohnt nach Hause. Bereits im Treppenhaus unserer Mietskaserne beschlich mich ein beklemmendes Gefühl. In der Wohnung waren trotz des schönen Wetters die Vorhänge gezogen, und gedämpftes Licht verbreitete einen trügerischen Schein; es kam mir vor, als wären meine Alten den ganzen Tag nicht aus den Federn gekrochen. Die Mutter kam normalerweise später als ich nach Hause. Der Vater hielt sich meistens, wie bereits angetönt, vor der Flimmerkiste im Wohnzimmer auf. Aus eben diesem Zimmer drang das aufgeregte und anhaltende Gezwitscher des Kanarienvogels. Auf dem Läufer im Korridor machten sich grosse Flecken breit, die es am Morgen bestimmt noch nicht gegeben hatte, und auch die Wände waren verschmiert. Wegen der diffusen Beleuchtung fiel mir erst beim näheren Hinschauen auf, dass es sich um Blut handelte. Ich rief nach meinem Vater, und als keine Antwort kam, ging ich in die Wohnstube. Zuerst donnerte ich den blöden Vogel zusammen, bis er den Kopf zu seinem gefiederten Hintern herausstreckte. Hier befanden sich ebenfalls Blutflecken, und als ich in der Küche nachschaute, war auch hier alles verspritzt; es sah aus wie in einer Metzgerei.

Endlich stiess ich im Badezimmer auf meinen Vater. Bäuchlings, nur mit der Pyjamahose bekleidet, lag er in einer dunklen Lache, den Kopf neben der WC-Schüssel. Aus dem Handgelenk sickerte immer noch Blut. Das Tranchiermesser war ihm auf den Steinboden gefallen, der Wasserhahn über der Wanne tropfte in regelmässigen Abständen. Über allem lag ein penetranter, süsslicher Geruch.

Mir kam das Mittagessen hoch, mein Körper wurde von Millionen von Ameisen heimgesucht. Ich krächzte vor Entsetzen, dann torkelte ich aus der Wohnung; ich wollte von allem nichts wissen, wollte nicht dabei sein, wenn meine Mutter nach Hause kam.

Aber auf dem Vorplatz, zwischen Blumenrabatten und Teppichstangen, lief ich ihr natürlich prompt in die Arme. Sie starrte mich an, als wäre ich direkt vom Mond gefallen, und merkte sofort, dass etwas nicht stimmte. Sie stiess mich zur Seite und stürmte mit ihren beiden Einkaufstaschen ins Haus. Mir wäre es idiotisch vorgekommen, meine Flucht fortzusetzen, wozu auch? Es gab gar keine andere Möglichkeit, als meiner Mutter zu folgen. Mit einer Zielsicherheit ohnegleichen rannte sie ins Badezimmer, als wüsste sie genau, wo sie der Katastrophe am ehesten begegnen würde. Sie warf einen einzigen Blick auf die Bescherung und raste zum Telefon in der Wohnstube.

«Was hat die Arnbulanz für eine Nummer?» rief sie, «ist es die hundertsiebzehn?» Und dann, während sie bereits die Wählscheibe drehte: «Nimm das Paket Fischstäbchen aus der Tasche und leg's in den Kühlschrank, sonst taut alles auf.»

«Was willst du mit dieser verdammten Ambulanz», brüllte ich. «Das hat doch keinen Zweck mehr, der ist hinüber, verstehst du.»

Sie hatte aber bereits telefoniert, warf den Hörer auf die Gabel und plumpste schwer atmend in den nächsten Sessel. Am ganzen Körper zitternd stand ich vor ihr; vielleicht hätte ich etwas sagen sollen, aber ich war nicht einmal fähig, sie anzuschauen. Irgendwann schlug die Wanduhr langsam sechs, und der Kanarienvogel begann wieder mit seinem hysterischen Gezwitscher.

«Wie das aussieht», sagte meine Mutter, «wenn er wenigstens von Anfang an ins Badezimmer gegangen wäre.»

Meine verkrampfte Stellung auf der Lastwagenbrücke wurde immer unbequemer, dazu fror ich erbärmlich, lange würde ich es in meinem Versteck nicht mehr aushalten. Aber die Erinnerung an den abscheulichen Tod meines alten Herrn raubte mir jede Kraft.

Ich war mir damals nicht bewusst gewesen, was meine Mutter am Telefon gesagt, ob sie den Selbstmord angetönt hatte. Jedenfalls trafen Ambulanz und Polizei fast gleichzeitig ein. Während die Sanitäter im Bad rumorten, kamen zwei Polizisten zu uns in die Stube und inszenierten ihre Sternstunde. Ohne jede Einleitung begannen sie meine Mutter und mich in einer Art auszuquetschen, dass wir uns sogleich schuldig vorkamen, obgleich wir am Ableben des Vaters höchstens indirekt, das heisst moralisch beteiligt gewesen waren.

Diese beiden Aufschneider rochen wohl eine Sensation, trampelten durch die ganze Wohnung und taten wichtig; dass sie uns nicht noch die Fingerabdrücke nahmen, war ein Wunder.

Wir kochten beide vor Empörung, aber der erlittene Schock lähmte uns; wir waren kaum in der Lage, auch nur mit Ja oder Nein zu antworten. Seit langem empfand ich wieder einmal so etwas wie Sympathie für meine alte Dame. Das war ja der Gipfel, wie man sie, an sich eine rechtschaffene Frau, behandelte. Ihr ging es mit mir wahrscheinlich ähnlich. Auf dubiose Art und Weise hatten die beiden erfahren, dass ich aus dem Haus gerannt war, und daran wollten sie mich aufhängen.

Da löste sich die Starrheit von meiner Mutter, und sie sagte den Polypen ihre Meinung:

«Seid ihr eigentlich nicht ganz bei Trost? Wozu hackt ihr auf dem armen Jungen herum, das sieht ja wohl ein Blinder, dass es Selbstmord war.»

«Wir tun nur unsere Pflicht», grunzte der eine, und dann ging es in derselben Tonart weiter: Ob die und die Schnapsflaschen schon heute morgen leer gewesen seien, warum ich nicht versucht hätte, Erste Hilfe zu leisten, ob ich zur normalen Zeit nach Hause gekommen sei, wozu über meinem Bett ein Dolch hange – und immer wieder, wieso ich weggerannt sei, anstatt Hilfe zu holen.

Meiner Mutter wollten sie unbedingt einreden, dass irgendwo ein Abschiedsbrief liegen müsse, ohne einen solchen geschrieben zu haben, scheide kein Mensch freiwillig aus dem Leben. Dann hatten sie tatsächlich die Stirn, sie nach einem möglichen Liebhaber auszufragen. Nachher machten sie ein Theater, weil ich mich nicht mehr erinnern konnte, ob bei meinem Nachhausekommen die Wohnungstür abgeschlossen gewesen war oder nicht. Endlich kamen sie auf die geniale Idee, sämtliche Fenster und andere Löcher nach verkappten Einstiegsmöglichkeiten zu überprüfen, dann verpissten sie sich, nicht ohne vorher noch darauf hinzuweisen, dass der Fall noch nicht abgeschlossen sei und wir nirgends hin verreisen dürften.

Die Sanitäter waren etwas rücksichtsvoller. Einer von ihnen kam in die Stube, meldete sich leise ab und sagte, dass wir nicht erschrecken sollten, denn es könnte ein Gepolter geben, wenn sie den Sarg hinausmanövrierten. Ein paar Minuten nach den Bullen dampften sie ab, samt Leiche und dem Quacksalber, der den Totenschein ausgestellt hatte, und liessen uns mit unserem Elend und der ganzen Schweinerei allein. Irgendwann waren die Vorhänge zurückgezogen worden, die goldene Abendsonne schien voll in die Stube und machte die Blutflecken an den Wänden noch deutlicher sichtbar als vorher.

Und jetzt lag ich hier in Kälte und Mief auf dem Bauch, verfolgt und wie zertreten, noch bevor der Tag richtig begonnen hatte, gebeutelt von widerwärtigen Erinnerungen und wieder einmal zur Sau gemacht von diesen gottverdammten Scheissbeamten, angepöbelt von sogenannt ehrbaren Bürgern; und den halben Walkman hatte ich auch verloren.

Ich löste mich von der harten Unterlage, kroch auf allen vieren zum Wagenende und schnüffelte unter dem Verdeck hervor. Unterdessen war es heller geworden; ich sah kein Bein weit und breit, nur am Ende des Feldes hinter den Schutthügeln, wo ich hergekommen war, rollte der Verkehr.

Mit steifen Gliedern kletterte ich vom Lastwagen und sah mich zur Sicherheit noch einmal um. Offenbar drohte mir tatsächlich keine Gefahr mehr; dennoch war meine Lage beschissen. Ich befand mich kilometerweit von der Stadt entfernt, und einen Bus konnte ich, wenigstens heute, nicht mehr benützen. Ich musste meinen Arbeitsplatz wohl oder übel zu Fuss anpeilen, und dort würde ich wegen meinem Zuspätkommen bestimmt angepfiffen werden.

Grimmig blickte ich gegen die Beamtenstadt Bern, über der ein gelbes Stück Schweizer Käse von Mond im bleichen Morgenhimmel hing, knirschte mit den Zähnen und schüttelte die erhobene Faust:

«Wartet nur», knurrte ich, «wartet nur, euch werde ich es noch heimzahlen.»

3

Am selben Abend suchte ich meinen Freund Murr auf. Zwar wohnte er in meiner Nähe, aber einen Fussmarsch quer durch das ganze Quartier wollte ich mir dennoch nicht zumuten. Da ich bekanntlich ohne mein Motorrad auskommen musste, stieg ich auf das Rollbrett um und schlängelte mich mit gerecktem Kinn durch die wegen dem unfreundlichen Februarwetter eingemummten Fussgänger.

Doch leider machten sich auch hier mangelnde Kondition und fehlende Übung bemerkbar; dazu vermisste ich meinen Walkman, der mir jeweilen den nötigen Rollbrettschwung verliehen hatte. Als ich elegant vom Trottoirrand springen wollte, schlug es mich auf den Sack. Unter den schadenfrohen Blicken braver Bürger rappelte ich mich hoch und klemmte das Rollbrett, das ich am liebsten dem nächsten an den Kopf geworfen hätte, unter den Arm und trollte mich.

Während ich nun endgültig zu Fuss weiterzottelte, beruhigte ich mich soweit, dass ich wieder einige klare Gedanken fassen konnte. Unter anderem rief ich mir in Erinnerung, wie ich zu meinem Freund Murr gekommen war:

Kurz nachdem mein alter Herr das Zeitliche gesegnet hatte, ging ich dazu über, mich mittags ambulant zu verpflegen. Das hiess, ich beehrte jeweilen einen bestimmten Supermarkt mit meinem Besuch und sah mich namentlich in der Lebensmittelabteilung um. Brötchen, Cervelat, manchmal auch ein Stück Käse oder ein Paket Aufschnitt waren im Hui ausgelesen; dann schob ich den Einkaufswagen auf das nach oben führende Laufband und liess mich gemütlich in den ersten Stock befördern. Während der Fahrt stopfte ich mir im Rücken der Mitreisenden in den Schlund, was hineinging. Oben angekommen, liess ich den Wagen samt leeren und halbleeren Lebensmittelhüllen unauffällig stehen und verfügte mich still vergnügt kauend wieder nach unten. Bei den Kassen stolzierte ich mit leeren Händen und Taschen hinter der wartenden Menschenschlange vorbei, nicht ohne jedesmal den Kassedamen freundlich zuzunicken.

Das spielte sich hervorragend ein, bis zu jenem unheilvollen Tag, an dem mir ein weissbekittelter Unterhund nachstach:

«Sie haben geklaut», bellte er und vertrat mir den Weg.

«Wie kommen Sie eigentlich dazu, eine solche Frechheit

von sich zu geben?» fuhr ich ihn an. «Durchsuchen Sie mich doch, wenn es Ihnen Spass macht.»

«Unnötig», konterte er und kam mir gefährlich nahe. «Unsere automatische Überwachung funktioniert einwandfrei, die Kamera hat Sie erfasst.» Das «erfasst» kam beinahe mit einem ä und mindestens einem Dutzend s heraus.

Die Kamera, an die ich nicht im Traum gedacht hatte, war natürlich eine echte Schwulität, und ich begann mir ernsthaft Gedanken zu machen, wie ich meine Haut retten sollte. Wieder einmal kam es mir am gescheitesten vor, mein Heil in einer nötigen Portion Frechheit zu suchen:

«So fässssen Sie mich in Gottes Namen, wenn ich erfässsst worden bin», spottete ich. «Nur müssen Sie damit rechnen, dass Sie selber auch erfässsst werden, ich bin nämlich...»

Der Abteilungsleiter liess mich gar nicht ausreden, und meine Lage wurde immer penibler.

«Gar nichts sind Sie», kläffte er, «gar nichts sind Sie, überhaupt gar...»

Bevor er mir zum dritten Mal mitteilen konnte, dass ich gar nichts sei, wurde er seinerseits unterbrochen:

«Doch, er ist jemand», sagte ein wohlklingender Bass. «Er ist jemand, eine Testperson nämlich. Entschuldigen Sie, Murr ist mein Name, Direktor Murr.»

Die Stimme kam von einem jungen, kahlköpfigen Mann, der seinen massigen Körper in eine tadellose Schale gezwängt hatte und plötzlich neben uns stand.

«Es ist O.K., Herr Abteilungsleiter», dröhnte er und verzog seine pausbäckige Visage, in der ein schmaler Schnauz stand, zu einem süffisanten Lächeln. «Sie haben richtig reagiert, ich werde Ihr tadelloses Verhalten an geeigneter Stelle zu erwähnen wissen. Der Test ist gelungen, Sie können verfügen.»

Ich war ziemlich platt und brachte nur ein stupides Grinsen zustande. Der Abteilungsleiter war unfähig, etwas zu erwidern, guckte nur dumm aus der Wäsche und verwarf die Pfoten.

«Kommen Sie», nickte mir der liebenswürdige Herr Direktor Murr zu und deutete mit dem Kopf nach oben. «Wir gehen hinauf, Sie kriegen gleich Ihre Entlöhnung.»

Bei den Kassen waren unterdessen diverse Stockungen entstanden, weil etliche Tippmamsells die Köpfe in unsere Richtung drehten, anstatt sich um die Kunden zu kümmern. Der Unterhund war offenbar zur Besinnung gekommen und traf Anstalten, uns nachzusetzen. Aber noch ehe er bis zu uns vordrang, schob mich Herr Murr rasch durch den Ausgang, innert Sekunden waren wir in der auf der Gasse wogenden Menschenmenge verschwunden.

Herr Murr hatte sein Auto in der Tiefgarage der City-West geparkt, und als wäre es das Selbstverständlichste von der Welt, hängte ich mich an ihn und ging mit.

Sein Wagen, der sich als ein ziemlich heruntergekommener amerikanischer Ford entpuppte, war für mich eine Enttäuschung. Einem Direktor hätte ich eigentlich etwas Nobleres zugetraut. Immerhin anerbot sich Herr Murr, mich nach Hause zu fahren, und so pomadig war ich auch wieder nicht, dass mich diese Klapperkiste gestört hätte.

Während wir in sehr gemächlichem Tempo, das selbst den hinter uns fahrenden Bus zu nervösem Lichtzeichengeben veranlasste, Richtung Bümpliz schaukelten, zündete sich Herr Murr eine Havanna an und brach in ein intervallweises, tief aus der Kehle kommendes Lachen aus, ohne sich um die Autokolonne zu kümmern, die sich hinter uns gebildet hatte. Ich war immer noch verwirrt wegen dem Intermezzo im Supermarkt, und das seltsame Gelächter Murrs sowie seine verkehrsbehindernde Fahrweise machten meine Konfusion nicht kleiner. Langsam war es Zeit, dass ich mir über verschiedenes Klarheit verschaffte. Nur wusste ich in meiner momentanen Verlegenheit nicht recht, wie ich Murr ansprechen sollte. Er schien nur unwesentlich älter zu sein als ich, so dass das «Du» gepasst hätte, aber seine imposante Erscheinung ermunterte mich nicht unbedingt, ihn einfach zu duzen.

«Warum sind Sie mir vorhin zu Hilfe gekommen?» rückte ich ihm auf den Pelz.

Anstatt mir zu antworten, stiess Murr weiterhin sowohl dichte Rauchwolken wie gurgelndes Lachen aus.

«Herr Murr, es muss für Sie einen Grund gegeben haben, mir aus der Patsche zu helfen. Sie sind doch nicht einfach dort hineinspaziert, haben meine prekäre Lage erkannt und sich wegen mir in die Schusslinie begeben. So viel Selbstlosigkeit gibt es heute nicht mehr.»

«Doch», prustete Murr, «doch, gibt es.» Dann ging er auf die Bremse, hinter uns setzte ein furioses Hupkonzert ein.

«Wo wohnst du überhaupt?» erkundigte er sich und deutete mit dem Daumen über die Schulter. «Die dahinten können mich, ich lasse den Schlitten mitten auf der Strasse stehen und gehe zu Fuss weiter, wenn es mir passt.»

Seine pampige Art war ganz nach meinem Sinn, dennoch hätte ich mich lieber wieder frei bewegt.

«Ich kann gut hier aussteigen», deutete ich an, aber er ging nicht darauf ein.

«Ich werde dich selbstverständlich bis vors Loch kutschieren. Also, wohin geht's?»

«Da vorne rechts und nachher noch einmal rechts.»

«Schön, schön.»

«Herr Murr», wurde ich erneut vorstellig, «wollen Sie mir nicht endlich verraten, was das alles zu bedeuten hat?»

«Hör doch mit deinem dämlichen Murr auf», grinste er, «ich könnte mich geradesogut Knurr oder Schnurr nennen; und dann ist dir vielleicht aufgefallen, dass ich dich duze, also...»

Diesmal war ich es, der «schön, schön» sagte.

«Ich heisse Maximilian», fuhr er fort, «Maximilian von Raffenweid, wenn man es genau nimmt. Und du?»

«Fritz Prisi», knurrte ich, «aber warum nennen Sie sich… nennst du dich Murr, wenn du doch ein von Sowieso bist?»

«Vorhin im Supermarkt», schmunzelte er, «musste ich mich doch irgendwie vorstellen. Meinen richtigen Namen wollte ich denen auch nicht gerade auf die Nase binden. Bei den Kassen war tonnenweise Katzenspreu aufgestapelt – hast du sicher gesehen? Auf den Schachteln hat ‹Kater Murr› gestanden, so bin ich eben draufgekommen.»

«Murr», lachte ich, «Murr, Katzenspreu…, das ist Spitze. Du kannst mir mit deinem Maximilian gestohlen werden, ich nenne dich Murr, solange ich lebe.»

Mittlerweile waren wir bei mir angelangt. Murr parkte den Ford neben den Kehrichteimern unseres Blocks akkurat unter dem Anhalteverbot.

«Jetzt weiss ich aber noch immer nicht», bohrte ich weiter, «wieso du mich aus der Misere gezogen hast. Zu deinem Übernamen wärst du auch auf weniger komplizierte Weise gekommen.»

Murr steckte seine Havanna neu in Brand.

«Ich mag den Laden nicht», erklärte Murr, «er ist mir zu gross, zu allgewaltig. Die reissen sich ja vom Toilettenpapier bis zur Kulturförderung alles unter den Nagel und klauen die Ideen der andern. Wenn das Produkt der Konkurrenz Finella heisst, so nennen sie das ihre Spinella oder eben Murr anstatt Knurr. Dauernd entwickeln sie Dinge, die sie gar nicht erfunden haben, und machen die Kleinen kaputt. Eines schönen Tages befehlen sie auch, was wir gefälligst zu fressen haben. Weiss der Himmel, wieso ich heute morgen in diesen Saustall geraten bin. Aber wenn ich schon einmal drin war, konnte ich denen geradesogut ein Schnippchen schlagen, und dieser Sklaventreiber von Abteilungsleiter hatte mir gerade noch gefehlt.»

«Das wusste ich nicht, dass die überall mitmischen», sagte ich, «ich glaubte immer, es handle sich um pure Menschenfreunde.»

«Hast du eine Ahnung», klärte mich Murr auf, «hungrige Wölfe sind es, Diktatoren. In nicht allzu ferner Zeit machen die noch das Wetter, warte nur.»

Alles, was Murr da von sich gab, stiess bei mir auf offene Ohren. Er hatte etwas gegen Supermärkte und ich gegen Beamte.

Je länger ich dann allerdings mit Murr befreundet war, desto öfter fragte ich mich, ob tatsächlich nur sein moralischer Standpunkt Grund für seine Allergie gegen den Grossverteiler war oder ob er nicht viel eher recht handfeste Gründe hatte, dieser Ladenkette die Pest an den Hals zu wünschen. Da war zum Beispiel die Sache mit seinen Strassenkreuzern, die er zu wechseln pflegte wie andere Leute das Hemd. Die längste Zeit hegte ich den Verdacht, dass er im Occasionshandel mitmischte; und gerade in dieser Sparte machte sich, wie mir inzwischen zu Ohren gekommen war, auch der von ihm verpönte Supermarkt stark.

Oder was sein Verhältnis zum andern Geschlecht betraf: Anfänglich glaubte ich beinahe, er sei vom andern Ufer und nur darum scharf auf meine Bekanntschaft. Aber bald kam ich dahinter, dass er die Weiber noch öfter tauschte als die Autos; und einer, der dauernd einen ganzen Harem um sich versammelt hat, gerät leicht in Verdacht, ein verkappter Zuhälter zu sein. Ich wusste auch hier nichts Bestimmtes, aber irgendwie musste er seine Moneten, mit denen er grosszügig um sich warf, verdienen, auch wenn er sich offiziell Kaufmann nannte. Und nun war es eben so, dass sein Supermarkt ebenfalls in die Machenschaften diverser Massagesalons und geheimer Bordelle hineinspukte.

Aber dann merkte ich eines Tages, dass meine Vermutungen nicht stimmten und alles viel banaler war, als ich angenommen hatte. Murr war ganz einfach ein ausgeflipptes Herrensöhnchen, ein Salonaussteiger, der keine grösseren Sorgen kannte, als seinen Anteil der von Raffenweidschen Millionen irgendwie durchzubringen, und sich dabei wahrscheinlich tödlich langweilte – wenigstens bis zu jenem Tag, an dem er mich aufgegabelt hat. Zwar machte er sich über seine Sippschaft andauernd lustig, taxierte sich selber als schwarzes Schaf der Familie, gab sich antikapitalistisch, wann immer es ging, und wetterte daher auch gegen alle Grossunternehmungen und Monopolbetriebe. Aber das alles hinderte ihn nicht daran, auf Kosten des von ihm verschrienen Adels ein angenehmes Leben zu führen; eine Tatsache, die mir den Verkehr mit ihm manchmal nicht eben leichtmachte.

Überhaupt war meine Verbindung mit Freund Murr eine zwielichtige Angelegenheit. Einerseits war er zum Beispiel sehr grosszügig zu mir, bezahlte sündteures Essen und kaufte mir ausgefallene Klamotten; anderseits kommandierte er mich gerne herum und behandelte mich mit einer gewissen Herablassung. Manchmal kam er mir vor wie ein König, der seinen Hofnarren brauchte. Offenbar schätzte er mein, wie er sich ausdrückte, künstlerisches Fluidum, das ihm selber völlig abging, mit dem er sich aber gerne umgab. Bares Geld kriegte ich von ihm selten in die Finger, und wahrscheinlich würde ich heute abend ein langfädiges Lamento anstimmen müssen, um ihn dahinzubringen, mein Motorrad herauszulösen. Aber vorher hatte ich noch eine andere Bitte in petto, die er mir wahrscheinlich kaum abschlagen würde.

Das war eben wieder das Tolle an Murr: seine Hilfsbereitschaft kannte keine Grenzen, besonders dann nicht, wenn es darum ging, irgendein mir verhasstes Pack in die Pfanne zu hauen, oder wenn ich bloss Lust hatte, bei der Allgemeinheit Ärgernis zu erregen. Wie trefflich war es doch zum Beispiel, als wir am hellichten Tag und unter den Augen des Popolos bei den öffentlichen Pipinetten auf dem Waisenhausplatz die Täfelchen mit den Männlein und Weiblein vertauschten. Und wie königlich amüsierten wir uns dann über die Toilettengäste, die teils schockiert, teils verschämt den verquer angepeilten heiligen Hallen entflohen.

Oder welch ein Hochgefühl erfasste uns, als wir den Bussezettel verteilenden Rotkäppchen vorauseilten und zusammengefaltete grüne Papierschnitzel unter die Scheibenwischer der geparkten Autos schmuggelten. Überall, wo die weinrot bedressten Weibsen dann hinkamen, steckte bereits ein Zettel, und wenn sie neugierig und vor allem dumm genug waren, sich einen solchen zu schnappen und interessiert zu lesen, so stand darauf: «Tu tu tu – blöde Kuh!»

Ausgerechnet jetzt sauste ein Polizeifahrzeug vorbei und schreckte mich aus meinen Gedanken hoch. Wenn die sich bewusst gewesen wären, dass sich der grösste Schwarzfahrer Zentraleurasiens in ihrer Griffnähe befand, so hätten sie zweifellos Prioritäten geschaffen und ihre Gangsterjagd vorläufig abgebrochen.

Ich klemmte mein Rollbrett noch fester unter den Arm und begann nun beinahe zu rennen, denn auf einmal zog es mich an allen Haaren zu Freund Murr, und ich konnte es kaum erwarten, ihm mein Vorhaben zu unterbreiten.

4

Murr wohnte in einer aus der ersten Hälfte des Jahrhunderts stammenden Liegenschaft mit Umschwung, die durch die Immobilienabteilung der von Raffenweidschen Unternehmungen kürzlich renoviert worden war.

Der einstige Gemüsegarten und die krummen Blumenbeete hatten exotischen Zwergbäumen sowie einem chemiegrünen Rasen weichen müssen. Im Hause selbst war vor allem das Mansardengeschoss vollständig verändert und in zwei feudale Attikawohnungen umfunktioniert worden.

Eine davon gehörte Murr. In Gesellschaft und wenn er auf dem mondänen Trip war, nannte er seine Behausung Appartement; befand er sich in volkstümlicher Laune, so sprach er bloss von der Bude.

Der nachträglich eingebaute Lift hatte das Format einer Zündholzschachtel; traf man ausnahmsweise mit einer zweiten Person zusammen, so musste man sich eng aneinanderschmiegen, was je nachdem angenehm oder widerwärtig war. Allerdings konnte man Wonne versprechende Situationen kaum ausnützen, denn der Lift sauste mit solch atemberaubendem Tempo nach oben, dass jedes Lustgefühl in von Brechreiz begleitete Panik umschlug. Heute war ich zum Glück allein und konnte ungeniert im Liftspiegel mein vom Schicksal gezeichnetes Zifferblatt betrachten. Der Anblick bereitete mir keine Freude, ich hatte eine gewisse Ähnlichkeit mit einem entwichenen Zuchthäusler. Ich presste das Rollbrett an mich. Es war dieses Jahr bereits mein zweites, das erste hatte man mir direkt vor Murrs Haustüre weggestohlen; darum nahm ich es jetzt immer mit hinauf. Die Welt war eben voll von Gaunern und Schelmen.

Ich läutete an der dunkelblauen, überflüssigerweise mit einem messingenen Klopfer versehenen Wohnungstür. Drinnen erklang nicht etwa das in Mode gekommene Dingdong, sondern eine Art Dreiklanghupe, die stark einem Posthorn ähnelte. Darum läutete ich eigentlich nicht, sondern ich hupte. Nach wenigen Augenblicken schien der Spion in der oberen Türhälfte zu blinzeln, aber wahrscheinlich kam mir das nur so vor. Heute hatte ich eine ganze Ewigkeit zu warten, und als sich die Tür endlich öffnete, stand nicht etwa Murr vor mir. Ein Geschöpf mit schlüsselblumengelber Mähne a la Maggie Tennison drückte sich eilig an mir vorbei und huschte, eine Wolke von Intimspray hinter sich lassend, in den Horrorlift. Da sie die Wohnungstür offengelassen hatte, trat ich ohne weiteres ein.

«He, Murr!» rief ich, «are you here, may I come in?» Von der angelehnten Tür des sogenannten Salons tönte ein unlustiges, aber immerhin zustimmendes Grunzen. Ich watete durch den dicken, mausgrauen Spannteppich quer durch den indirekt beleuchteten Korridor. An den Wänden hingen diverse in grellen Farben gehaltene Kleckserеien, von denen ich nicht wusste, was sie darstellen sollten. Murr wollte sie einem notleidenden Kunstmaler aus Mitleid und als Demonstration gegen die Sippschaft von Raffenweid abgekauft haben. Ob es stimmte, wusste ich nicht. Murr pflegte allen möglichen Leuten unter die Arme zu greifen.

Zur Sicherheit klopfte ich an den Türrahmen vom Salon und streckte die Nase witternd vor. Murr stand am Fenster, blickte in den Abend hinaus und stiess dabei dichte Rauchwolken aus.

«Hi», grüsste er, ohne sich zu bewegen. «Wie geht's, wie steht's?» Es war eine seiner Marotten, einem den Rücken zuzuwenden, während er die ersten Begrüssungsworte sprach. Wahrscheinlich wollte er damit seine Wichtigkeit und seine Überlegenheit demonstrieren.

«Danke für die Nachfrage», knurrte ich, «es geht mir saumässig.»

Murr drehte sich um und nahm die Havanna aus dem Mund. Sein rundes Gesicht war rot wie eine Tomate, zwischen seinen kaum sichtbaren Augenbrauen zeichnete sich eine V-förmige Falte ab, und sein schmales Schnäuzchen bog sich beleidigt nach unten. Etwas schien ihm über die Leber gekrochen zu sein.

«Hast du das blonde Gestrüpp gesehen, das soeben abmarschiert ist?» erkundigte er sich, anstatt weiter nach meinem Befinden zu fragen.

«Nein», log ich. Dass ihn meine moralische Verfassung überhaupt nicht wunderzunehmen schien, machte mich sauer.

«Wollte mich erpressen, das Miststück», erklärte Murr.

«So», sagte ich und tat ihm nun auch nicht den Gefallen, nach dem Grund der Erpressung zu fragen.

«Ja», fuhr er fort, «im letzten Herbst hab ich mit der ein heisses Wochenende in Rüschlikon verbracht. Jetzt behauptet sie, ich hätte ihr damals ein Kind gemacht – dumme Ziege…»

«Wieso in Rüschlikon?» fragte ich.

«Wieso nicht in Rüschlikon?» blaffte er. «Man muss ja nicht unbedingt auf die Bahamas, um sich abzugeilen.»

Ich pflichtete ihm bei, obschon mir Rüschlikon spanisch vorkam. Ich wusste nicht einmal, wo das war.

«An mir ist sie nicht interessiert, nur an meinem verdammten Geld natürlich», fuhr Murr fort. «Aber ich habe ihr klargemacht, wo sie ihre Rubel holen könne; beim Fürsorgeamt nämlich oder bei ihrem Guy, der ihr tatsächlich das Brötchen in den Ofen geschoben hat.»

Die saloppe Ausdrucksweise wollte eigentlich nicht recht zu Murr passen. Offenbar versuchte er damit, sich mir und meinesgleichen anzunähern. Ich fand das lächerlich, denn er traf den richtigen Ton doch nie. Jedenfalls zog ich es vor, wenn er so sprach, wie ihm der Schnabel gewachsen war.

«Nach schwanger hat die nicht ausgesehen», warf ich ein.

«Also hast du sie doch angetroffen?» fragte Murr.

Ich lächelte hintergründig und zog es vor zu schweigen. Auch Murr grinste nur.

«Möchtest du eine Cola?» fragte er unvermittelt. Er hatte sich längst daran gewöhnt, dass ich keinen Alkohol trank, und er hänselte mich deswegen auch nie. Dafür trank er um so mehr, namentlich harte Sachen wie Whisky und dergleichen. Mir war das egal, es waren seine Leber und seine Hirnzellen, die mit der Zeit krepieren würden.

«Eigentlich möchte ich gar nichts», antwortete ich, «zuerst muss ich mir meine Wut vom Halse reden.»

Murr schenkte sich ein honigfarbenes Gesöff in das Glas ein, das bereits auf dem Rauchtischchen stand, und blickte mich fragend an. Ich machte einen Bogen um das ausgestopfte Gnu, das mitten im Salon stand und das Murr von einer Safari in Kenia mit nach Hause geschleppt hatte – weiss der Himmel wozu. Das war auch wieder so ein Spleen von ihm: ein Gnu im Zimmer. Ich war ja völlig ungebildet und verstand von Wohnkultur weder gix noch gax, aber ich hatte Leute schon sagen hören, Murr habe einen Geschmack, der zum Himmel schreie. Ich hütete mich, das Gnu auch nur anzurühren, denn als ich mich ganz im Anfang unserer Bekanntschaft einmal hatte darauf setzen wollen, war er ausnahmsweise rabiat geworden und hatte mir erklärt, wenn ich vor seinen Besitztümern, insbesondere vor den fremdländischen, keinen Respekt hätte, könne ich gleich wieder abfahren.

Ich liess mich in einen der kalbsledernen Klubsessel fallen. Genau wie im Korridor herrschten auch hier interessante Lichtverhältnisse; verschiedene Spotlights zündeten in alle möglichen Richtungen und beleuchteten abwechslungsweise einen Wandbehang mit nackten Weibern, ein mehrbändiges vergoldetes Lexikon, das einsam im mit allerhand Krimskrams gefüllten Büchergestell stand, eine altertümliche Standuhr mit Mammutpendel und eine Zimmerlinde aus Plastik, die geheimnisvolle Schatten auf einen hellen, zugezogenen Vorhang warf. Selbstverständlich wurde auch das Gnu speziell angestrahlt. Das Aquarium hingegen, in dem sich durchsichtige Sardinen in grünem Wasser tummelten, war selbstleuchtend.

«Also», forderte Murr mich auf, «schiess los.» Er nahm mir gegenüber Platz, trank einen Schluck aus seinem Glas und steckte den Stinkbolzen, der inzwischen ausgegangen war, wieder in Brand. Seine schlechte Laune schien wie weggeblasen, offenbar stellte es ihn auf, dass ich ihm mein Herz ausschütten wollte.

Ich verlangte nun doch eine Cola, das mir auch sogleich kredenzt wurde. Anschliessend begann ich mit der Schilderung meines frühmorgendlichen Abenteuers, wobei ich – wenigstens was das Vorgehen der beiden Beamten anbetraf – kräftig übertreiben musste. Murr, dieser Anfänger, unterbrach mich nämlich dauernd und wollte mir weismachen, ich sei vielleicht auch ein wenig im Fehler gewesen. Das hatte mir gerade noch gefehlt: mir von diesem abgetakelten Halbadeligen Moralintröpfchen ins Ohr träufeln zu lassen!

«Nimm du nur diese Beamtenbrut in Schutz», rief ich erbittert, «du wirst deine Meinung auch noch ändern, wenn dich eines Tages solche vierkantigen Arschlöcher anfassen und man dir Punker, Saufbold und andere Artigkeiten nachruft.»

Er nehme überhaupt niemanden in Schutz, widersprach Murr, aber ich müsse doch zugeben, dass mit einem gültigen Billett in der Tasche mir das alles nicht passiert wäre.

«So», zeterte ich, «und mit was soll ich Fahrkarten kaufen, mit Hosenknöpfen vielleicht? Ich habe kein Geld für solche Scherze. Ist es vielleicht mein Fehler, dass der Töff kaputt ist, und ist es mein Fehler, dass der Mechaniker nicht besser spurt? Die zwingen einen ja geradezu, kriminell zu werden.»

«Wer die...», erkundigte sich Murr und mimte Gelassenheit, als wäre er der liebe Gott persönlich.

«Eben die... diese Mechaniker zum Beispiel, die verdienen ohnehin Geld wie Heu. Und den Bus können sie überhaupt mit den Steuern bezahlen, oder die ganze Gesellschaft der Oberbonzen soll meinetwegen einen Millionstel ihres dreckigen Kapitals investieren, damit unsereiner wenigstens gratis zur Arbeit fahren kann. Gondle ich vielleicht zum Vergnügen im Bus umher?» Wütend erhob ich mich aus dem Sessel, am liebsten hätte ich dem Gnu einen Tritt versetzt.

«Wenn du Mammon brauchst, um wieder zu deinem Motorrad zu kommen, so sage es nur», lenkte Murr ein. «Im übrigen fahre ich auch schwarz, ich mache mir einen Sport daraus, keine Fahrtaxen, Parkgebühren und dergleichen zu berappen, nur lasse ich mich nicht erwischen.»

«Das ist eben der Unterschied zwischen dir und mir», sagte ich düster; «du machst dir einen Sport aus dem Bescheissen, und ich tue es aus bitterer Not.»

«Ach, erzähl doch keinen Quatsch», widersprach Murr. «So gross ist deine Not auch nicht. Du bist ein Erzgauner, und ich bin auch einer. Welcher Kaste wir angehören, spielt doch keine Rolle. Ausserdem habe ich dir ja angeboten, den Töff für dich herauszulösen.»

«Thank you, Murr», erwiderte ich. «Es ist schön von dir, dass du dich mit mir in denselben Topf wirfst. Deswegen komme ich gleichwohl nie aus der Bredouille; und ich danke dir auch für dein Angebot wegen dem Töff, vorerst möchte ich dich aber noch um etwas anderes bitten.»

«Um was denn?»

«Du sollst mir helfen.»

«Davon rede ich ja die ganze Zeit.»

«Es ist drum etwas Besonderes.»

«Ja was denn, um Himmels willen?»

«Du sollst mir helfen, Beamte zu verprügeln.»

«Was du nicht sagst», staunte Murr, «wozu soll das gut sein?»

«Es würde mein Gewissen gegenüber den Mitmenschen beruhigen», erläuterte ich, «ich könnte nachher wieder besser schlafen.»

«Und Beamte sind keine Mitmenschen?» erkundige sich Murr und gab sich naiv.

«Beamte sind höchstens Mitesser.»

Murr schmunzelte: «Beamte verprügeln, hm, nicht schlecht.» Er nahm erneut einen Schluck aus seinem Glas, zündete die dämliche Zigarre ein weiteres Mal an und blickte dem Rauch tiefsinnig nach. Anschliessend schüttelte er den Kopf. «Beamte verprügeln», wiederholte er, «nein, das ist eben doch schlecht.»

«Wieso?» erkundigte ich mich.

«Ach, ich weiss nicht», antwortete Murr und lehnte sich in seinen Sessel zurück: «Was nützt es schon, wenn wir ein paar dämlichen Beamten die Fresse polieren. Offen gestanden finde ich unsere Aktionen in letzter Zeit etwas kindisch. Leute an der Nase herumführen und Polizisten verarschen, meinetwegen auch Beamte dressieren, das ist ja alles schön und recht, aber im Grunde genommen führt es zu nichts. Irgendwie setzen wir unsere Talente, unsere Kräfte falsch ein. Beamte verprügeln…, das hat doch weder Hände noch Füsse.»

«Hände und Füsse hat es schon nicht», unterbrach ich ihn, «aber Schädel hat es, Beamtenschädel.»

«Ach komm», wehrte Murr ab, «was willst du auch immer dreinschlagen, das ist doch primitiv.»

Voilà, da hatte man es wieder: Was von mir kam, war grundsätzlich zuerst einmal primitiv. Sicher, ich war ein primitiver Typ, aber deswegen brauchte ich mich noch lange nicht behandeln zu lassen wie den letzten Dreck. Und was Murr anbetraf, so wahnsinnig viel hatte der auch nicht auf der Platte, sonst hätte er nicht ein Gnu mitten im Salon stehen.

«Beamte sind primitiv», insistierte ich, «gegen die kann man nur primitiv vorgehen.»

Er sähe das anders, versuchte mir Murr zuzureden, mit dieser Beamtenklopferei sei weder mir noch andern geholfen, das sei überhaupt keine grosse Tat.

«Was schlägst du denn vor?» fragte ich giftig, «willst du auf deine siebenmalgescheite Art und Weise irgendwie psychologisch vorgehen?»

Murr grinste; wie meistens liess er sich nicht provozieren. «Man sollte einmal etwas Grosses tun», erklärte er sinnend, «etwas, von dem die Leute reden, etwas, das nachher in den Zeitungen steht.»

«Da brauchst du nicht lange zu suchen», erwiderte ich böse, «wenn ihr Adeligen nur einen Furz herauslässt, kommt das nachher in allen Zeitungen.»

«Hör doch endlich auf mit deinen blödsinnigen Adeligen. Du hast einen richtigen Komplex. Ich habe mich ja längst losgesagt von der ganzen Gesellschaft.»

«Da fragt sich nur, wer von uns einen Komplex hat.»

«Sei dem, wie es wolle, wir müssen den Finger hinten herausnehmen und endlich etwas Grosses vollbringen.»

«Zum Beispiel?» Ich nippte an meiner Cola und wartete auf Murrs Antwort. Es war ja immerhin möglich, dass er einen brauchbaren Gedanken äussern würde.

Er nahm sich Zeit, lehnte sich noch tiefer zurück und rauchte, dazwischen schenkte er sich ein neues Glas ein.

Erst jetzt bemerkte ich, dass er als absolute Neuheit einen kleinen Kupferring im linken Ohr hängen hatte, ein untrügliches Zeichen dafür, dass er tatsächlich gedachte, aus den von Raffenweidschen Kreisen auszuscheren, denn welcher echte Blaublütler trug schon Ringe im Ohr?

«Etwas Grosses möchte ich anzetteln», wiederholte Murr endlich, «etwas, das Klasse hat.»

«Ein Ding drehen, sagt man dem», fand ich für nötig zu sagen.

«Genau, ein Ding drehen.»

«Und an was für ein Ding denkst du?»

«Man könnte zum Beispiel eine Bank überfallen, die Bankgesellschaft...»

Der langweilt sich von morgens bis abends, dachte ich bei mir, darum kommt er auf solch gestörte Einfälle. Und laut sagte ich: «Das finde ich nun nicht besonders originell. Banküberfälle finden täglich statt, da steht jedesmal nur ein ganz kleiner Abschnitt in den Zeitungen. Nein, Banküberfälle macht heute jeder.»

Murr wiegte sein Haupt, streifte die Asche von der Zigarre und hüllte sich in Schweigen; aber innerlich schien er mir zuzustimmen.

«Lass uns den Vorstand vom Berner Schützenklub ‹Mein Vaterland› kidnappen, wenn er das nächste Mal tagt», schlug ich vor. «Das wäre nicht nur mutig, weil die natürlich bewaffnet sind bis an die Zähne. Es hätte auch noch den immensen Vorteil, dass vorläufig am Sonntag nicht mehr für nichts und wieder nichts in der Gegend umhergeknallt würde.»

Hier war es nun wieder Murr, der an meinem Vorschlag keinen guten Faden liess: Man habe ja keine Ahnung, wann und wo die tagen würden, ausserdem seien tagende Schützen gar nicht bewaffnet, abgesehen davon bestehe der Vorstand von «Mein Vaterland» aus lauter Spiessern, und wegen denen würde kein Zeitungsreporter auch nur einen Bleistift spitzen, und überhaupt sei das Ganze eine Schnapsidee. Ein Stück weit musste ich Murr recht geben. Die Mission Schützenvorstand kam mir selber auch etwas absonderlich vor. Ich machte weitere Anregungen, blieb aber grundsätzlich bei der Entführung irgendwelcher obskurer Gruppen, kam von den Schützen zur Einsatzzentrale der Schroterei, von der Schroterei zum Ausschuss des Vereins werdender Mütter, nicht zuletzt deswegen, weil man damit vielleicht der Rüschlikoner Braut Murrs eins hätte auswischen können, und endlich von den Müttern zur Verwaltung der Eidgenössischen Militärpferdeanstalt.

5

Murr war dagegen, mit einer ganzen Gruppe anzubinden. Da würden wir zu viele Leute brauchen, befürchtete er; nur wir zwei dürften beteiligt sein, das Risiko sei sonst zu gross. Er würde sich am liebsten nur auf eine, höchstens zwei Personen konzentrieren. Damit hatte er zweifellos recht.

Ich konnte später nicht mehr genau sagen, wer von uns beiden zuerst auf die Idee mit dem Bundesrat gekommen war. Auf einmal geisterte sie im Salon umher, zuerst noch teilweise versteckt hinter dichten, bläulichen Zigarren-Rauchschwaden, die von den Lichtbündeln der diversen Spotlights durchkreuzt wurden.

Natürlich war es ein abstruser Einfall, und natürlich grinsten wir einander an, so als wollten wir sagen: «Es ist zwar Blödsinn, aber es ist amüsant, darüber zu sprechen.» Wie bereits angetönt, mir hätte es genügt, ein paar Beamten das Leder zu gerben, aber da Murr mit etwas Grösserem, Intelligenterem liebäugelte, bitte, an mir sollte es nicht fehlen.

Einen Bundesrat entführen... Eigentlich war es höchste Zeit dazu. Die Bundeshäusler waren ohnehin die überflüssigste Erfindung seit dem Rütlischwur, eines ihrer Oberhäupter zu fällen erschien mir völlig legitim. Je länger ich darüber nachdachte, um so mehr leuchtete mir der Bundesrat ein. Die Verschleppung eines solchen würde zweifellos Furore machen und an den oft zitierten Festungen unseres Staatswesens rütteln. Oh, es war wirklich eine bestechende Idee; es wäre ein Rundumschlag gegen das ganze Beamtentum.

«Murr», rief ich endlich, «wir sind auf dem richtigen Weg. Wir werden einen dieser kreuzfidelen Bundesräte beim Schlafittchen nehmen; das wird uns Ruhm und Ehre über Generationen hinweg einbringen.» Ich hieb dem Gnu vor Begeisterung auf den Pelz, dass schier das Sägemehl aus seinem Kadaver flog.

Murr prostete mir zu. Die zu Beginn noch dreiviertelvolle Flasche war praktisch leer, er musste total besoffen sein, darum wohl konnte er sich mit dieser Entführungsgeschichte anfreunden. Ich selber trank nur einige weitere Colas, aber auch ich kam zünftig in Fahrt, schliesslich kann man sich auch an Ideen besaufen.

«Honolulu!» rief ich frenetisch, «lass uns diese Aktion Honolulu nennen.»

«Wieso Honolulu?» wunderte sich Murr. Wegen seiner schweren Zunge brachte er das Wort kaum heraus.

«Wieso nicht Rüschlikon?» spottete ich. «Muss denn immer alles echt schweizerisch tönen, was mit Bundesräten zu tun hat?»

«Also meinetwegen Honolulu, wenn es dich freut», willigte Murr ein. «Aber sei dir über eines klar: von der geplanten Aktion wissen nur wir beide, das Stichwort Honolulu hat nur für uns zwei Bedeutung. Ich möchte nicht, dass du bei deiner Hippi-Flippi-Anhängerschaft mit der geplanten Aktion hausieren gehst.»

Auf einmal machte ihm die Aussprache keine Mühe mehr. Offenbar war er doch nicht so hinüber, wie ich angenommen hatte. Möglicherweise trank der die ganze Zeit nur kalten Tee und war nüchterner als ich; das verflixte Coca-Cola machte mich nämlich allmählich high.

«Geschenkt», sagte ich giftig, «du brauchst mir keine schlauen Ratschläge zu erteilen. Erstens habe ich in meinem beschissenen Leben zeitig lernen müssen, aufs Maul zu hocken, zweitens weiss ich nicht, was du unter einer Hippi-Flippi-Anhängerschaft verstehst, und drittens sieh nur du zu, dass nicht einer deiner degenerierten Erbonkel rein zufällig von der Geschichte erfährt.»

«O.K., O.K.», näselte Murr, «ich bin nur für saubere Abmachungen, das ist alles; und deine immergrünen Frotzeleien wegen meiner Herkunft kannst du dir auch sparen.»

Nun war die Reihe an mir, «O.K., O.K.» zu sagen. Ich rappelte mich aus meinem Sessel, und da mich die Bandscheiben schmerzten, deutete ich ein paar Kniebeugen an. Murr erhob sich ebenfalls und begann zwischen Gnu und Aquarium auf und ab zu gehen.

«Wie stellst du dir das Ganze eigentlich vor?» nahm ich den Faden wieder auf. «Wir sprechen von dieser Bundesratentführung, als wäre es das reinste Kinderspiel; aber wir können kaum unbehelligt in die Bundeshütte einmarschieren und einfach einen der sieben Tröpfe abservieren.»

«Natürlich nicht», antwortete Murr. Er blieb vor dem Aquarium stehen und betrachtete nachdenklich die bunt schillernden Fische, die nervös umherjuckten. «Hast du schon bemerkt, dass es akkurat sieben Stück sind? Wenn das kein gutes Omen ist. Sieben Fische und sieben Bundesräte. Fische kann man angeln, und den Bundesrat müssen wir uns eben auch angeln.»

«Ja, aber wie?» Ich fand Murrs Vergleich nicht besonders geistreich.

«Nun», schmunzelte Murr, «das müssen wir jetzt in aller Ruhe besprechen.»

Voll von Kohlensäure bis unter den Haarboden, brachte ich keine Cola mehr herunter. Zum Glück hatte Murr irgendwann Kaffee gebraut, von dem wir nun beide tranken.

Die Entführung, das leuchtete uns beiden ein, musste bis ins kleinste Detail geplant werden, jeder Pfusch würde sich verheerend auswirken. Vor allen Dingen musste festgelegt werden, welchem der sieben wir die grosse Ehre erweisen wollten. Zu meiner Schande musste ich gestehen, dass ich nur einen einzigen Bundesrat mit Namen kannte, und dies auch nur deswegen, weil er gleich hiess wie ich: Prisi nämlich. Von den verschiedenen Departementen hatte ich ebenfalls keinen Dunst, hörte zum erstenmal, dass es zum Beispiel ein Departement des Innern gebe, worunter ich mir überhaupt nichts vorstellen konnte.

Gerade die sorgfältige Wahl des Departements sei jedoch von eminenter Bedeutung, betonte Murr. Mir war das einerlei; am liebsten hätte ich der militärischen Abteilung einen Nasenstüber versetzt, denn dort trugen sicher alle Uniformen.

Es zeigte sich wieder einmal, was ich, verglichen mit Murr, für ein Banause war. Er wusste über jeden Bundesrat Bescheid, war im Bilde über deren Funktionen, und was besonders wichtig zu sein schien, über deren privaten Verhältnisse und so weiter. Nachdem er mir einen fast einstündigen Vortrag gehalten hatte, in dessen Verlauf ich mir immer unbedeutender vorgekommen war, erklärte er endlich, Bundesrat Omar Rüdisühli sei unser Mann, der und kein anderer.

«Wieso?» fragte ich einmal mehr. Der Name war mir zwar auf Anhieb sympathisch, denn er tönte ähnlich exotisch wie Honolulu.

Rüdisühli, explizierte Murr, Rüdisühli habe seine Karriere als Büezer in der Batteriefabrik Mörgeli und Sohn in Schattenhalb begonnen und sich langsam, aber sicher hochgearbeitet, sei von der Sozialdemokratischen Partei, setze sich für den Mann von der Strasse ein, sei überhaupt sehr volksverbunden, und dazu, was mich besonders freuen dürfte, stehe er dem Militärdepartement vor. Ein Anschlag auf ihn würde den allergrössten Wirbel verursachen.

«Ja, und ist dieser Rüdisühli überhaupt zu packen?» erkundigte ich mich, um endlich auch wieder einmal etwas von mir zu geben.

Murr kicherte bloss, dann löschte er plötzlich sämtliche Lampen, nur das Aquarium leuchtete noch und verbreitete einen grünlichen Schimmer. Ich liess mich wieder auf meinen Sessel nieder; wenn Murr pennen wollte, mir konnte es recht sein, ich war ohnehin völlig auf den Eiern. Aber Murr dachte mitnichten ans Schlafen, fuhr vielmehr fort, Rüdisühli über den grünen Klee zu loben und davon zu schwärmen, was für einen kolossalen Fang wir mit ihm machen würden. Warum wir dazu im Dunkeln sitzen mussten, war mir schleierhaft. Aber bevor ich soweit war, mich darüber zu beschweren, hatte Murr auch hierfür eine Begründung: Er könne sich im Finstern besser konzentrieren, dazu handle es sich hier um eine Verschwörung, und Verschwörungen hätten grundsätzlich ohne Licht stattzufinden.

Mit knapper Not konnte ich vermeiden, dass mir schon wieder ein «wieso» hinausrutschte. «Deine Begeisterung für Rüdisühli finde ich zwar rührend», liess ich mich stattdessen vernehmen, «und die Verdunkelung ist sicher völlig am Platz, dennoch würde mich interessieren, warum in unserer Angelegenheit ausgerechnet Rüdisühli deine besondere Zuneigung geniesst.»

«Rüdisühli joggt», erklärte Murr.

«Ja und...?»

«Rüdisühli joggt, das heisst, er hält sich hie und da im Freien auf, unbewacht, verstehst du?»

«So», sagte ich. Diese Eröffnung riss mich in keiner Weise vom Stuhl.

«Er rennt auch immer am selben Ort umher», fuhr Murr fort, «das hat ungeahnte Vorteile.»

«Und woher weisst du das alles?»

«Ganz einfach, ich habe ihn schon zweimal auf meinen Waldspaziergängen angetroffen.»

«Ach, du spazierst im Walde», staunte ich und gab mich zynisch, «das habe ich ja gar nicht gewusst. Weisst du, was ich viel eher glaube? Du spazierst schon, aber nicht auf Waldwegen, du spazierst mir auf der Nase herum. Das ist doch ein grosser Seich, den du da von deinem Joggy-Minister verzapfst.»

«Das ist kein Seich», tat Murr beleidigt. «Alles stimmt. »

«Ein Bundesrat joggt doch nicht, im Wald schon gar nicht.»

«Fred», sagte Murr, «Fred, hör mir zu.» Wenn es Murr ernst war und er mich für voll nahm, redete er mich immer mit Fred an. Ihm erschien Fred wahrscheinlich gediegener als Fritz, und mich, das musste ich zugeben, tröstete der so abgewandelte Name über meine simple Herkunft hinweg.

«Fred, hör zu: Auch Bundesräte haben ihre Freizeitbeschäftigung. Der eine fährt teure Wagen, der andere pflegt als Hobbykoch die chinesische Küche, und wieder ein anderer legt vielleicht seinen Schlafzimmerboden mit einem Puzzle der Lötschbergbahn aus, was weiss ich. Und unser Rüdisühli eben, der treibt Sport, das passt auch zu seinem volkstümlichen Gebaren. Rüdisühli läuft, verstehst du. Warum sollte er nicht?»

Ja, warum sollte er eigentlich nicht. Bis anhin hatte ich mir eingebildet, Bundesräte und ähnlich hohe Tiere würden sich grundsätzlich in schwarzen Mercedes-Limousinen durch die Gegend chauffieren lassen, stünden selbst auf dem Lokus unter polizeilichem Schutz, und bevor sie auch nur einen Hamburger fressen dürften, müsse dieser wegen Vergiftungsgefahr von einem Sträfling vorgekaut werden. Nun musste ich von Murr erfahren, dass schweizerische Spitzenpolitiker mehr oder weniger ein normales Privatleben führen würden, dass sie niemals in den Genuss ähnlicher Privilegien kämen wie ihre Amtskollegen im Ausland, dass die hirnverbrannte Idee mit dem Lebensmittelsträfling völlig aus der Luft gegriffen und zweifelsohne den Wirrköpfen meines sonstigen Bekanntenkreises entsprungen sei und dass wir in einem demokratischen Land leben würden, wo sich hohe Persönlichkeiten völlig ungefährdet bewegen könnten, unter anderem auch auf einer Trainingsstrecke im Wald.

«Genau das soll sich in naher Zukunft ändern», grinste ich.

«Yes», sagte Murr.

«Aber hör mal, Murr, wenn ich deinen Ausführungen lausche, ist ein Bundesrat das netteste, bescheidenste Wesen, das jemals das Licht der Welt erblickt hat? und die Schweiz das reinste Paradies, wo keiner denn andern ein Häärchen krümmt. Da sind wir doch mit unserer Aktion völlig fehl am Platz.»

«Sprich bitte von Honolulu und nicht von einer Aktion», wies mich Murr zurecht.

«Pardon, dann sind wir doch mit Honolulu völlig fehl am Platz.»

«Fred», setzte Murr zu einem erneuten Palaver an; «Fred, wer ist heute abend wutentbrannt und völlig ausser sich hier aufgetaucht? Wer will sämtliche Beamten, und was da sonst noch an Staatsdienern umherläuft, grün und blau schlagen? Wer findet, diesen Bonzen, Kapitalisten und Schmarotzern müsse der Meister gezeigt werden? Vielleicht ich? Du hast eine Rechnung zu begleichen, nicht ich. Aber mir würde das Ganze Spass machen, und du weisst auch, dass, wenn ich dir habe helfen können, ich es bis heute immer getan habe. Abgesehen davon ist auch in unserem Ländchen nicht alles Gold, was glänzt, ein Denkzettel an die Adresse selbstgefälliger Eidgenossen ist überfällig. Darum stehe ich voll und ganz hinter Honolulu.»

Das war eben wieder typisch Murr: hilfsbereit und jederzeit aufgelegt, eine Welle zu reissen. Nur hatte ich offen gestanden nicht damit gerechnet, dass meine Vergeltungsmassnahmen zu einer Staatsaffäre aufgebauscht würden. Aber Murr richtete eben gerne mit der grossen Kelle an.

«All right», meldete ich mich zu Wort, nachdem ich über Murrs Ausführungen nachgedacht hatte. «Gesetzt den Fall, dass es uns tatsächlich gelingt, Rüdisühli zu greifen, was zum Kuckuck willst du nachher mit ihm anfangen? Willst du ihm und seinem Verein im Bundeshaus bloss Angst einjagen und ihn nachher wieder laufenlassen?»

«Yes, yes», meinte Murr.

«Was yes? Einsperren?»

«Yes, yes.»

«Und wo einsperren?»

«Yes, yes . . .»

Da merkte ich endlich, dass Murr eben doch blau war wie ein Tintenfass. Offenbar war sein Referat ein letztes Aufflackern vor dem Zusammenbruch gewesen. Er lag mehr als dass er sass, nickte schwer mit dem Kopf, und ausser dem stereotypen «yes, yes» war nichts mehr von ihm zu vernehmen. Irgendwann leerte er noch sein Glas, dann begann er schwer zu atmen und quoll in seinem Sessel auf wie ein Käseauflauf in einem Brattopf.

«Yes, yes», sagte auch ich, und damit war für mich ein Schlussstrich unter die Aktion Rüdisühli, sorry, unter Honolulu gezogen. Es war ein fideler Abend bei Murr gewesen, damit hatte es sich. Schade, dass der Kerl kurz spitz umgekippt war. Ich hätte den Faden gerne noch weiter gesponnen. Das Aquarium leuchtete grüner denn je, und in seinem Widerschein zeichneten sich schwach die Konturen des ausgestopften Gnus ab.

«Schade», überlegte ich, «wäre Murr noch immer nüchtern und hätte ich nicht Schiss vor der eigenen Courage, könnte eines Tages durchaus auch ein ausgestopfter Bundesrat dastehen.»

Murr schnarchte. Ich versuchte die Fische im Aquarium zu zählen, kam aber beim besten Willen nur auf sechs Stück. Obgleich ich nichts getrunken hatte, wurden meine Augendeckel immer schwerer, und mein Geist wurde noch trüber, als er ohnehin schon war. Seit dem frühen Morgen hatte ich mich nicht mehr ausgeruht und, wie mir erst jetzt einfiel, auch nichts gegessen. Ich war k.o. Vom Rätseln darüber, wann Fische eigentlich schliefen, wurde ich auch nicht wacher.

«Gute Nacht, Fische», murmelte ich, «gute Nacht, Honolulu...»

6

Doch in der Woche darauf wurde Honolulu wieder brandaktuell, war nicht länger eine harmlose Gedankenspielerei, vielmehr hatte ich erneut triftige Gründe, der Beamtenwelt oder überhaupt der Obrigkeit, der unsereiner hilflos ausgeliefert war, den Krieg zu erklären.

Dass sich in letzter Zeit Meldungen häuften, wonach hohe Staatsdiener bis hinauf zum Bundesrat in dubiose gesellschaftliche und finanzielle Affären verwickelt sein sollten, war das eine. Dass ich als armseliger Bürger vom selben Regime bis aufs Blut schikaniert wurde, das andere. Ich hatte mich nie um Politik gekümmert und war beileibe kein grosser Zeitungsleser. Aber so viel merkte sogar ich: Denjenigen, die ohnehin schon obenausschwangen, war jedes Mittel recht, um Karriere und Reichtum zu sichern. Steuerhinterziehung, Korruption und Lüge waren offenbar besonders bei hohen Tieren an der Tagesordnung, und das bei Löhnen von wahrscheinlich astronomischer Höhe. Ich hingegen wurde zur Rechenschaft gezogen wegen ein paar lumpigen Franken, die ich dem Staat oder der Stadt oder weiss nicht wem schulden sollte.

Als ich nämlich am Dienstag nichts Böses ahnend nach Hause kam, wedelte mir meine Mutter mit drei grauen Briefen vor der Nase herum. Im ersten wurde ich aufgefordert, den Städtischen Verkehrsbetrieben eine Busse von dreissig Franken wegen Fahrens ohne Billett zu bezahlen. Wie die doch noch zu meiner Adresse gekommen waren, konnte ich nicht sagen. Das Auge des Gesetzes hatte mich erspäht. Das Überwachungssystem der Polizei musste bei uns bereits groteske Formen angenommen haben. Meine Flucht an jenem Morgen hatte überhaupt nichts genützt, wir lebten in einem Land, in dem man nicht einmal mehr davonrennen konnte.

Der zweite Umschlag enthielt die Steuerrechnung. Hiezu erübrigte sich jeder Kommentar. Wenn ich begann, mir darüber Gedanken zu machen, so lief ich Gefahr, verrückt zu werden.

Auch der dritte Brief stammte aus der Trickkiste der Behörde. Eine Institution namens Zivilschutz bot mich zu einem dreitägigen Kurs auf. Beim Militär hatten sie mich nicht aufgenommen, weil ich sportlich nichts zu bieten hatte und mich an der Aushebung, wo ich in einem T-Shirt mit der Aufschrift «Fuck the Army» erschienen war, selbst beim 100-Meter-Sprint verlief und dazu ein Arztzeugnis vorweisen konnte, das einen Rückenschaden vom Halswirbel bis zum letzten Lendenwirbel dokumentierte.

Irgendwann war mir zu Ohren gekommen, der Zivilschutz sei erfunden worden, um ausrangierte Militärköpfe und verhinderte Frontschweine therapeutisch zu behandeln, und würde höchstens funktionieren, wenn ein Versuchsflugzeug des regionalen Hobby-Modellfliegervereins auf die Stadt abstürzen sollte. Genaues wusste ich nicht, hatte aber überhaupt keinen Fiduz, irgend etwas zivil zu schützen, besonders nicht eine Stadt voller Bonzen und Beamten. Wenn die befürchteten, ein A-Bömbchen könnte eines Tages ihren grössenwahnsinnigen Zukunftsträumen ein Ende bereiten, sollten sie sich gefälligst selber schützen.

Am Mittwoch konnte ich mit Geld von Murr endlich mein Motorrad abholen. Ein frommes Liedchen pfeifend, kurvte ich um die nächste Ecke und ging prompt einer Polizeipatrouille ins Netz. Ich hatte a) keinen Sturzhelm auf, war b) in verkehrter Richtung durch eine Einbahnstrasse gefahren und hatte c) vergessen, den Scheinwerfer einzuschalten. A, b und c zusammen sollten zweihundert Rubel Busse ausmachen. Diese dreckigen Bullen. Kein Mensch hatte das Recht, mir vorzuschreiben, ob ich meine Birne unter einem Strohhut oder unter einem Helm verbergen wollte. Die Schikane mit dem Licht am hellen Tag war ohnehin für die Füchse, oder war vielleicht schon einmal einer mit dem Töff auf die Nase gefallen, weil er die Lampe nicht angezündet hatte? Und an die Einbahnregelungen sollten sich gefälligst diese aufgeblasenen Automobilisten halten, die brauchten den Platz auf der Strasse, nicht ich. Doch der Prisi, der vernünftig dachte und keinerlei Ansprüche stellte, bezahlte fette Bussen. Es war zum Kotzen.

Etwas musste unternommen werden, Honolulu erschien mir als einzige Antwort auf all das Ungemach, das man als unbescholtener Bürger von der Obrigkeit zu gewärtigen hatte.

So suchte ich Murr erneut auf. Diesmal nicht per Rollbrett, sondern per Motorrad. Wohl oder übel trug ich nun einen zerkratzten Militärhelm, den ich auf der Treppe zur Heiliggeistkirche gefunden hatte. Wie der dort hingekommen war, wussten die Götter. Zur Sicherheit stieg ich bei jeder Kreuzung ab und inspizierte die Signale auch von hinten. Und an der Lenkstange hatte ich links und rechts vom Scheinwerfer noch zusätzlich je eine Taschenlampe angebracht.

Ich sauste im Lift nach oben, hupte an der Tür und trat gleich ein. Diesmal hatte ich meinen Besuch telefonisch angesagt. Ich marschierte an Gnu und Aquarium vorbei, um Murr zu begrüssen, der diesmal hinter seinem Schreibtisch sass und an einem riesigen Leuchtglobus drehte, den ich noch nie gesehen hatte.

«Eine weitere sinnlose Anschaffung», sagte ich mir. Anstatt meine ausgestreckte Hand zu ergreifen, glotzte mich Murr verblüfft an und brach in ein Gelächter aus. Verwirrt durch sein sonderbares Verhalten, wollte ich mir durch den Schopf fahren, da merkte ich, dass ich immer noch den Helm trug.

«Hoppla», spottete Murr, «jetzt gilt es offenbar ernst, du siehst aus wie Napoleon in seinen besten Tagen.»

«Allerdings gilt es ernst», konstatierte ich, «die sind mit mir schon wieder Schlitten gefahren; jetzt muss gehandelt werden.»

Murr blickte mich fragend an: «Ich höre.»

«Honolulu», sagte ich. «Tu doch nicht so, als wüsstest du nicht, von was ich rede. Oder warst du neulich so besoffen, dass du alles vergessen hast.»

«Honolulu, richtig», brummte Murr gutmütig wie immer. «Ich will mir nur ein Glas einschenken, nachher bin ich voll für dich da.» Er holte Flaschen und Gläser; für sich Whisky, für mich Cola.

«Rüdisühli», verkündete ich, «an diesem Bundesrat Omar Rüdisühli muss tatsächlich ein Exempel statuiert werden.»

Er habe nie etwas anderes gesagt, erklärte Murr, dann stürzte er sein Glas in einem Zug hinunter, rülpste und klopfte anschliessend auf den Tisch, dass der Leuchtglobus flackerte.

«Honolulu», rief er, «wir müssen den Plan sofort weiterentwickeln.»

Ich wartete gespannt, aber es kam nichts mehr. Wahrscheinlich konnte sich Murr doch nicht mehr genau an unsere letzte Konferenz erinnern, und ich musste seinem Gedächtnis nachhelfen:

«Wir werden Rüdisühli also beim Joggen entführen . . .»

«Joggt der?» unterbrach mich Murr.

«Meine Nerven», ereiferte ich mich, «das hast du erzählt.»

«Ich weiss, ich weiss», brummte Murr, «ich habe so vieles im Kopf . . .»

«So viel ist das auch wieder nicht», sagte ich mir. Ein Angeber war er. Der wusste genau, von was ich sprach, oder dann hatte er sich eben voriges Mal mit etwas wichtig gemacht, das nicht stimmte.

«Wenn du dich an nichts mehr erinnerst», ärgerte ich mich, «und wenn du überhaupt nicht mitmachen willst, so sage es nur, ich finde schon einen anderen Partner.»

«Cool boy, cool», beschwichtigte mich Murr, «mit mir kannst du auf jeden Fall rechnen, für Honolulu war ich von Anfang an zu haben. Wir werden Omar Rüdisühli während seines Trainingslaufs im Wald entführen und damit unserem Land den Schock des Jahrhunderts versetzen.»

«Das haben wir bereits abgemacht», bemerkte ich ungeduldig, «jetzt müssen wir besprechen, wie wir das angattigen wollen. Die Strategie steht zur Debatte, verstehst du?»

Er verstehe vollkommen, sagte Murr, lehnte sich zurück, trank ein zweites Glas ex und trommelte mit den Fingern auf den Schreibtisch. Dann drückte er beim Globus auf einen Knopf; unvermittelt war es kein Globus mehr, sondern eine rot leuchtende Kugel mit Schweizer Kreuz.

«Da siehst du», kicherte Murr, «wie ernst ich die Sache nehme. Diesem Schweizlein, das sich einbildet, es sei die ganze Welt, werden wir das Licht ausblasen.» Er drückte erneut auf den Knopf, die Kugel erlosch.

Diese Demonstration mit dem Globus war typisch für Murr und ging mir auf den Wecker.

«Werden wir konkret», schlug ich vor. «Wann, wo und wie wollen wir Rüdisühli packen?»

«Das Wann und Wo ist klar», meinte Murr, «bleibt nur noch das Wie.»

«Wann und wo ist überhaupt nicht klar.»

«Doch, beim Joggen im Wald.»

«Ja, aber zu welchem Zeitpunkt? Morgen, im Frühjahr oder erst in unserem nächsten Leben? Und wo soll das Happening stattfinden, an welcher Stelle im Wald? Ich denke, als erstes müssen wir eine Geländebegehung, oder wie man das nennt, vornehmen.»

«Richtig», sagte Murr.

«Und dann wie?» bohrte ich. «Sollen wir vielleicht unter einer Tanne warten, bis er vorüberturnt, und ihn mit einem Sack einfangen? Das ist ja alles völlig blöd.»

«Dear Fred», redete mir Murr zu, «sei doch nicht immer so aggressiv. Obschon ich noch nie einen Bundesrat gejagt habe, begreife sogar ich, dass sich das kaum mit einem Sack tun lässt. Reden wir also vernünftig zusammen. Prosit.» Er stürzte ein drittes Glas hinunter, dann hievte er sich aus dem Sessel und ging mit gewichtigen Schritten hin und her, ab und zu aus dem Fenster blickend, hinter dem bereits wieder die Nacht spukte. Irgendwann zündete er den unvermeidlichen Sargnagel an. Meine Hoffnung, er hätte als neuesten Hit das Rauchen aufgegeben, zerschlug sich. Es sah so aus, als sollte sich dasselbe Prozedere wiederholen wie letztes Mal: Geblödel, dazwischen Ansätze ernsthafter Diskussion, Wanderung zwischen Gnu und Aquarium, Besäufnis und Cola-Rausch, totales Abschlaffen und endlich Auflösung in nichts. Allerdings löschte Murr diesmal die Lichter nicht, im Gegenteil, er zündete noch den Globus an, der sich wunderbarerweise wieder in die Erdkugel verwandelt hatte. Auch war Murr offenbar gesonnen, einigermassen nüchtern zu bleiben, denn als er sich zum vierten Mal einschenken wollte, zögerte er und stellte die Flasche mit einer entschiedenen Bewegung zurück. Anschliessend blieb er breitspurig vor mir stehen und hielt mir eine seiner Predigten: Man müsse tatsächlich eine Geländebegehung vornehmen, dozierte er, und dann seien vor allem die Trainingsgewohnheiten Rüdisühlis zu beobachten. Das wiederum könne am unauffälligsten geschehen, wenn wenigstens einer von uns sich in einen Jogger verwandeln würde. Hier musste ich zum erstenmal lachen.

Es gebe gar nichts zu lachen, protestierte Murr; ohne selber zu laufen, könne man auch keinen Läufer einfangen. Allerdings wolle er von Anfang an klarmachen, dass er mit seinem Asthma und dem Schatten auf der Lunge nicht rennen könne und dort, wo es bei Honolulu um körperlichen Einsatz gehe, leider werde passen müssen. Da werde es an mir sein, in die Bresche zu springen. Er, Murr, werde die Aktion mehr vom Schreibtisch aus leiten und damit auch einen wesentlichen Anteil an Verantwortung übernehmen.

«So», sagte ich ziemlich verschnupft, «eigentlich habe ich mir vorgestellt dass wir uns in den Job teilen würden.»

Genau das schlage er ja vor, rechtfertigte sich Murr. Dabei sei es nichts als logisch, dass ich die Körper- und er die Kopfarbeit übernehme.

«Wieso?»

«Weil du körperlich fit bist und ich nicht.»

«So, und die Denkarbeit übernimmst du, weil du gescheit bist und ich nicht.»

«Fred, sei doch vernünftig. Es hat doch keinen Zweck, dass ich mich mit meinem Bauch durch die Gegend wälze, und du schlägst dich mit administrativer Arbeit herum. In meiner Wohnung ist auch die notwendige Infrastruktur zur Verfügung. Du kannst bei dir ja nicht einmal telefonieren, ohne dass deine Mutter zuhört. Abgesehen davon werde ich auch im Falle finanzieller Konsequenzen einspringen. Da kannst du dich dafür doch wirklich ein wenig sportlich betätigen.»

«Erstens bin ich überhaupt kein Athlet», erklärte ich, «zweitens will ich nicht grundsätzlich die Dreckarbeit tun, und drittens habe ich nicht die geringste Lust, mich allen möglichen Gefahren auszusetzen, während du zu Hause in Sicherheit bist.»

Er habe überhaupt nicht im Sinn, zu Hause zu bleiben und den Gefahren auszuweichen, stellte Murr klar; aber rennen könne er nun einmal nicht, und damit Punktum.

Ich betrachtete nachdenklich den nackten Schädel Murrs, der glänzte, als wäre er mit einer Speckschwarte darüber gefahren.

«O.K.», knurrte ich unlustig, «aber sogar wenn ich es fertigbringe, im selben Tempo zu laufen wie Rüdisühli, nützt das nichts, damit ist er nämlich noch nicht entführt.»

Wiederum wollte Murr sich einschenken, und wiederum liess er es bleiben; dafür setzte er sich erneut hinter den Schreibtisch und kratzte seinen runden Kopf.

«Eins nach dem andern, Fred», liess er sich endlich vernehmen. «Wir müssen die Aktion in mehrere Phasen aufteilen, und im Augenblick sprechen wir von der ersten Phase, vom Anschlag auf Rüdisühli; dazu ist folgendes abzuklären: Wie oft, wie schnell und in wessen Begleitung möglicherweise läuft Rüdisühli? Welche Schlüsselstellung bietet sich für den Überfall an? Wie sieht der Fluchtweg aus? Ich denke, damit haben wir fürs erste genug zu tun.»

Ich wollte etwas erwidern, aber Murr liess mich nicht zu Wort kommen.

«Morgen abend», fuhr er fort, «unternehmen wir selbander einen Waldspaziergang, um das Gelände kennenzulernen. Nachher musst du sofort mit dem Training beginnen, um unauffällig feststellen zu können, wann und wie oft Rüdisühli läuft. Wahrscheinlich wird er sehr unregelmässig und in grossen Zeitabständen auftauchen. Ich befürchte ohnehin, dass wir tagelang werden auf der Lauer liegen müssen.»

Meine Begeisterung hielt sich in Grenzen. Tatsächlich war ich zu meinem Auftrag gekommen wie die Jungfrau zum Kind. Am liebsten hätte ich vom ganzen Scheissdreck nichts mehr gewusst und auf eigene Faust ein paar Beamte verdroschen. Aber ich konnte nicht mehr zurück, wagte nicht, Murr gegenüber den Weichling zu markieren. Immerhin gab ich mich, was meinen Einsatz betraf, noch nicht geschlagen:

«Da soll ich also tagelang, ja vielleicht wochenlang auf Rüdisühli passen. Sag mal, bist du eigentlich vom Wahnsinn umzingelt?»

«Ohne Fleiss kein Preis», war Murrs Replik. Weisheiten kamen dem über die Lippen!

«Überhaupt arbeite ich, hast du daran eigentlich auch schon gedacht? Ich kann am Morgen nicht im Nest liegen, bis mich die Sonne an den Hintern brennt, und dann zum Zeitvertreib im Walde spazierengehen, bis Rüdisühli aufkreuzt. Für solche Übungen hättest du eher Musse.»

«Dear Fred, wenn du annimmst, ich hätte nichts anderes zu tun, als in den Tag hineinzuleben, so bist du auf dem Holzweg. Ich arbeite viel härter, als du vermutest.»

«Mich nimmt nur wunder was», dachte ich, und laut sagte ich: «Du wirst dich damit abfinden müssen, dass ich nur in meiner Freizeit zur Verfügung stehen werde. Ich kann meinem Big Boss nämlich kaum weismachen, dass ich Ferien bräuchte, um einen Bundesrat zu kidnappen.»

«Das sollst du auch nicht», lachte Murr. «Du musst dich bloss auf die Feierabende und auf die Wochenenden konzentrieren; und damit du merkst, dass ich durchaus nicht zurückstehen will, werde ich tagsüber Waldspaziergänge machen, um das Terrain gründlich kennenzulernen und geeignete Fluchtwege auszukundschaften. Es könnte durchaus sein, dass ich dabei Rüdisühli antreffe und seine Trainingsgewohnheiten wenigstens oberflächlich beobachten kann. Sollte sich dann herausstellen, dass er ausgerechnet während deiner Arbeitszeit zu laufen pflegt, wäre dies ärgerlich, aber irgendeine Lösung liesse sich sicher finden. Es hat keinen Zweck, dass wir uns den Kopf über Dinge zerbrechen, die möglieherweise gar nie aktuell werden. Und jetzt muss ich leider aufbrechen, ich habe noch einen Termin in der Stadt.» Er löschte den Globus und drückte die halbgerauchte Zigarre im Aschenbecher aus. Ich war entlassen.

Das war auch etwas, das mich störte: Murr empfing und entliess nach Lust und Laune. Falls er nicht zufälligerweise einschlief, konnte man nie bleiben, so lange man wollte, und wurde behandelt wie irgendein Bittsteller. Honolulu war glücklich auch bereits seine Domäne, ich bloss noch Angestellter. Wahrscheinlich hatte er in der Stadt gar nichts zu tun, aber dauernd musste er sich mit Geschäftigkeit umgeben.

Was ich Murr vorhin verschwiegen hatte, war die Tatsache, dass ich auf Ende Monat meine Stelle los war. In der Buchhandlung nämlich, in der ich seit netto einem Jahr als Packer arbeitete, wurde ich in letzter Zeit von schierem Pech verfolgt: Verwechslungen mehrten sich, es war auch eine Zumutung, Aberhunderte von verschiedenen Büchern auseinanderzuhalten. Auf die Dauer konnte ich wirklich nicht jedem einzelnen dieser Schinken mein spezielles Augenmerk schenken. Bücherlesen war ohnehin etwas für Spinner und solche, die es werden wollten. So hatte ich dummerweise der Ehrenpräsidentin des Schweizerischen Landfrauen-Vereins sechs Exemplare «Amore totale – 101 Liebesstellungen in Wort und Bild» geschickt, während die Handbücher zum Telekurs «Glück mit Leghornhennen» an den Massagesalon «Loveland» gegangen waren. Mein Chef, der Herr Buchhändler Melchtal, der ansonsten noch über einen gewissen Humor verfügte, hatte gefunden, eine solche Transaktion schade dem Geschäft, und meine Uhr sei nun abgelaufen.

Murr stand bereits im Mantel da, aber kaum war ich aufgestanden, ging er zurück zum Schreibtisch und begann, ein geheimnisvolles Telefongespräch zu führen, wobei er zeitweise den Hörer zwischen Kinn und Schulter klemmte und in einem Schnellhefter blätterte; ich konnte gefälligst auf ihn warten. Rätselhafte Worte fielen, wie «Effizienz», «partizipieren», «de jure», «magna cum laude» und ähnlicher Stumpfsinn. Murrs geschäftliche Verbindungen, die laut seiner eigenen Aussage vom Lumpensammler bis zum Ölscheich reichten, waren zweifellos von grosser Bedeutung. Wahrscheinlich sprach er jetzt gerade mit der Königin von Neufundland. Ich bettelarmer Handlanger befand mich da weitab vom Schuss. Darum sah ich nicht ein, warum ich mir das hochgestochene Larifari noch länger anhören sollte.

Ich schlüpfte in meine Jeansjacke, hängte den Stahlhelm an den Arm und hob zwei Finger in Richtung Schreibtisch:

«Tschüss», murmelte ich und verdrückte mich.

«So long, Fred!» rief Murr, «es bleibt also bei Honolulu, nicht wahr?»

Damit wollte er zweifellos seinem Geschäftspartner imponieren. Ich gab keine Antwort und war bereits im Begriff, die Wohnungstür hinter mir zuzuziehen, da tauchte Murr im Korridor auf:

«Fred», liess er sich vernehmen, «es ist mir ernst, es bleibt doch dabei?» Der Umstand, dass er mir extra nachlief, bewies, dass ihm an Honolulu und an mir gelegen war; das rüstete mich moralisch auf.

«Natürlich», antwortete ich, stülpte den Helm über den Giebel und salutierte. Murr fuhr ebenfalls mit abgewinkelter Hand an seinen kahlen Schädel, aber die Übung misslang vollkommen. Es sah direkt peinlich aus, wie er versuchte, militärisch zu wirken ohne entsprechenden Kriegsschmuck. Vorher hatte er gelacht, weil ich einen Helm trug, und jetzt lachte ich, weil er keinen trug.

«Honolulu!» brüllte ich, dass es im finsteren Treppenhaus widerhallte. Und während Murr mit halb erhobenem Arm und von seinem Lodenmantel umweht im hellen Rechteck der Wohnungstür zurückblieb, grüsste ich nochmals, machte auf dem Absatz kehrt und stolzierte erhobenen Hauptes zum Lift.

7

Ungefähr eine Woche später ging es los. Von Murr mit den nötigen Moneten versehen, betrat ich erstmals in meinem Dasein ein Sportgeschäft und erstand bei einem geschäftigen Jüngling, der mich mit den ausgefallensten Fachausdrücken bombardierte und für mein Achselzucken nur ein mitleidiges Lächeln übrig hatte, ein Paar grössenwahnsinnige Turnschuhe mit eingebauter Klimaanlage, Loch-Ghilly-Schnürung und Multifunktionadifit-Torsion-Einlegesohle. Murr hätte mich am liebsten auch mit einem Trainingsanzug, einem Netzhemd und einem Schweissband ausstaffieren lassen, aber da wäre ich mir vorgekommen wie ein echter Sportler. Ich fand, dass mein Jeansanzug vollkommen genügte, um im Wald den Narren zu machen. Den Rest des Geldes sparte ich lieber für einen neuen Walkman.

Es war März geworden, der Winter nabelte sich langsam ab. Am ersten warmen Tag liefen die Girls kreischend vor Lebenslust und bereits halbnackt durch die Gassen. Die Typen vor den Bistros hingegen sassen bis zum Hals eingemummt auf ihren farbigen Stühlchen. Während sich das Bier in den Gläsern erwärmte und das Frühlingserwachen von bläulichen Abgaswolken des Verkehrs eingenebelt wurde, hielten sie ihre winterbleichen Gesichter der Sonne zugekehrt, als gälte es, möglichst bald so bronzefarbig und ekelhaft gesund auszusehen wie das überall auf den Plakaten abgebildete Skias der Nation.

Der einzufangende Bundesrat wohnte in einem der allernobelsten Aussenquartiere Berns. Der in dessen unmittelbarer Nähe gelegene Wald hiess sinnigerweise Herrschaftsholz, und dort mischte sich Rüdisühli offenbar sporadisch unter das laufende Volk.

Am zweiten Samstag des Monats knatterte ich per Motorrad zum Herrschaftsholz. Obschon Murr und ich den Wald Tage zuvor inspiziert hatten, konnte ich mich lange nicht entschliessen, von welchem Punkt aus ich mich in das sportliche Abenteuer stürzen sollte. Es gab nämlich überall Parkplätze; de facto um in Murrs Sprache zu reden – de facto standen mehr Automobile herum als Bäume. Wahrscheinlich wegen dem ungewöhnlich warmen Wetter, das auch heute herrschte, wimmelte es von Spaziergängern und Läufern. Unter diesen Umständen fiel es mir nicht leicht, da in irgendeiner Form mitzumischen. Widerwillig kletterte ich vom Töff und schlüpfte in die neuen Turnschuhe, denen man schon von weitem ansah, dass sie noch keinen Meter gerannt waren. Ich vergewisserte mich nach allen Seiten, dass ich nicht zufälligerweise von einem Bekannten beobachtet wurde; erst dann machte ich mich auf dem mit Baumnadeln bedeckten Waldweg davon.

Bald meldeten sich dieselben Symptome wie bei meiner Flucht vor den Bushengsten: Atemnot, Seitenstechen und ein Zwicken im Kreuz, dass ich befürchtete, in der Mitte auseinanderzubrechen. Wahrscheinlich war ich meinen ersten Trainingslauf viel zu schnell angegangen. Jedenfalls musste ich schon nach schätzungsweise einem halben Kilometer eine Pause einlegen und mich auf einen am Wegrand liegenden Baumstamm setzen. Obschon ich gar nicht weit gerannt war, lief der Schweiss in Bächen an meinem Körper hinunter, alles klebte; Sport war wirklich das Hinterletzte.

Es ging bereits gegen Abend, hinter dem noch laublosen Geäst stand der rote Schein der Hölle, und die überall in den Bäumen sitzenden Vögel vollführten einen Lärm, dass einem die Ohren schmerzten. Beim nächsten Training war ich hoffentlich im Besitz eines neuen Walkmans, dann konnten mir diese irritierenden Naturgeräusche gestohlen werden.

Legionen von Läufern zogen in beiden Richtungen an mir vorbei, und ich merkte bald, dass ich in meinem Jeansanzug am besten sitzenblieb, wo ich war, um nicht unangenehm aufzufallen. Die waren so farbenprächtig angezogen, als wollten sie am Karneval von Rio teilnehmen. Doch nach ihren verzerrten Mienen zu schliessen, pfiffen sie allesamt aus dem letzten Loch, nur eine Gruppe von vier Leuten kam plaudernd und lachend daher.

Von einem Bundesrat war weit und breit nichts zu sehen. Murr hatte mir ein Konterfei Rüdisühlis vorgelegt und mich aufgefordert, mir dessen Visage auf alle Zeit und Ewigkeit einzuprägen. Dass er nachher das Bild aus Sicherheitsgründen im Aschenbecher verbrannt und die Asche ins Klo geworfen hatte, verstand sich von selbst. Schliesslich waren wir keine Anfänger.

Da es mich auf einmal fröstelte, löste ich den Hosenboden vom Baumstamm und begann zu meiner eigenen Überraschung, hin und her zu tänzeln, dazu schleuderte ich noch die Arme in die Luft. Leider machte es den Anschein, dass ich auf dem besten Weg war, mich ähnlich pervers zu benehmen wie diese Spinner, die aus lauter Verrücktheit im Walde umhertollten.

Mit der Zeit fand ich, anstatt an Ort zu rotieren wie ein Furz in der Konservendose, könnte ich geradesogut noch ein wenig laufen. Diesmal überstürzte ich nichts, versuchte ruhig zu atmen und zog in echt eidgenössischem Seckeltrab von dannen. Die Tatsache, dass ich von Krethi und Plethi überholt wurde, machte mir nicht den geringsten Kummer.

Links und rechts am Wegrand wucherten tonnenweise weisse Blüten, deren Name ich nicht kannte. Sonst hatte die Natur nichts zu bieten. Mir war das schnorz, ich war kein spezieller Blumenfan, von mir aus hätte die Gegend, durch die ich stolperte, aus der Wüste Gobi bestehen können.

Offenbar wirkte körperliche Anstrengung stimulierend auf das Hirn, denn bei allem Gerenne kam ich auf ungewohnt geistreiche Gedanken: Ich befand mich hier, um die Verfolgung eines laufenden Bundesrates zu üben und um unauffällige Beobachtungen anzustellen. Aber wenn ich weiterhin einherschlich wie eine patentierte Weinbergschnecke, würde ich nie schnell genug werden, um mit Rüdisühli, der laut Murr offenbar ein recht passables Tempo vorlegte, Schritt halten zu können. Und wenn ich in der Horde der joggenden, nach Massageöl riechenden Papageien weiterhin als einziger in einem gewöhnlichen Jeansanzug auftauchte, so würde sich bald einmal der hinterste Knochen an mich erinnern.

Vor mir tat sich eine Lichtung auf, gleichzeitig begann der Weg anzusteigen. Irgendwann musste ich, ohne es zu merken, die von den Läufern bevorzugte Strecke verlassen haben, denn plötzlich befand ich mich allein auf weiter Flur. Zum zweiten Mal heute verliessen mich meine Kräfte, und ich musste marschieren. Meine Klamotten waren zum Laufen tatsächlich nicht geeignet, der widerborstige Stoff scheuerte mich an allen Ecken und Enden, die Hose rutschte, und die Jacke engte mich ein, als steckte ich in einer Rüstung. Auch lief mir der Schweiss in die Augen, und in den neuen Schuhen brannten meine Pedale wie Feuer. Es war alles ein ganz grosser Verschütt, am liebsten hätte ich mich unter einen Baum gesetzt und geheult.

Das Gezwitscher der Vögel hatte weitgehend aufgehört, dafür krächzten hoch oben im aschgrau gewordenen Ausschnitt des Himmels zwei schwarze Geier, und aus dem an der Wegböschung lauernden Gebüsch kroch die Dämmerung hervor.

Da knackte es. Ein paar Meter neben mir brach eine Gestalt aus dem Dickicht und rannte in ungestümen Schritten davon. Wahrscheinlich Rübezahl persönlich. Weil ich die längste Zeit niemanden mehr angetroffen hatte, war ich echt erschrocken. Ich gab mir innerlich einen Schups und überwand die Steigung. Auf der andern Seite senkte sich der Weg in eine mit Hecken und Jungholz bestandene Mulde. Weit unten, in der rasch einfallenden Nacht kaum zu erkennen, rannte Rübezahl davon und verschwand um die nächste Wegkrümmung. Ich selber begann mich auch wieder schneller zu bewegen. Dies war um so nötiger, weil mir die Kälte erneut zu schaffen machte.

Vielleicht war das vorhin der Bundesrat gewesen, wer weiss, und ich hatte ihn in der Dunkelheit bloss nicht erkannt. Das wäre allerdings ein riesiger Zufall gewesen, aber das ganze Unternehmen war auf Zufälle aufgebaut. Wiederum wurde mir mit aller Deutlichkeit bewusst, in was für ein hoffnungsloses Abenteuer ich mich da eingelassen hatte. Nie würde ich zur selben Zeit laufen wie Rüdisühli, und sollte dies groteskerweise doch einmal der Fall sein, so würden wir uns in diesem Wald nie begegnen. Und sogar eine allfällige Begegnung würde den Braten nicht fett machen, denn eine Begegnung war noch lange kein Kidnapping.

Entmutigt zottelte ich dem Weg entlang, der wieder flach geworden, aber in der Finsternis kaum mehr auszumachen war, und verfluchte mein Schicksal. Zu allem

Überfluss hatte ich mich wahrscheinlich verlaufen; jedenfalls wusste ich nicht mehr, in welcher Himmelsrichtung ich mein Motorrad suchen sollte, auch war kein Mensch mehr unterwegs, den ich nach einem Anhaltspunkt hätte fragen können. Mit dem Einbruch der Nacht waren die Millionen von Joggern verschwunden, als hätte es sie nie gegeben. Während ich hier durch den beschissenen Wald irrte, sass Grossmogul Maximilian von Raffenweid sicher an der Wärme hinter seinem Whisky, paffte eine Giftnudel und beguckte die Fische oder das Gnu. Möglicherweise existierte der joggende Bundesrat gar nicht, und Murr leistete sich mit mir einen üblen Scherz. Wäre ich heute bloss nicht hier herausgekommen: Schon wieder steckte ich irgendwo abseits jeder Zivilisation und würde wohl stundenlang umherirren müssen, bis ich den Parkplatz mit meinem Motorrad wiederfand. Einmal mehr schüttelte ich die Faust; diesmal nicht gegen die Stadt Bern – im Augenblick wusste ich gar nicht, wo die war –, sondern gegen den Wald, der mich von allen Seiten gefangenhielt und mich den Rückweg durch die finstere Nacht nicht finden liess.

8

Murr traf ich am nächsten Abend im Bahnhofbuffet Bern, genaugenommen im «Trans-Express». Ich hatte schliesslich doch noch aus dem Herrschaftsholz herausgefunden. Mir war das geschehen, was nachts und in unbekanntem Gelände vorkommen soll: Ich war im Kreis gegangen und plötzlich ganz von selbst auf mein Motorrad gestossen.

In seinem Geheimhaltungswahn war Murr neuerdings dagegen, dass ich ihn zu Hause aufsuchte. Neugierige

Nachbarn könnten uns zusammen sehen und eines Tages gefährliche Schlüsse ziehen. Im «Trans-Express» hingegen würden sowohl Personal wie Gäste dauernd wechseln und wir als völlig Unbekannte in der Masse untergehen. Wie sinnvoll diese Vorsichtsmassnahme war, zeigte sich jetzt daran, dass mir alle dreissig Sekunden ein Kumpel, den ich von irgendwoher kannte, auf die Schulter hieb und sich nach meinem Wohlergehen erkundigte. Murr war masslos irritiert, wahrscheinlich auch ein wenig eifersüchtig; er erkundigte sich, ob ich eigentlich mit sämtlichen Subjekten, die hier hereinschneiten, befreundet sei. Ich schlug vor, man könne ja in den «Schweizerhof» zügeln, dort wäre man zweifellos unter seinesgleichen, worauf Murr, um seinen Hang zum minderen Volk unter Beweis zu stellen, meinem nächsten Copain ein Bier bezahlte.

Unser eigentliches Gespräch fand anschliessend stehend und praktisch unter Ausschluss der Öffentlichkeit im Treppenaufgang zum Bahnhofparking statt. Mir war es hier recht heimelig, hatte ich hier doch erst vor wenigen Tagen mitgeholfen, notwendige Sprüche wie «Diese Schweinerei muss eine andere werden», «Liebe ist wie Sex» oder «Eine Schweiz ohne Armee ist wie ein Fisch ohne Velo» auf die Wände zu sprayen.

Murr zerstreute meine Bedenken, die ich wegen der Entführung hegte, in alle Himmelsrichtungen. Auch mit dem Geklöne wegen unbotmässigem Körpereinsatz weckte ich sein Mitgefühl nicht. Ob ich eigentlich meine, einen Coup vorzubereiten sei das reinste Honigschlecken, spuckte er grosse Töne. Ganoven könnten kein Flohnerleben führen, müssten vielmehr hart arbeiten und eiserne Disziplin üben. Damit waren wir wieder beim Thema:

«Ausgerechnet du willst mir erzählen, was es heisst, hart zu arbeiten», reklamierte ich, «dieser Waldlauf, den ich auf dein hochwohllöbliches Geheiss auszuüben habe, ist doch nicht harte Arbeit, das ist Wischiwaschi.»

«Warum beklagst du dich dann?» grinste Murr, «ich glaubte, die harte Arbeit mache dich fertig.»

«Ach, hör doch auf», murrte ich. Wieder war die Gelegenheit günstig, den ganzen Bettel hinzuschmeissen, und wieder fand ich nicht den Mut, dafür zu plädieren, die Idee mit der Entführung aufzugeben. «Ich muss besser ausgerüstet werden», quengelte ich stattdessen, «es ist ein Wunder, dass du mir nicht zumutest, in Frack und Zylinder durch den Wald zu rennen.»

«Schaffe dir an, was du willst», spielte Murr den Krösus, «ich habe dir von Anfang an richtige Sportbekleidung kaufen wollen.» Er zog seine Brieftasche und fischte zwei, drei Blaue heraus. Zuerst tat ich zimperlich, dann nahm ich das Geld.

Über uns war Getrampel zu vernehmen. Ehe wir uns fassen konnten, stürmten drei keuchende Männer im Trainingsanzug an uns vorbei und verschwanden in der Tiefe des Treppenaufgangs. Murr tippte sich gegen die Stirn und befand, solche Idioten sollte man erschiessen.

«So», sagte ich pikiert, «und genau zu einem solchen Idioten willst du mich machen?»

«Ach wo», protestierte Murr, «du sollst im Wald trainieren, nicht hier.»

«Vielleicht wäre es ganz nützlich, auch das Laufen auf Treppen zu üben», prophezeite ich, «man weiss nie, was uns noch blühen kann.»

Mittlerweile war das Wetter wieder schlecht geworden, und als sich die bis auf die Stadt hängenden Nebeltücher einmal hoben, konnte man sehen, dass es selbst auf dem mickerigsten Hügelchen geschneit hatte. Männiglich war schlechter Laune, meine Mutter klagte über Migräne sowie Herzflattern und Murr über Depressionen. Mir selber ging es ohnehin nie blendend. Ich hatte zu arbeiten aufgehört, ging jedoch morgens aus dem Hause wie immer und nahm erst abends Kontakt mit Murr auf.

Ich wollte vorläufig weder ihm noch meiner Mutter auf die Nase binden, dass ich keinen Job mehr hatte. Wegen den drohenden Geldsorgen würde ich allerdings nicht darum herumkommen, Murr gelegentlich über meine Arbeitslosigkeit zu orientieren. Nachdem ich, vor allem mit seinem Geld in der Tasche, zum zweiten Mal ein Sportgeschäft heimgesucht hatte, verfügte ich gerade noch über ein paar Benzinrappen für den Töff.

Tagsüber hing ich mit ebenfalls beschäftigungslosen Kumpanen herum oder kümmerte mich um meine Exfreundin Didi, die ich zufälligerweise an irgendeiner Demo für oder gegen irgend etwas wiedergesehen hatte. Immerhin nannte sie eine winzige Einzimmerwohnung in der Altstadt ihr eigen, in der man zur Not ein Mittagessen kochen konnte; ein Umstand, der mir in meiner gegenwärtig finanziell angespannten Lage sehr zustatten kam. Weiber werden bekanntlich zu reinsten Engeln, wenn sie glauben, man sei am Verhungern. Überhaupt hatte ich in letzter Zeit recht brauchbare Leute um mich, und es war mir selber nicht klar, warum ich eigentlich wegen jedem Dreck zu Murr rannte.

Ungeachtet des miesen Wetters ging ich jeweilen gegen Abend zum Training, denn ich hatte tatsächlich das direkt beschämende Bedürfnis, nach einem Tag des Faulenzens noch etwas Nutzbringendes zu tun. Sobald ich mich dann allerdings mit lädierter Pumpe und hängender Zunge durch den tropfenden Wald quälte und bereits nach wenigen Minuten keinen trockenen Faden mehr am Leib hatte, sann ich darüber nach, was zum Teufel dabei eigentlich nützlich war. Tage, ja Wochen vergingen, ich glaubte immer weniger daran, Rüdisühli einmal anzutreffen.

Auch jetzt regnete es wieder, und auch jetzt schimpfte ich mich, kaum war ich gestartet, den grössten Hornochsen aller Zeiten. Ich vollbrachte auch mit dem neuen Tenü keine Wunder. Ich sah einfach laufkonformer aus, das war alles.

Hellgrünes, knapp anliegendes Oberteil, dunkelgrüne, hautenge Strumpfhose, ich kam mir vor wie ein aufgeblasener Fadenmolch.

Ein wenig besser allerdings liess sich der ganze Mist schon an: Ich musste nicht mehr nach jeder kleinsten Steigung verschnaufen; es sah sogar aus, als ob es mir zum erstenmal gelingen sollte, eine Runde von etwa drei Kilometern ohne Pause zu durchlaufen, was mich mit einem seltsam unanständigen Elan erfüllte. Als ich auf meiner zweiten Runde um eine von patschnassem Gebüsch gesäumte Krümmung flutschte, sichtete ich vor mir einen Jogger, den ich auf der vorherigen Geraden noch nicht bemerkt hatte. Das hiess, dass ich wahrscheinlich schneller lief als er, und da meldete sich bei mir doch tatsächlich schon wieder dieser obskure Ehrgeiz. «Fritz», sagte ich mir, «Fritz, mit dir kommt es nicht gut.» Dann machte ich mich allen Ernstes daran, die Blindschleiche vor mir einzuholen.

Es zeigte sich indessen, dass dies leichter gesagt als getan war. Der Abstand zwischen uns wollte sich die längste Zeit nicht verkleinern, möglicherweise war dieser Fötzel irgendwo aus dem Wald auf die Strecke gejuckt, da konnte ich ihn vorher natürlich nicht gesehen haben. Ich wollte schon aufgeben, da merkte ich, dass das Rennen noch nicht verloren war. Ich kam langsam näher, und obschon es mir fast den Brustkorb spaltete und feurige Räder sich vor meinen aufgerissenen Augen drehten, hatte ich nichts anderes mehr im Kopf, als dem Widersacher da vorne den Meister zu zeigen. Ich war bereits so nahe, dass ich den Zipfel des rot-weiss gewürfelten Nastuches ausmachen konnte, der aus seiner Trainingshose lugte; aber da musste er mich bemerkt haben, denn unvermittelt zog er ein Tempo an, das ich beim besten Willen nicht mehr mithalten konnte. Es war eine echte Schande, das Debakel meines Lebens. Aus lauter Stumpfsinn rannte ich automatisch weiter. Ich war schon so blöd geworden, dass ich nicht einmal mehr anhalten konnte, auch wenn ich es gewollt hätte. Und siehe da, die Läufersturheit, der ich bereits anheimgefallen war, zahlte sich aus. Der mir eben noch überlegene Teufelskerl rückte erneut in meine Reichweite. Was er vorhin demonstriert hatte, war offensichtlich das letzte Aufflackern vor dem Kollaps gewesen. Er marschierte beinahe! Jetzt war ich derjenige, der einen Zahn zulegte, ich musste mich nicht einmal sonderlich anstrengen, ich glitt an ihm vorbei wie ein Ozeandampfer an einem Fischkutter. Hä, hä.

Doch hatte ich zu früh gejauchzt, denn der von mir soeben souverän in die Schranken Verwiesene heftete sich an meine Fersen und blies mir seinen Atem in den Nacken. Ich rannte wie ein Wahnsinniger, die Räder vor meinen Augen erschienen nun in allen Farben, das Hirn musste einen ernsten Defekt erlitten haben, denn es rotierte darin nur noch ein einziger Gedanke: «Lauf, du Sauhund, lauf, lauf...» Nasse Zweige schlugen mir ins Gesicht, ich konnte nichts mehr sehen, vor mir war ein schwarzes Loch, ein Tunnel, den ich durchraste wie eine Schnellzugslokomotive. Einmal zertrat ich den Fuss, es schmerzte, dass ich das Feuer im Elsass erblickte. Ich achtete nicht darauf, ich rannte; ich rannte um mein Leben. In Tat und Wahrheit war ich zwar auf der Suche nach einem Bundesrat, aber es hätten Hunderte von Rüdisühlis an mir vorbeijagen können, nie wäre ich auf den Gedanken gekommen, deswegen den Wettkampf abzubrechen.

Andere Läufer kamen uns entgegen, flogen vorbei; einmal überholten wir ein im Regen bummelndes Paar mit Hund, dann befanden wir uns wieder allein auf der Strecke. Nur Unentwegte liessen sich vom schlechten Wetter nicht abschrecken, machten dennoch ihre Waldläufe. Ein solch Unentwegter war ich, etwas Verrückteres konnte man sich kaum ausdenken. Der Weg vor mir hüpfte auf und ab, die Bäume tanzten.

«Lauf, lauf...» Wegen dem Brausen in meinen Ohren konnte ich meinen Verfolger phasenweise nicht mehr hören, aber ich fühlte beständig seine Gegenwart, er hing wie eine Klette an mir. Dann dünkte es mich, hinter mir das Getrampel ganzer Schwadronen zu vernehmen. Wieder erinnerte ich mich vage daran, wie ich beim Bushäuschen ausgerissen war. Damals hatte ich auch geglaubt, hordenweise Verfolger im Genick zu haben.

«Lauf, du Sauhund, lauf...»

Ich war tatsächlich nicht mehr sicher, ob er noch an mit klebte. Zu gerne hätte ich schnell den Kopf gedreht, doch instinktiv fühlte ich, dass dies mein Untergang gewesen wäre. Aber dieser schien ohnehin programmiert zu sein, ich konnte nämlich nicht mehr weiterlaufen. Faktisch von einer Sekunde zur andern war der Tank leer. Ich hielt mich an den Wegrand, machte noch ein paar torkelnde Schritte, und als ich nicht sogleich überholt wurde, schielte ich endlich rückwärts.

Ich sah gerade noch, wie mein vermeintlicher Gegner etwa hundert Meter weiter hinten gemächlich trabend und die Arme schlenkernd in einen Seitenweg abschwenkte, den ich in der Hitze des Gefechtes übersehen hatte. Er war mir zum Schluss gar nicht mehr gefolgt, hatte gekniffen, der Feigling. Ich brachte es kaum noch fertig, aufrecht zu stehen, mein Gaumen schmeckte nach Blut, jeder Atemzug verursachte Hustenreiz, der Magen hing direkt am Schlund, ich befürchtete, mich jeden Moment übergeben zu müssen. Als ich nun leise schwankend und nach Atem ringend in diesem vor Nässe dampfenden Wald stand, die Füsse auseinanderstellte, um nicht umzukippen, und Kopf und Schulter so tief hängen liess, dass ich unter meinem Hintern durchgucken konnte, nahm ich hinter mir einen neuen Läufer wahr, der sich so zügig näherte, dass ich bald nur noch seine Beine sehen konnte. Und während ich mich aufrichtete, um nicht einen maladen Eindruck zu machen, während ich von Schüttelfrost gepackt wurde, während ich mannhaft versuchte, Würgen und Stöhnen zu unterdrükken, während ich immer noch über mich selber staunte und während ich mit hervorquellenden Augen und offener, vor Speichel triefender Schnauze dem fröhlich an mir vorbeiziehenden Athleten nachglotzte, während all dem verschwand dieser allmählich in der unheilschwangeren Düsternis des verhinderten Frühlingsabends und löste sich in nichts auf. Es war niemand anderes gewesen als Herr Bundesrat Omar Rüdisühli persönlich.

9

Ungeachtet der Diskretionswünsche Murrs flitzte ich vom Herrschaftsholz Hals über Kopf zu seiner Residenz. Es drängte mich, ihn umgehend über meine sensationelle Begegnung mit Rüdisühli zu orientieren. Um keine Zeit zu verlieren, parkte ich den Töff möglichst nahe beim Eingang, hechtete in den Lift und flog aufwärts. Auf mein ungestümes Hupen öffnete niemand, Murr war offenbar nicht zu Hause. Ich hätte einfach vor die Tür hocken können; aber in Treppenhäusern auf jemanden zu warten ist etwas vom Trostlosesten, das Gott erfunden hat. Enttäuscht ging ich wieder nach unten.

Gerade als ich den Töff ankicken wollte, kreuzte Murr in einem silbergrauen Buick älteren Jahrgangs auf, der vor Zierleisten, Nebellampen und Schlusslichtern nur so strotzte. Als er meiner ansichtig wurde, stieg er nicht aus, sondern streckte bloss seine Tomate aus dem Wagenfenster und winkte mich zu sich.

«Wenn du dich schon hier zeigst, obschon du das nicht tun solltest», raunzte er, «so stelle wenigstens das nächste Mal dein Vehikel nicht direkt vor die Haustüre .»

«Sorry, Murr», entschuldigte ich mich. «Die News, die ich dir mitzuteilen habe, sind dermassen bedeutungsvoll, dass ich tatsächlich alle Vorsichtsmassnahmen verschwitzt habe.»

«So», grunzte Murr gnädig, «das tönt ja spannend. Hast du Rüdisühli angetroffen?»

«Du sagst es.»

«Hört, hört.» Er bedeutete mir einzusteigen, dann setzte er sein Schiff in Gang, wendete und fuhr langsam davon. Es verdross mich, dass wir nicht in die Wohnung hinaufgingen. Nach meinem totalen sportlichen Einsatz war ich fast am Verdursten und überhaupt in jeder Beziehung erholungsbedürftig. Bevor ich jedoch dazukam, mich zu beklagen, versprach Murr, nur eine kurze Fahrt zu unternehmen. Er wolle sich vergewissern, dass uns niemand beobachte. Es war nun völlig dunkel. Regen spritzte gegen die Windschutzscheibe, die Wischer schmierten, vor unseren halb zugekniffenen Augen tanzten unzählige Lichtreflexe auf dem nassen Asphalt.

Da ich mich nach dem Training nur notdürftig abgetrocknet und umgezogen hatte, fühlte ich mich äusserst unbehaglich. Ich fror und schwitzte zugleich.

«Also», sagte Murr, «schiess los, wo hast du Rüdisühli angetroffen? »

«Im Herrschaftsholz natürlich», antwortete ich.

«Das nehme ich an, aber wo genau im Herrschaftsholz?»

«Auf der langen Geraden, bevor man zum Parkplatz kommt.»

«Und um welche Zeit war das?»

Ich musste zugeben, dass ich das nicht mehr so bestimmt wusste.

«Gerade die exakte Zeit wäre von eminenter Wichtigkeit», wandte Murr ein.

«Sicher», erklärte ich, «aber jetzt wissen wir wenigstens, dass er tatsächlich immer noch im Herrschaftsholz läuft, und das ist ja wohl die Hauptsache. Überhaupt habe ich heute einiges geleistet, bin total kaputt und am Verschmachten und hätte tausend andere Wünsche, als in deinem Schrotthaufen für nichts und wieder nichts durch den Regen zu gondeln.» Die Tatsache, dass ich heute einen andern Läufer geschlagen hatte und es mir gelungen war, Rüdisühli zu orten, machte mich selbstsicher. «Bringe mich überhaupt nach Hause», fuhr ich daher fort, «ich will duschen, den Durst löschen und mich erholen.»

Murr nickte friedfertig und versprach, mich zwar nicht heimzufahren, aber demnächst anzuhalten, dann würde ich auch etwas zu trinken kriegen. Offenbar hatte er eine bestimmte Beiz im Auge. Doch soweit ich das in der triefenden Dunkelheit feststellen konnte, entfernten wir uns eher von jeder Zivilisation und schlugen immer einsamere Wege ein. Unvermittelt befanden wir uns auf einem engen Natursträsschen, im Scheinwerferlicht wirbelten Baumstämme vorüber, einmal schlugen sogar herunterhängende Äste gegen die Karosserie. Wo es hier etwas zu saufen geben sollte, war mir ein Rätsel.

Endlich schwenkte Murr auf eine Art Parkplatz ein, der ähnlich aussah wie derjenige im Herrschaftsholz, wo ich jeweilen den Töff abstellte, ging auf die Bremse, dass der Sand unter den Rädern knirschte, hielt und löschte die Lichter. Seinem Wunsch, dass ich auf den Rücksitz umsteigen solle, kam ich nur zögernd nach. Ich fragte mich, was er eigentlich im Schilde führte, jedenfalls war mir auf einmal recht mulmig zumute; so dachte ich allen Ernstes, Murr habe trotz seinem Frauenverschleiss eben doch ab und zu schwule Anwandlungen und trachte danach, mit mir Unfug zu treiben.

Aber er blieb hinter dem Steuer sitzen, knipste die bläuliche Innenbeleuchtung an und befahl mir, auf der im Fond befindlichen Mittelkonsole den und den Knopf zu drücken. Ich tat wie geheissen. Ein Schiebetürchen öffnete sich, zwei

Gläser sowie diverse kleine Flaschen, worunter auch Cola, kamen zum Vorschein. Ich trank gleich aus der Flasche. Murr verlangte einen «Ballantine on the rocks», wobei es ihm natürlich nur darum ging zu demonstrieren, dass seine Autobar sogar Eis anzubieten hatte, nahm er doch sonst den Whisky pur. Zu allem Überfluss steckte er sich noch eine seiner Zigarren an, die sogleich den übelsten Geruch verbreitete. Für meine topsaubere Läuferlunge war es die reinste Zumutung, am liebsten hätte ich lauthals reklamiert.

Murr löschte das blaue Licht. Draussen war es stockdunkel, dazu herrschte absolute Stille, nur die schwach erleuchtete Borduhr tickte. Den ärgsten Durst hatte ich gelöscht, dafür fror ich um so mehr. Mein entsprechendes Gejammer quittierte Murr mit einer kurzen, kommentarlosen Handbewegung am Armaturenbrett; ein Motörchen begann zu summen, und Wärme breitete sich aus; dazu strömte ein nach Fichtennadeln duftender Luftzug ins Wageninnere und verdrängte beinahe die Stumpenpest. Wie ich erst jetzt entdeckte, liess sich der Rücksessel in jede erdenkliche Lage verschieben. Zweifellos hätte man den Buick ohne weiteres in ein Schlafzimmer umwandeln können. Ich war drauf und dran, mich zu erkundigen, ob nicht auch eine Dusche vorhanden sei.

Weil mir nun nicht mehr kalt war, hätte ich tatsächlich am liebsten geschlafen; aber da drehte sich Murr zu mir und begann zu quasseln: Er finde es schlichtweg phantastisch, dass ich Rüdisühli nach so kurzer Zeit aufgespürt habe, an mir sei ein Detektiv verlorengegangen, und man könne jetzt bereits in eine neue Phase der Vorbereitungen treten. Überhaupt mache er den Vorschlag, möglichst rasch zu handeln, denn Rüdisühli trainiere kaum auf ewig, verschwinde vielleicht unverhofft von der Bildfläche oder werde gar abgesetzt, man wisse ja nie, woran man mit diesen Brüdern sei.

Einerseits teilte ich Murrs Auffassung, ich wollte ja auch nicht bis ans Ende meiner Tage einen Coup vorbereiten helfen; anderseits verursachte mir eben gerade die näherrückende Verwirklichung unseres Projektes Bauchweh. Bis jetzt war alles recht harmlos verlaufen; dies würde sich laut Murr drastisch ändern:

«Wir kommen nun zur eigentlichen Entführung», eröffnete er mir und liess dazu sein Glas kreisen, dass die noch nicht geschmolzenen Eiswürfel klirrten.

«Eben», spottete ich, «jetzt kommt das mit dem Sack.»

«Quatsch», ärgerte sich Murr, «es wäre gescheiter, die Sache ernsthaft zu diskutieren.»

«Das will ich durchaus», entgegnete ich, «nur weiss ich leider immer noch nicht, wie wir konkret vorgehen wollen. Und eines musst du dir bewusst sein, Murr, ab heute bist du nicht nur theoretisch, sondern auch praktisch mit von der Partie. Ich kann die Entführung nicht allein bewerkstelligen. Deine erlauchten Anweisungen in Ehren, aber du solltest dich vielleicht zur Abwechslung selber wieder einmal ins Herrschaftsholz bemühen.»

Zu meiner nicht gelinden Überraschung widersprach Murr mit keinem Wort und erklärte sich sogar bereit, einen geeigneten Sportanzug anzuschaffen und selber ein wenig zu laufen.

Draussen regnete es offenbar immer noch, denn als das Summen der Klimaanlage für einen Augenblick aussetzte, hörte man das leise Trommeln der Tropfen auf dem Wagendach. Die Scheiben hatten sich beschlagen, und der Gestank von Murrs Sargnagel dominierte von neuem.

Auf einmal stachen Scheinwerfer gegen unsere Heckscheibe; Murr traf Anstalten, sofort zu starten, aber der fremde Wagen schaukelte langsam vorbei; seine Schlusslichter wurden bald von der Schwärze des Waldes verschluckt. Wahrscheinlich handelte es sich um ein Liebespaar, das sich naturnahe befummeln wollte, wie Murr sich ausdrückte. Dies brachte ihn auf ein Nebenthema, das er schon früher einmal angeschnitten hatte:

«Ja keine Weiber», erklärte er, «diesen Streich müssen wir allein ausführen.» Er wusste von meinen wieder entflammten Gefühlen für Didi. Wahrscheinlich befürchtete er, ich würde den Mund nicht halten und sie in unser Komplott einweihen. Tatsächlich wäre es mir nicht unangenehm gewesen, eine Frau so quasi als Räuberbraut dabeizuhaben, es hätte der ganzen Angelegenheit eine romantische Note verliehen. Aber Murr machte meine diesbezüglichen Ambitionen unmissverständlich zunichte: «Keine Weiber», wiederholte er, «niemals darf eine Frau auch nur einen Summton von unserem Plan erfahren, hörst du.»

«O.K., O.K.», pflichtete ich bei, «ich kann gut auf Weiber verzichten, wenn nur du es auch kannst.»

Nachdem wir dieses Traktandum verabschiedet hatten, kamen wir erneut auf die Entführung zu sprechen: Murr war dafür, dass man Rüdisühli eine Falle stellte. Ich sah es auch in dieser Richtung, plädierte aber, wie früher schon, für ein praktisch durchführbares Programm. So wünschte ich zum Beispiel zu wissen, in was für eine Falle Rüdisühli tappen sollte. Murr schlug vor, im Herrschaftsholz mittels Wegweiser mit der Aufschrift «Turnschuhe gratis abzugeben» die Aufmerksamkeit der Jogger zu erwecken. Selbst ein Bundesrat könne einem solchen Angebot nicht widerstehen und lasse sich damit in den Dschungel locken, wo man ihn dann unschädlich machen könne.

«Sicher», sagte ich, «nur werden alle andern Läufer uns ebenfalls auf den Leim gehen, und der Witz besteht ja darin, dass wir mit Rüdisühli allein sein wollen . »

Murr brummte zustimmend und paffte hörbar an seiner Zigarre. «Lass uns, wenn Rüdisühli zu erwarten ist, einen Draht über den Weg spannen», empfahl ich, «sobald er gestürzt ist, eilen wir ihm zu Hilfe und . . .»

«Der Draht ist nur möglich, wenn Rüdisühli allein angetrabt kommt», unterbrach mich Murr, «wie willst du verhindern, dass andere Läufer auch darüberstolpern?»

«Heute abend war er einsamer als der Mann im Mond», wandte ich ein, «kein Mensch wäre uns in die Quere gekommen.»

«Du kannst einfach nicht damit rechnen, dass er von Anfang an allein ist. Sonst brauchst du gar keinen Draht, da kannst du ihn ebensogut mit einem gezielten Lassowurf schnappen.»

«Wahrscheinlich soll ich mich auch noch im Lassowerfen üben», knurrte ich.

Murr fand den Gedanken gar nicht so abwegig, und ich musste mich ernsthaft dagegen verwahren, noch weiteren sportlichen Stumpfsinn ausüben zu müssen.

«Wie kommt Rüdisühli überhaupt ins Herrschaftsholz?» sinnierte Murr. «Rennt er gleich von der Haustüre weg, oder fährt er zuerst mit dem Wagen?»

«Das weiss ich doch nicht.»

«Wir müssen das sobald wie möglich herausfinden, vielleicht könnte man ihn abfassen, bevor er überhaupt läuft.»

«Ich frage mich ohnehin schon die längste Zeit, warum er ausgerechnet beim Joggen hopsgenommen werden soll», sagte ich, «da gäbe es doch noch andere Gelegenheiten. Schliesslich bewegt sich Rüdisühli nicht grundsätzlich nur in diesem idiotischen Wald. Der fährt doch Auto, geht in die Stadt, sitzt auch einmal in der Spunte...»

«Aber da ist er beständig umvölkert», entgegnete Murr, «wir können ihn nirgends so elegant aus dem Verkehr ziehen wie beim Laufen, Fred. Und selbst dann, wenn scharenweise andere Läufer unterwegs sein sollten, fällt er beim Training im Wald viel weniger auf als sonstwo in der Öffentlichkeit. Überhaupt, auf was für eine Strategie wir uns auch immer festlegen, ein Risiko ist auf jeden Fall dabei.»

So redeten wir hin und her, kamen vom Hundertsten zum Tausendsten; bald fehlte nichts mehr auf der Liste der Abschussmöglichkeiten, selbst der vergiftete Pfeil, mit dem man von einem Baum aus Rüdisühli treffen könnte, stand zur Debatte.

Endlich hielten wir erschöpft inne, ich legte den Kopf auf den Rand der Rücklehne. Mich dünkte, Mitternacht müsste längst vorüber sein, aber die Leuchtkäferuhr im Wagen zeigte noch nicht einmal zehn. Da drehte sich Murr, den ich nur als dunkle, unförmige Masse wahrnahm, erneut zu mir:

«Ich hab's», orakelte er, «I have got it, Fred.» Er warf das erloschene Zigarrenende aus dem Fenster und liess sich dafür von mir einen weiteren Whisky kredenzen. «Wir werden uns als Waldarbeiter verkleiden; du wartest an der Strecke, ich bleibe vorerst unsichtbar. Sobald Rüdisühli und etwelche weitere Kandidaten angetrabt kommen, stellst du dich ihnen in den Weg und erklärst, da vorne werde ein Baum gefällt, es könne gefährlich werden, sie müssten sich einen Augenblick gedulden. Nach einer Weile trete ich auf, um zu melden, dass beim Fällen eine Verzögerung eingetreten sei, es dürfe weitergelaufen werden. Wir lassen alle gehen, bis auf Rüdisühli. Dem eröffnen wir in aller Unschuld, dass wir ihn selbstverständlich erkannt hätten und scharf auf ein Autogramm seien. Welches prominente Mannsbild, Fred, fühlt sich nicht gebauchpinselt, wenn es Unterschriften verteilen darf? Rüdisühli wird freudig warten, bis einer von uns Papier und Schreiber zum Vorschein bringt. Und noch während er sich freut, werden wir ihm zwar nicht den Bauch pinseln, dafür aber eins über den Schädel ziehen.»

«Sorry», sagte ich, als Murr endlich eine Verschnaufpause einlegte, «so plastisch wie du sehe ich das mit dem Baumfällen nicht. Wer sagt dir, dass weitere Jogger, die bis zu uns aufgelaufen sind, dann auch wirklich abhauen, wenn wir die fingierte Sperre aufheben. Die werden doch alle den Bundesrat bestaunen und sich erst wieder bewegen, wenn er auch weiterrennt.»

«Fred», erklärte Murr und war wieder einmal die Geduld selbst, «ich mache dich zum x-ten Mal darauf aufmerksam, dass es in unserem Fall keine perfekte Strategie geben kann, wir müssen es in Gottes Namen nehmen, wie es kommt. Kreuzt Rüdisühli allein auf oder wird später allein gelassen, dann können wir ihn beim Wickel nehmen; ist er in Gesellschaft und gelingt es uns nicht, ihn als einzigen zurückzuhalten, dann müssen wir den Coup verschieben.»

Er hatte natürlich recht. Solange wir darauf beharrten, die Entführung zu zweit abzuwickeln, mussten wir, was wir auch immer ankehrten, mit Komplikationen rechnen. Dennoch zeigte ich für Murrs Vorschlag nur geringe Begeisterung: «Da muss einer vom Sack getroffen sein, wenn er auf diesen Waldarbeitertrick hereinfällt», nörgelte ich; «und kannst du mir vielleicht verraten, wozu ich seit Wochen wie ein armer Irrer umherrennen muss, um schlussendlich einen Holzhacker zu markieren, und kannst du mir weiter erläutern, was mit Rüdisühli passieren soll, wenn wir ihn bestenfalls k.o. geschlagen und in die Büsche geschleppt haben?»

Meine Rolle als joggender Beobachter sei nach wie vor von grosser Wichtigkeit, betonte Murr. Ausserdem könne man nicht wissen, ob man bei der Entführung nicht vielleicht doch noch werde laufen müssen; und überhaupt gehöre es ganz einfach dazu, dass man trainiert sei, wenn man einen relativ starken Läufer einfangen wolle. Was den Abtransport des Opfers angehe, sei das ein anderes Paar Hosen, dieses Problem würden wir zu einem späteren Zeitpunkt erörtern.

«O.K.», gab ich meinen Segen, «lassen wir das Baumfällertheater über die Bühne gehen.» Erstens leuchtete mir Murrs Projekt mehr ein, als ich auf Anhieb zugeben wollte, und zweitens lag mir überhaupt nichts an einer Verlängerung des nächtlichen Disputs. Ich war wieder einmal so groggy, dass ich auf der Stelle hätte einpennen können.

«Dein selbstloses Einverständnis freut mich ungemein», konstatierte Murr. «Du wirst es erleben, Fred, wie unser heiss geliebtes Vaterland kopfsteht, wenn wir der Regierung mitteilen, dass sich ihr verdientes Mitglied Omar Rüdisühli während dem Training im Herrschaftsholz in ein Eichhörnchen verwandelt habe und dass er nur gegen ein bescheidenes Sümmchen wieder in einen Bundesrat umgemodelt werden könne.»

Er schlug den Mantelkragen hoch, zündete eine neue Havanna an und setzte eine Baskenmütze oder eine Dächlikappe auf; in der Dunkelheit konnte ich nicht genau erkennen, was es war. Dann startete er den Buick, wendete rasant und brauste mit durchdrehenden Rädern durch den Tunnel des Waldes davon.

10

Anfang Mai kam ich überraschend zu einem Job als Platzanweiser im Kino Royal. Da ich normalerweise nur während den Abendvorstellungen Dienst hatte, blieb mir genügend Musse, zu trainieren und gleichzeitig den Laufplan Rüdisühlis zu studieren.

Murr konnte es sich natürlich nicht verkneifen, wegen meiner neuen Beschäftigung seinen Senf dazuzugeben. Besser zur Schau stellen als im Kino könnte ich mich nirgends, meckerte er; es sei eine Frage der Zeit, und jedermann kenne mich. Ebensogut könnte ich mir ein Plakat umhängen mit dem Hinweis, dass ich einen Bundesrat entführen wolle. Ich konterte mit ähnlich starkem Geschütz und setzte ihm wieder einmal auseinander, dass ich nicht auf Rosen gebettet sei wie gewisse andere Leute und mir meine Beschäftigung nicht nach Lust und Laune aussuchen könne, besonders dann nicht, wenn ich die Hälfte meiner Zeit im Walde verplempern müsse.

In diesem Zusammenhang sei immerhin positiv erwähnt, dass sich Murr öfters im Herrschaftsholz zeigte und manchmal trainingshalber sogar ein paar Zentimeter davonwatschelte. Im Sportanzug kam seine Körperfülle erst richtig zur Geltung; inmitten der andern Jogger machte er eher einen deplazierten Eindruck, er kam mir so unbeholfen vor wie ein Seehund auf dem Trockenen. In sportlicher Hinsicht wenigstens fühlte ich mich ihm haushoch überlegen. Ihn schien das völlig kühl zu lassen, seine läuferische Unfähigkeit machte er mit grossspurigen Reden wett. Wettermässig war es immer noch derselbe Verschütt, und wenn der Sonnenteufel ausnahmsweise an dunklen Wolkenrändern vorbeistach, zündete er einem bis hinter die Augäpfel und verursachte Kopfschmerzen.

Rüdisühlis und unsere Wege kreuzten sich jeweilen an einem Donnerstag oder Samstag. Leider hielt er keine bestimmten Tageszeiten ein, was die Gestaltung des Programms für den Tag X wesentlich erschwerte. Und was hiess schon Tag X? Wahrscheinlich änderte er auch die Tage wieder, und ich rechnete bereits damit, dass wir schlimmstenfalls eine ganze Woche oder mehr würden auf der Lauer liegen müssen.

Dennoch hatte Honolulu inzwischen bestimmte Formen angenommen. Die Verkleidung für den Waldarbeitertürk war bereits vorhanden, der Ort, wo die Aktion stattfinden sollte, genau bestimmt. Auch vom Fluchtweg hatten wir eine bestimmte Vorstellung. Einzig aus dem Ort, wo Rüdisühli hingebracht werden sollte, machte Murr vorläufig noch das Geheimnis des Jahrhunderts. Ebenfalls zur Debatte stand noch, auf welche Art und Weise der Bundesrat ausser Gefecht gesetzt werden sollte. Als künftiger Waldarbeiter plädierte ich für einen Hieb mit der umgekehrten Axt hinter die Ohren; Murr sah es mehr auf die feine Tour und schlug vor, Rüdisühli ein chloroformgetränktes Tuch auf den Rüssel zu drücken.

Mitten in den Vorbereitungen für den grossen Coup hatten wir dann einen Riesenkrach.

Des sinnlosen Gerennes im Herrschaftsholz müde geworden und überhaupt fed up mit dem Hundeleben, das zu führen ich verdammt war, suchte ich an einem arbeitsfreien, ausnahmsweise schönen und warmen Abend den Kontakt zu einigen meiner nichtadeligen Kollegen. Es war Donnerstag mit Abendverkauf, Geschrei, Geheul und Gedudel an sämtlichen Ecken und Seiltänzern und ähnlichem faulen Zauber auf dem Bundesplatz. Der Schmauch unzähliger Bratwurstgrills geschäftstüchtiger Metzger hing wie eine Giftwolke über der Stadt. Überall herrschte hysterische Fröhlichkeit, die Leute konsumierten wie halb wahnsinnig, das Gedränge in den Gassen glich schon eher einem panischen Aufbruch. Es kam mir vor, als wollte sich männiglich noch austoben, bevor die Bombe fiel.

Kurz vor Ladenschluss landeten wir zufälligerweise in der Bahnhofhalle, wo ein Jodlerverein, der wahrscheinlich eine Blustfahrt in den Grossstadtdschungel unternommen hatte, eben ein Ständchen gab. Während die wackeren Mannen und ihre in Trachtenzeugs steckenden Gewitterziegen in markerschütternden Tönen wohlige, ländliche Zustände lobpreisten, die es sicher schon längst nicht mehr gab, schubsten wir uns mit den Ellbogen, und Didi, die auch mit von der Partie war, fragte mich mit der grössten Unschuldsmiene, ob ich wisse, warum jodelnde Jodler grundsätzlich die Hände in den Hosensäcken hätten. Ich musste verneinen.

«Damit sie hinunterdrücken können, wenn es hochgeht», erläuterte Didi und blickte mich spöttisch an. So ungeheuer komisch fand ich diesen Joke nun wirklich nicht, aber der Knilch neben mir, der ebenfalls zugehört hatte, kriegte fast ein Kind vor Wonne und gab den Hafenkäs natürlich weiter. Zuletzt blickten wir alle sehr interessiert auf die Hosensäcke der Jodler, und nun wurde auch ich von

Lachkrämpfen geschüttelt. Oh, es war wirklich das Gaudium des Abends. Die sangen und jodelten mit todernsten Gesichtern und hatten keine Ahnung, was wir wussten oder wenigstens zu wissen glaubten. Aus lauter Übermut drehte ich den Ghetto-Blaster, den Didi schon die ganze Zeit mitschleppte, auf volle Lautstärke. Die über hundert Dezibel übertönten den Kuhgesang bei weitem; auf einmal ging bei den Jodlern gar nichts mehr hoch. Wir erhielten böse Blicke von solchen, die eben noch andächtig dem folkloristischen Gejammer gelauscht hatten, und eine alte Schreckschraube hatte tatsächlich die Keckheit, uns «Saubande» und analoge Bezeichnungen zuzurufen. Die Jodler hingegen, diese Feiglinge, grinsten verzagt aus ihren zinnobrigen Zifferblättern und brachen ihr Geheul ab. Ich hatte bestimmt damit gerechnet, dass sie die weissen Hemdsärmel aufrollen und so recht vaterländisch auf uns losgehen würden. Eine nette kleine Schlägerei hätte meiner momentanen Stimmung durchaus entsprochen. Aber die standen völlig offside und waren nicht einmal fähig, uns wenigstens zu beschimpfen. Wahrscheinlich handelte es sich gar nicht um echte Bauern, sondern um sentimentale Bürolisten oder gar Beamte, die aus lauter Frust in volkstümlich machten.

So war das Ganze nicht mehr lustig. Ich schulterte den Ghetto-Blaster und richtete meine Schritte gegen den südlichen Ausgang. Hinter mir und im Sog des alles übertönenden Sounds aus dem Lautsprecher folgten Didi und die übrigen. Es war die reinste Prozession quer durch den Bahnhof, bloss fiel vor uns niemand auf die Knie; wir ernteten höchstens Kopfschütteln, ein stadtbekannter Halbirrer, der zufälligerweise vorbeimarschierte, zeigte uns den Vogel, und zwei Blaue, die vor dem Schaufenster mit der Porno-Reklame vom Cinema Actualis Stellung bezogen hatten, scharrten mit den Füssen wie dem Start entgegenfiebernde Rennpferde und wussten offensichtlich nicht recht, ob sie eingreifen sollten oder nicht.

Am Ende der Unterführung kletterten wir sehr zum Ärger diverser Passanten in verkehrter Richtung über die abwärts führende Rolltreppe ans Tages- beziehungsweise Leuchtschriftenlicht des Bahnhofplatzes. Didi und ich fuhren dann wieder hinab, um uns auf der andern Seite erneut und ganz regulär in die Höhe tragen zu lassen. Oben angekommen, blieb ich direkt vor der Rolltreppe stehen, stellte den Ghetto-Blaster, der eben das «brutal-peep-pinkwauhwauh of the beastly halfbrothers of Rosegarden» von sich gab, auf den Boden und begann Didi grossflächig abzuknutschen. Hinter uns entstand ein Gedränge, die von unten herandriftenden Leute mussten einen Bogen um uns machen, besonders Ergrimmte rammten uns mit Absicht.

Irgendwann war tatsächlich ein kleines Männchen mit krummen Beinen und violettrotem Eierkopf frech genug, uns anzuquatschen:

«Macht doch Platz», zirpte es, «solchen Subjekten wie euch sollte man wirklich den Hintern versohlen.»

«Versuch es doch, du abgebrochener Riese», rief ich gutgelaunt, «für dich ziehe ich sogar die Hosen aus.»

Der Mann lief noch um eine Schattierung farbiger an, wackelte vor Aufregung mit dem Kopf und gab unverständliche, gackernde Laute von sich. Anstatt zu verreisen, blieb er stehen wie festgenagelt und gackerte.

«Tschüss», näselte ich, «wenn du nicht vernünftig reden kannst, schleich ab.»

Meine Anhängerschaft zollte Beifall. Ein schlacksiger Laban, den ich heute abend zum erstenmal unter uns gesehen hatte, schlug vor, den renitenten Kerl auf das Dach des nächsten Trolleybusses zu schmeissen.

«Tu das nur selber», dachte ich. Dass sich der einmischte, passte mir nicht; überhaupt war mir der ganze Auflauf, den ich eigentlich selber provoziert hatte, plötzlich zuwider.

«Hau ab», legte ich dem Zwerg noch einmal nahe, «sonst gibt es Ärger.»

Vielleicht wäre er wirklich gegangen, aber da erhielt er Schützenhilfe von weiteren Bünzlifiguren, denen es wie gewünscht kam, mir und meinesgleichen wieder einmal darzulegen, was für Abschaum wir seien; wobei selbstverständlich vorausgesetzt wurde, dass wir vom Alkoholkonsum via Schlendrian bis zum Drogenkonsum sämtlichen Lastern frönen würden, die Gott erfunden hatte. Dabei wusste ich, dass kaum einer von uns ein Alki oder Fixer war. Aber in dieser beschissenen Stadt genügte es bereits, in einer andern Richtung aus dem Bahnhof zu marschieren als hunderttausend andere, um ein Schädling der Gesellschaft zu sein. Wer nicht täglich nach oben robbte, sich in Abendkursen halb zu Tode schindete, einen Opel oder Merz unter dem Arsch hatte und in Gstaad oder Schwindelwald ein Weekendhaus sein eigen nannte, war eben ein Aussenseiter, ein Ärgernis, eine trübe Tasse.

Wenn ich vorhin noch beinahe bedauert hatte, den Wirbel angezettelt zu haben, so war ich jetzt wieder ganz happy darüber. Gerade noch rechtzeitig kam mir die Galle hoch. Eine möglichst handfeste Auseinandersetzung mit diesem Tross von selbstgerechten Spiessern war fällig; seit dem Happening im Bus hatte ich kaum Gelegenheit gehabt, in der Öffentlichkeit Dampf abzulassen:

«Sie sind wohl Beamter», rief ich demjenigen zu, der sich am lautesten gebärdete. «Beamter auf Urlaub, he. Sonst liegen Sie wahrscheinlich den ganzen Tag zwischen den Deckeln eines Bundesordners und haben nichts zu melden, darum müssen Sie hier solche Töne anschlagen.»

Der Typ ballte die Fäuste und traf Anstalten, mich anzugreifen. Aber in diesem Augenblick scharte sich mein Gefolge um mich, da hielt er inne und liess den Kiefer hängen. Der Zwerg hatte sich mittlerweile dünngemacht, und auch der mit den Fäusten schien gelegentlich aufbrechen zu wollen; dafür waren andere da, die eine grosse Röhre führten. Unvermittelt sahen wir uns einer Front rauflustiger Speckjäger gegenüber. Was mich echt beelendete, war die Tatsache, dass es auch etliche Twens darunter hatte: solide, senkrechte, gefreute Söhne; Aufsteiger, solche, die niemandem Kummer machten, die beim Bankverein ein Sparbüchlein hatten, solche, auf die man zählen konnte, Beamtennachwuchs, spätere Bundeshäusler. Nachdem vorhin die Jodler so schmählich versagt hatten, schienen sie hier ihre Rächer gefunden zu haben. Fehlte nur noch, dass die beiden Polypen in der Passage unten Morgenluft witterten und heraufkamen, dann würde einem Mordskrawall nichts mehr im Wege stehen. An sensationsgeilen Zuschauern fehlte es nicht, die Leute standen bereits bis an die Kantonsgrenze und gafften. Allerhand Schmeicheleien flogen hin und her wie Pingpongbälle, wobei sich unsere Gegner an primitiven Äusserungen gegenseitig übertrafen. Da versetzte so ein militanter Rotzjunge mit kahlgeschorener Rübe und Wulst im Stierennacken dem immer noch am Boden heulenden Ghetto-Blaster einen Tritt, Batterien und andere Innereien des Kastens machten sich selbständig und flogen ins Publikum. Das war der berühmte Funke ins Pulverfass. Während meine Gefolgschaft empört aufschrie, löste ich mich endgültig von Didi und ging auf den erstbesten der fiesen Laffen los. Eben wollte ich eine rechte Gerade à la Tom Hotchkiss landen, da entdeckte ich mitten unter den Zaungästen, angestrahlt von einer orangen Leuchtschrift, die massige Gestalt Murrs. Er winkte mich mit einer seiner typischen rechthaberischen Gesten zu sich. Und wenn ich zuerst dachte, «leck du mich», so musste ich leider feststellen, dass gegen seine Macht, die er über mich hatte, kein Kraut gewachsen war. Das Geschrei, der ganze Tumult um mich herum schien sich aufzulösen wie ein Spuk; auf einmal ging mich die Fehde mit dem idiotischen Feierabendvolk nichts mehr an.

Ich liess Didi stehen, kümmerte mich auch nicht mehr um den demolierten Ghetto-Blaster und ruderte durch die

Menge in Richtung Murr. Hinter mir ging es jetzt richtig los. Schimpfwörter und Gegröle vermischten sich, irgendwo klirrte Glas, und eine Gruppe von Strassenmusikanten, die vorhin ganz manierlich gespielt hatte, veranstaltete nun mit ihren Instrumenten einen Höllenlärm.

Ohne ein Wort zu sagen, griff mich Murr beim Arm und zerrte mich quer über die Gasse an die behäbige Hinterseite der Heiliggeistkirche. Dort, zwischen abgestellten Fahrrädern und umgekippten Kehrichteimern, blieb er stehen und fixierte mich mit einem Blick, der das Schlimmste ahnen liess.

«Fertig», zischte er unter seinem mir heute sehr schmal erscheinenden Schnurrbart hervor. «Fertig, Schluss. » Dann drehte er sich um und liess mich stehen.

«He, Murr!» rief ich, «so warte doch...»

Er schritt am Hotel Schweizerhof vorbei und verschwand dann in jenem Treppenaufgang, den wir vor knapp einer halben Stunde benützt hatten, bevor wir zu den Jodlern gestossen waren. Auf der Vorderseite der Kirche war der Tumult in vollem Gang, in der Ferne vernahm ich Sirenengeheul; möglicherweise war bereits die Polizei aufgeboten worden. Ich begann zu laufen, flog die Treppe hinunter und holte Murr schon am Anfang der Bahnhoflhalle ein. Ganz umsonst war mein Training nicht gewesen. Ich erwischte ihn beim Ärmel seines dunklen Anzuges, aber er schüttelte mich ab wie ein lästiges Insekt.

«Murr, was ist los? Tu doch nicht so komisch.»

Er gab keine Antwort, liess sich vom nächsten Rollband hinauftragen, stelzte quer über die erste Etage, fuhr wieder hinunter, schwenkte in die Gleisunterführung ein, boxte sich durch die Menge der An- und Abreisenden und begann am andern Ende der Unterführung die Treppe hinaufzusteigen. Ich folgte schräg hinter ihm und kam mir vor wie ein Köter, der in treuer Ergebenheit seinem Meister nachzottelte.

Schliesslich landeten wir ungefähr dort, wo wir bei unserer ersten Bahnhofbesprechung gestanden hatten. Murr wischte sich den Schweiss von der Platte und atmete hörbar durch seinen halbgeöffneten Mund. Mir hatte die Hatz durch den Bahnhof natürlich nichts anhaben können; wenn ich schwitzte, dann vor Aufregung.

«Murr», fragte ich noch einmal, «was ist los?»

«Nichts mehr ist los», keuchte er, «nichts.»

Ich liess ihn verschnaufen, und als er sich weiterhin in Schweigen hüllte, wandte ich mich ab.

«O.K.», sagte ich beleidigt, «wenn du nicht reden willst, so lass es bleiben, nur weiss ich nicht, wozu du mich überhaupt zu dir gepfiffen hast.»

«Das weisst du sehr wohl», schnob er und blitzte mich an, als wollte er mich auf der Stelle auffressen. «Du treibst dich nicht bloss mit diesem Pack abgestandener Rowdies umher, nein, du musst ausgerechnet dort, wo es garantiert am meisten Volk hat, ein solches Affentheater veranstalten, dass nachher die halbe Stadt mit Fingern auf dich zeigt.»

«Ich habe überhaupt nichts veranstaltet», versuchte ich die Angelegenheit hinunterzuspielen. «Ich kann nichts dafür, dass wir von diesen verfluchten Banausen angepöbelt worden sind.»

«Ihr seid gar nicht angepöbelt worden», konterte Murr, «es ist genau umgekehrt gewesen; ihr selber, und besonders du, habt den Streit vom Zaune gebrochen, ich habe euch nämlich beobachtet.»

Innerlich musste ich zugeben, dass Murr nicht ganz unrecht hatte, das versetzte mich erst recht in Harnisch: «Ist es jetzt glücklich so weit gekommen, dass ich beobachtet werde?» reklamierte ich. «Ich bin immer noch ein freier Mensch, Herr von Raffenweid. Ich lasse mir doch nicht vorschreiben, mit wem ich wann, wie und wo verkehren darf.»

«Mit dir diskutiere ich nicht mehr», erklärte Murr. «Nur soviel habe ich dir noch mitzuteilen: Die Idee eines Rachefeldzuges gegen Beamte stammt von dir. Du hast bei mir um Rat und Hilfe nachgesucht, beides habe ich dir gewährt. Die Aktion Honolulu, in die ich Zeit und Geld gesteckt habe, steht und fällt mit unserer Partnerschaft, und die hast du heute abend aufs Spiel gesetzt. Ich will nicht mehr mit dir zusammenarbeiten, du bist mir zu unseriös.» Unglaublicherweise rannte auch diesmal eine Anzahl Jogger die Treppe hinunter; offenbar war der Aufgang ein Läufereldorado rund um die Uhr. Ich blickte ihnen verblüfft nach, Murr schüttelte bloss den Kopf. Dann stiegen Menschen mit Koffern an uns vorbei, später ein paar Besoffene. Wir waren heute bei weitem nicht so allein und ungestört wie voriges Mal.

«Es geht mir noch immer nicht in den Schädel, was der heutige Abend und der Rummel vorhin mit Honolulu zu tun haben», pochte ich mit verhaltener Stimme, um von niemandem gehört zu werden.

«Fred», sagte Murr, sichtlich um Beherrschung bemüht, «Fred, erstens stehen wir unmittelbar vor dem Tag X, da solltest du dich hundertprozentig auf die Aktion konzentrieren und nicht mit einer Horde Halbwilder herumtollen. Wenn du dich heute abend schon austoben musstest, hättest du das im Herrschaftsholz tun können und nicht mitten in der Stadt. Zweitens ist es nach wie vor wesentlich, dass wir in den Augen der Öffentlichkeit zwei völlig unbeschriebene Blätter darstellen. Drittens haben wir ein grosses und nicht ungefährliches Ding vor; und da riskierst du wegen einer Bagatelle Kopf und Kragen. Stell dir vor, du wärest festgenommen worden.»

Wohl oder übel musste ich seine Vorhaltungen ein Stück weit akzeptieren, aber im Grunde genommen war es doch so, dass Murr sauer war, weil ich mich anstatt mit ihm mit meinen Kameraden amüsiert hatte. Wenn ich ihm nicht aus der Hand frass, gab es Streit, das war schon immer so.

«Zeit habe ich in das Unternehmen ebenfalls gestopft», rechtfertigte ich mich, «jedenfalls mehr Zeit als du. Dann habe ich grundsätzlich immer das getan, was du wolltest. Du brauchtest nur mit dem kleinen Finger zu winken, dann kam ich angebuckelt, genau wie heute abend. Du bist nicht mein Vormund, verstehst du, und dass du mir noch in meiner ohnehin spärlich bemessenen Freizeit nachspionierst, ist einfach der Gipfel. Du bist gerade der Rechte, von Partnerschaft und Vertrauen zu schwafeln.» Empört wandte ich mich ab.

«Ich habe dir nicht nachspioniert», erklärte Murr, «ich habe mich rein zufällig dort aufgehalten, und das war wahrscheinlich dein Glück.»

Ich gestattete mir, dieses Glück sehr in Frage zu stellen, worauf mir Murr vorschlug, doch künftig wieder für mich selber zu sorgen. Wir stritten hin und her, aber keiner von uns beiden hatte den Mumm, wirklich einen Schlusspunkt zu setzen und davonzugehen. Es kam mir vor, als hätte man uns mit einem Seil zusammengebunden. Das Ende vom Lied war, dass wir nicht gerade Arm in Arm, aber immerhin zusammen die Treppe hinuntergingen. Während wir, auf Geheiss Murrs natürlich, dem Buffet zusteuerten, um dort einen Versöhnungstrunk zu genehmigen, nannte ich mich einmal mehr den grössten Trottel unter der Sonne, weil ich die Gelegenheit nicht beim Schopf gepackt hatte, aus Honolulu auszusteigen.

11

Kurz nach diesem denkwürdigen Abend erwartete mich Murr nach Kinoschluss vor dem «Royal». Beinahe hätten wir einander verpasst, weil ich nicht den offiziellen Ausgang benützte. Er stand bei seinem halb auf dem Trottoir geparkten Buick und winkte mich schon wieder heran. Rasch öffnete ich die Wagentür und flegelte mich in die Polster.

«Wie kommst du dazu, mich hier abzuholen», nahm ich ihn auf den Hut, nachdem er sich endlich hinter das Steuer gequetscht hatte, «hast du deine berühmten Vorsichtsmassnahmen vergessen? Das ganze Kino hat uns gesehen, und diesen Wagen kannst du für Honolulu bestimmt nicht mehr einsetzen, man würde ihn wiedererkennen und unliebsame Schlüsse ziehen.»

Murr machte eine ungehaltene Bewegung: «Lass die Sprüche.» Er drückte auf die Tube, dass wir einen Sprung nach vorne taten und ich beinahe über die Sitzlehne zurückflog.

«He, he», muckte ich und nahm zugleich zur Kenntnis, dass Murr wieder einmal sämtliche auf Rot stehenden Ampeln missachtete. Er, der wegen meinem Auftritt vor dem Bahnhof auf die Palmen gegangen war, pfuschte jetzt so gestört auf der Strasse umher, dass der hinterste Schroter auf ihn aufmerksam werden musste. «He, he», reklamierte ich noch einmal, während wir der Stadtgrenze zu rasten und hinter uns die Lichter der City wie der Schwanz einer Rakete verzischten.

«Eine dicke Scheisse ist passiert», knurrte Murr endlich an seiner Zigarre vorbei, die er ausnahmsweise nicht angezündet hatte.

«Ou», war alles, was ich dazu sagte. Ich vermutete, dass unser Plan verraten worden war und wir uns bereits auf der Flucht befanden. Nach Murrs Fahrweise zu schliessen, musste es beinahe so sein. Aber er fuhr nach Bümpliz, tauchte in die Tiefgarage seiner Nobelbaracke, zerrte mich aus dem Wagen und hinein in den Bonzenheber.

Die Wohnung war hell erleuchtet; offenbar hatte Murr sich vorhin so überstürzt auf die Socken gemacht, dass er nicht einmal mehr dazu gekommen war, die Lichter zu löschen. Er hastete mir voran in die gute Stube, erwischte mit knapper Not den Durchgang zwischen Gnu und Aquarium, plumpste in seinen Schreibtischsessel und klatschte mir eine Zeitung vor die Nase.

«Da», war sein ganzer Kommentar. Er lehnte sich zurück, griff nach der Flasche und begann Whisky zu saufen. Ich tat so, als würde mich die Zeitung nicht im geringsten interessieren; erst als ich meine Neugierde nicht länger bezähmen konnte, begann ich zu lesen. «Mehr Sicherheit für den joggenden Bundesrat», stand in fetter Schrift auf der aufgeschlagenen Seite. Gleichzeitig sprang mir ein Bild in die Augen, das unverkennbar unseren Bundesrat Rüdisühli im Trainingsanzug zeigte. Das wäre an sich noch nicht besonders alarmierend gewesen; aber neben Rüdisühli befand sich ein Riesenvieh von einer dänischen Dogge, die selbst den Hund von Baskerville in den Schatten stellte. Ich rückte näher zum Leuchtglobus und begann den ergänzenden Text zu studieren.

Das Schweizervolk habe mit Genugtuung zur Kenntnis genommen, las ich, dass Bundesrat Omar Rüdisühli sich nicht zu schade sei, Laufsport zu treiben wie tausend andere auch. Seine engsten Mitarbeiter und etliche Sicherheitsbeamte hingegen würden das lockere Gebaren Rüdisühlis als äusserst fahrlässig taxieren. Man habe ihn praktisch gezwungen, sich in der Öffentlichkeit besser zu schützen. Doch dieser wahrlich echte Vertreter des Volkes habe sich keine Leibgarde aufschwatzen lassen, sondern einen äusserst angriffigen Hund angeschafft, der ihn künftig bei sämtlichen Trainings begleiten werde. Ob die Staatskasse den Hund zu bezahlen habe, sei noch nicht entschieden.

«In Gottes Namen», seufzte ich und schob die Zeitung über den Schreibtisch zurück, «jetzt ist es passiert.» Dass uns der Hund einen Strich durch die Rechnung machte, ja unser Vorhaben vereitelte, lag auf der Hand. Irgendwie war ich erleichtert.

«Es ist zum Heulen», jammerte Murr. Er schlug mit der flachen Hand auf die Zeitung, als wäre diese am ganzen Unglück schuld. «Alles schien wie am Schnürchen zu laufen, wir haben ja auch viel Zeit und Arbeit für Honolulu aufgewendet, du hast dich für dieses blödsinnige Training geopfert…»

«Ach, wegen dem…», bagatellisierte ich. Dass Murr meine Verdienste erwähnte, freute mich. Vor lauter Rührung erhob ich mich und strich dem Gnu über das staubige Fell.

«Aber ich gebe nicht auf», rebellierte Murr, «es muss Mittel und Wege geben, Rüdisühli dennoch zu erwischen.»

«Wir könnten ja versuchen, den Hund mit einer Wurst zu bestechen», schlug ich vor. «Vielleicht schlägt er sich auf unsere Seite und beisst seinen Meister im klassischen Moment in den Hintern.»

«Fred», erklärte Murr, «Fred, es ist mir ernst. Ich will Honolulu durchführen.»

«Ach, hör doch auf. Honolulu ist futsch, das weisst du so gut wie ich.» Seine Starrköpfigkeit ging mir auf den Wecker.

«Nimm dir lieber eine Cola und hilf mir überlegen.» Murr wies mit dem Kinn gegen die Hausbar.

Ich wollte keine Cola, und ich wollte auch nicht überlegen. «Danke, Murr, meine Cola trinke ich ein andermal, und von Honolulu will ich vorläufig nichts mehr hören.» Ich strich noch einmal über das Gnu und zog mich in den Korridor zurück.

«Wir werden ja sehen», rief mir Murr nach.

Auf dem Heimweg hatte ich dann zwei kleine Erlebnisse, die mir vor Augen führten, wie nötig die Durchführung von Honolulu eben doch war.

Kaum befand ich mich auf der Strasse, lief ich völlig gedankenabwesend einem Audi vor die Schnauze.

«Hast du keine Augen im Kopf, du scheissiger Beatnik», schrie der Fahrer aus dem Fenster, «wegen solchen wie du sollte man gar nicht auf die Bremse.»

Ich war beinahe gestürzt und völlig verdattert; bevor ich mich fassen und etwas erwidern konnte, war der Schlitten antennezitternd und schlusslichtblinkend um den nächsten Rank gerauscht. Bebend vor Schreck und Wut schlich ich weiter, dabei kam ich an einem noch erleuchteten Bushäuschen vorbei, ähnlich dem, das damals bei meiner Flucht eine Rolle gespielt hatte. Mein Blick fiel auf ein AIDS-Plakat, über das einer geschmiert hatte: «Stellt alle Gammler an die Wand, dann gibt es Ruh im Schweizerland.»

«Saubande», knurrte ich und trottete empört nach Hause.

Als mich Murr zwei Tage später erneut zu sich zitierte, um, wie er sich ausdrückte, an einem mitternächtlichen Imbiss Honolulu wieder aufzuwärmen, sagte ich nicht nein.

Der runde Tisch im Salon war feierlich für zwei Personen gedeckt; kunstvoll verschlungene Servietten steckten in Kelchgläsern, hohe weisse Kerzen brannten, und in beschlagenen Eiskübeln harrten eine langhalsige Flasche Weisswein und eine Flasche Coca-Cola der Dinge. Murr sass in seiner ganzen Lebensgrösse hinter dem Tisch und ähnelte in seiner dunklen Schale tatsächlich ein wenig einem grossen schwarzen Kater. Mit einer lässigen Handbewegung deutete er auf diverse Platten und Plättchen, die den festlichen Tisch garnierten: winzige Pastetchen, gefüllt mit weiss der Schinder was – es schmeckte nach Huhn oder Leber oder beidem zusammen; pinkfarbene Fische, die man mit dem Messer kaum auseinanderbrachte, dazu kleine Zwiebeln und saure Gurken; dann war da etwas, das aussah wie Huflattich, von Murr aber als marinierte Weinblätter Mirza-Karibundi-Mutabor tituliert wurde; endlich gab es einen kalten, hauchdünn geschnittenen Allerweltsbraten von irgendeinem Allerweltstier. Unvermittelt musste ich an Rüdisühlis Hund denken. Ich ass mit mässigem Appetit. Hot dogs oder ein zünftiger Hamburger unter einem Kilo Ketchup wären mir lieber gewesen, aber ich wollte Murr die Freude nicht verderben. Er selber ass und trank, als hätte er seit Tagen gedarbt, häufte Berge von dubiosem Gewächs und kaltem Fleisch auf seinen Teller, wechselte vom Weisswein zu einem Rosé, später zu einer bauchigen Flasche Rotem, die in schiefer Lage in einem geflochtenen Körbchen ruhte. Ich begnügte mich mit meiner Cola. Zum Dessert stellte mir Murr etwas vor die Nase, das stark den Glasmarmeln ähnelte, mit denen ich in meiner Jugend gespielt hatte. «Kandierte Kiwis auf Zitronensorbet», erläuterte er. Ich frass nur den angetauten Eishaufen, die Marmeln wollte ich meinem Magen nicht zumuten. Anschliessend ging Murr zu Kaffee mit Rahm und Whisky über; «Irish coffee» nannte er das Zeug. Ich blieb stur beim Cola, trank nicht einmal Kaffee.

Während dem ganzen Gelage hatten wir nur über Belanglosigkeiten geschwatzt, aber nun sollte es offenbar ernst werden. Zwar lehnte sich Murr zurück, rülpste ausgiebig und tätschelte seinen Wanst; doch das behagliche Gebaren täuschte, er begann mir seinen revidierten Plan für Honolulu zu unterbreiten, das heisst, er stellte mir absolut dämliche Fragen:

«Du weisst, dass bald Juni ist?»

Natürlich wusste ich das.

«Und du weisst, dass die Monbijoubrücke komplett saniert wird und sich dort momentan eine riesige Baustelle befindet?»

«Wozu soll ich das wissen? Es ist mir doch völlig schnuppe, was die mit ihrer Brücke machen.»

«Lieber Fred, als Töffahrer kann es dir doch nicht egal sein, wenn wegen der Brückensperre jeweilen das grösste Verkehrschaos entsteht.» Murr schüttelte den Kopf und schlürfte sein irisches Gesöff. «Aber dass demnächst der 10-Meilen-Lauf, genannt Grand Prix von Bern, stattfindet, das ist dir doch bekannt?»

Ich nickte. Davon hatte ich allerdings gehört; schliesslich war ich selber Läufer, und wenn ich auch nicht im entferntesten daran dachte, jemals einen Wettkampf zu bestreiten, dieses oder jenes hatte ich über den Grand Prix aufgeschnappt.

«Dann weisst du sicher auch, dass an diesem Lauf grundsätzlich jedermann starten kann?»

«Murr!» rief ich ärgerlich und wies gegen das Gnu, von dem gerade noch die Umrisse zu erkennen waren, da heute nur die Kerzen brannten und der Rest des Salons nahezu im Dunkeln lag. «Murr, ist das da drüben ein Nilpferd oder ein Goldhamster? Was soll diese saublöde Fragerei? Was hat der Monat Juni mit der Baustelle auf der Monbijoubrücke zu tun und was die Monbijoubrücke mit der Tatsache, dass jedermann am Grand Prix starten kann? Und wie um Himmels willen steht Honolulu in Zusammenhang mit all dem? Zieh doch nicht eine solche Schau ab, komm endlich zum Punkt. Sorry, Murr, das Essen hat mir geschmeckt, ich bedanke mich dafür, aber was danach kam, war bis jetzt purer Scheissdreck.»

Murr grinste mich an, zog wieder einmal an seinem Glutstengel, dass ich glaubte, direkt vor einem Kompostfeuer zu sitzen, dann legte er unvermittelt seine Direktorenmiene auf.

«Fred», sagte er, «ich werde die Zusammenhänge aufdecken, ich komme augenblicklich zum Punkt; ich werde dich nunmehr über den neuen Schlachtplan für Honolulu ins Bild setzen.»

«Oh, da bin ich aber gespannt», fauchte ich.

«Am 2. Juni findet der Grand Prix von Bern statt», fuhr Murr fort. «Da jedermann zu diesem Lauf zugelassen ist, wirst auch du starten, und auf der Monbijoubrücke wirst du eine ganz bestimmte Aufgabe erfüllen.»

«Jetzt redest du schon wieder in Fragezeichen», reklamierte ich. «Wozu in aller Welt soll ich am Grand Prix starten? Du kannst mich gern haben.»

«Nur soviel, Fred», orakelte Murr, «Rüdisühli wird ebenfalls starten.»

«Na und? Das ist mir doch so breit wie lang, der soll meinetwegen am nächsten Mondlauf teilnehmen.»

«Fred, du hast es noch immer nicht begriffen: Wir werden Rüdisühli am Grand Prix von Bern mitten auf der Monbijoubrücke schnappen.» Murr neigte sich vor, griff nach der Flasche, schüttete Whisky ins Kaffeeglas, bis dieses überschwappte, und nahm einen grossen Schluck.

«Interessant», sagte ich, «es gibt nicht vielleicht noch einen grösseren Anlass als den Grand Prix, an dem es noch komplizierter wäre, einen Bundesrat zu entführen? Du bist ja völlig meschugge.»

«Nein, das bin ich überhaupt nicht. Eine Bundesratsentführung anlässlich des Grand Prix wäre ein absoluter Hit.»

«Es wäre zweifellos ein Hit, dein Plan ist formidabel, Murr; er hat nur einen winzigen Fehler, er ist nicht durchführbar.»

«Wieso nicht?»

«Eben, es geht nicht, es ist unmöglich.»

«Gerade das ist ja so faszinierend an meiner Idee: etwas Unmögliches möglich machen.»

Ich schenkte Cola nach. Unter meinem Haarboden summte es wie in einem Bienenstock. Hatte ich im Zusammenhang mit dem Attentat im Herrschaftsholz Tausende von Problemen gesehen, so sah ich jetzt Millionen davon. Ich schüttelte den Kopf und traf Anstalten, mich zu erheben.

«He», rief Murr, «wirf mir jetzt bloss nicht die Flinte ins Korn. Komm, sitz ab. Ich möchte dir meinen Plan wenigstens unterbreiten, nachher kannst du dich immer noch entscheiden.»

Die Kerzen flackerten, an der Wand mit dem Büchergestell zeichneten sich seltsam verwackelt und riesenhaft unsere Schatten ab; als Murr sein Glas hob, schien der ganze Salon in Bewegung zu geraten. Mitternacht war längst vorüber, kein Ton drang von draussen herein, nur die Uhr tickte, und erstmals hörte ich auch das kaum wahrnehmbare Rauschen des Aquariums.

«Also», sagte ich in die Stille hinein, «erkläre mir, wie du es deichseln willst, am Berner Grand Prix einen Bundesrat zu kassieren.»

12

Vorerst sagte Murr gar nichts. Er machte es wieder einmal spannend, erhob sich ächzend von der Tafel, ging zu seinem Schreibtisch und knipste den Leuchtglobus mehrmals an und ab; sowohl Weltkugel wie Schweizer Kreuz erschienen kurz hintereinander. Nachher trat er zum Fenster, schob den Vorhang zwei Fingerbreit zur Seite und blickte sinnend in die Schwärze der Nacht hinaus. Erst dann kehrte er in den Lichtschein der Kerzen zurück und liess sich erneut mir gegenüber nieder.

«Samstag, den 2. Juni, startest du am Grand Prix von Bern», hub er an. «Du wirst gleich zu Beginn in Rüdisühlis Nähe mitlaufen. Unmittelbar vor der Monbijoubrücke musst du direkt hinter oder neben ihm sein. Wegen der Baustelle können die Läufer nur das rechtsseitige Trottoir benützen. Zuschauerraum ist keiner vorhanden. Links, das heisst an der Innenseite der Brücke, steht auf deren ganzen Länge eine riesige Bretterwand der Baufirma Festinger. In dieser Wand sind in regelmässigen Abständen Türen für die Arbeiter eingelassen. Sobald ihr die Brücke betretet, rammst du Rüdisühli eine Spritze mit fünf Milligramm Ketalar 550.0.COC cc in den Arsch. Der Stoff kann intramuskulär gespritzt werden. Das ist sehr wichtig, denn Muskeln sind natürlich leichter zu treffen als Venen. Rüdisühli wird zu torkeln beginnen und dann einen wunderschönen Kollaps produzieren. Im Gegensatz zu den Mitläufern, die sich bloss auf ihre geheiligte Laufzeit konzentrieren, kümmerst du dich kameradschaftlich um Rüdisühli und ziehst ihn durch die nächste Bretterwandtür aus dem Verkehr. Auf dem Bauplatz, der am Samstag so menschenleer ist wie der Nordpol, warte ich mit einem Auto, das als Wagen der Firma Festinger bezeichnet ist. Selbander servieren wir den vorläufig noch süss schlummernden Bundesrat ab. Voilà, so einfach ist das.»

Murr hatte sein Projekt ohne zu lallen und ohne ein einziges Mal zu stottern dargelegt. Daher musste ich annehmen, dass er nicht besoffen war. Aber etwas musste ihm fehlen, wahrscheinlich litt er an galoppierender Debilität. Weil ich nicht recht wusste, wie man mit einem Verrückten umzugehen hat, schwieg ich vorerst eine ganze Weile.

«Murr», tastete ich mich dann vor, «lieber Murr, soll ich dir ein Glas Wasser holen?»

«Wozu», tat er erstaunt, «wenn ich etwas saufen will, dann bestimmt nicht Wasser.»

«Murr», versuchte ich es noch einmal, «weisst du noch, was du da soeben eh... von dir gegeben hast?»

«Natürlich weiss ich das. Was ist mit dir los? Habe ich mich nicht deutlich ausgedrückt?»

Es schien ihm tatsächlich ernst zu sein mit diesem Grand-Prix-Wahnsinn. Vor lauter Verzweiflung ass ich eine der Kiwi-Marmeln, die noch immer auf meinem Dessertteller lagen.

«Wohlan», sagte ich dann, «erlaube bitte, dass auch ich mich deutlich ausdrücke. Was du da soeben vom Stapel gelassen hast, ist absoluter Quatsch.»

«Das ist kein Quatsch, sondern ein ausgereifter Plan», wehrte sich Murr.

«Schön», erklärte ich möglichst ruhig, denn ich war noch immer nicht überzeugt, ob Murr nicht doch verrückt geworden war. «Schön, dann will ich dir einmal auflisten, was alles an deinem Plan ausgereift ist. Ich will dir jetzt auch ein paar harmlose Fragen stellen: Wo nimmst du für mich noch eine Startnummer her? Die Anmeldefrist für den Grand Prix ist doch längst abgelaufen. Und wie soll ich beim Start an Rüdisühli herankommen? Da gibt es verschiedene Starträume, es wäre purer Zufall, wenn ich ihn überhaupt auch nur von weitem sähe. Und wenn es mir unwahrscheinlicherweise gelingen sollte, mich beim Start an seine Fersen zu heften, wie soll ich es fertigbringen, ihn in dieser Masse von Läufern nicht wieder zu verlieren? Und wie denkst du dir das mit dieser Dingsbums-Spritze? Soll ich die während dem ganzen Lauf in der Hand tragen und dann dem Rüdisühli einfach irgendwie reinhauen? Ich bin weder Sanitäter noch Arzt. Und Murr, was mich wirklich an deinem Verstand zweifeln lässt: Da wird offiziell reklamiert wegen Rüdisühlis Training im Herrschaftsholz, zur Sicherheit rennt er nur noch mit Hund, und du glaubst tatsächlich, dass er am Grand Prix mittun kann, ohne dass er bis aufs Blut geschützt wird? Die werden Heerscharen von Sicherheitskräften einsetzen und Dutzende von Bodyguards mitlaufen lassen. Dazu wird zweifellos ununterbrochen eine Fernsehkamera auf Rüdisühli lauern.»

Für meine Verhältnisse hatte ich viel auf einmal gesagt; Murr war mehrmals aufgestanden und wieder abgesessen und hatte versucht, mich zu unterbrechen. Aber auch nach der Kunstpause, die ich eingelegt hatte, war ich nicht gesonnen, mir dreinreden zu lassen:

«Und selbst wenn all diese Kalamitäten auf irgendeine Geissart aus der Welt geschafft werden könnten, wie soll der Anschlag auf Rüdisühli überhaupt vor sich gehen? Ich werde mit ihm nicht allein auf der Brücke sein. In der engen Passage wird ein Mordsgedränge herrschen, da kann doch nicht ein Läufer umkippen, ohne dass es das grösste Hallo gibt; ein Bundesrat schon gar nicht.» Nun musste ich doch Atem schöpfen, und Murr kam wieder zum Zug:

«Ich habe dir bereits dargelegt», erklärte er, «dass die Athleten nur die Stoppuhr im Kopf haben werden und sonst gar nichts. Die rühren keinen Finger für einen umsinkenden Konkurrenten, prominente Figur hin oder her. Diese Wettkampfmentalität solltest du eigentlich besser kennen als ich. Überhaupt ahnen die gar nicht, dass ein Attentat verübt worden ist. Stell dir doch die Situation vor: Ein Läufer beginnt zu torkeln, bricht zusammen; ein zweiter fängt ihn auf und bringt ihn am Rand der Rennstrecke oder in unserem Falle auf dem Bauplatz in Sicherheit. Das ist doch für die andern kein Grund, ein Büro aufzumachen.»

Mittlerweile hatten die Kerzen, eine nach der andern, den Geist aufgegeben. Durch die gezogenen Vorhänge drang der fahle Schein der Nacht. Murr, den ich bloss noch als dunkle, hinter dem Tisch thronende Masse ausmachen konnte, erschien mir grösser, als er in Wirklichkeit war. Wenn er den Kopf wendete, wurde sein Gesicht vom grünen Licht des Aquariums beleuchtet.

Ich teilte seine Auffassung nicht unbedingt, aber bevor ich etwas erwidern konnte, nahm er den Faden wieder auf:

«Lieber Fred, aus lauter Dummheit habe ich hinten angefangen. Lass mich jetzt versuchen, der Reihe nach auf die von dir genannten Probleme einzugehen.» Er zündete eine Havanna an, deren Spitze nun als schwebender roter Lichtpunkt in der Finsternis erschien. «Ein blutiger Anfänger bin ich ja auch nicht gerade, ich habe mir in den letzten Tagen und Stunden den Kopf zerbrochen und die Durchführbarkeit meiner Ideen auf Herz und Nieren geprüft . . .»

«Es dünkt mich», warf ich ein.

Murr liess sich nicht beirren: «Und wenn du zum Beispiel glaubst, die Beschaffung einer Startnummer sei mit unlösbaren Schwierigkeiten verbunden, dann ist dir nicht zu helfen. Im zweiten Punkt, den du erwähnt hast, muss ich dir allerdings ein Stück weit recht geben. Es dürfte in der Tat nicht leicht sein, in den überfüllten Starträumen an Rüdisühli heranzukommen. Hier muss ich noch einmal über die Bücher. Deine weiteren Einwände hingegen lasse ich nicht gelten, Probleme sind dazu da, um gelöst zu werden.» Er zog an seiner Zigarre, seine zeitweise grün beleuchtete Visage bekam zusätzlich noch einen rötlichen Schimmer. «Wenn du dich einmal an die Fersen Rüdisühlis geheftet hast, sehe ich nicht ein, warum du ihn wieder verlieren solltest, es wäre denn, dass er dir davonliefe. Aber mindestens so schnell wie er wirst du hoffentlich sein. Du hast jetzt noch genau zehn Tage Zeit, um dich in Form zu bringen. Die Handhabung der Spritze werden wir noch üben, es ist ganz einfach...»

«Stopp! Murr, stopp!» fiel ich ihm endlich ins Wort. «Die Handhabung der Spritze mag kein Problem darstellen, wenn einer schön still hält. Aber Rüdisühli und ich werden in Bewegung sein. Der Grand Prix ist nämlich ein Rennen, falls du das heute zum erstenmal hörst. Und gesetzt den Fall, es gelingt mir tatsächlich, ihm die Spritze zu verpassen – du glaubst doch nicht im Ernst, dass er sich ohne Protest in die Arschbacke stechen lässt.»

«Die Ketalar-Spritze wirkt sofort, der hat gar keine Zeit mehr, sein Veto einzulegen», lachte Murr, «du wirst ihn problemlos durch eine der Arbeitertüren abservieren können; und wegen seiner Überwachung siehst du zu schwarz. Wenn die der Meinung sind, während seinem einsamen Training im Wald sei ein gewisser Schutz vonnöten, so heisst das noch lange nicht, dass sie ihn am Grand Prix speziell beschirmen werden. Bei einem Fussballspiel oder bei einem politischen Klamauk kann ich mir vorstellen, dass Bundesräte sich nicht bewegen dürfen wie Freilandhühner; aber der Grand Prix, lieber Fred, der ist jenseits von Gut und Böse, da denkt kein Mensch an ein Verbrechen. Die lassen den Rüdisühli mitrennen wie tausend andere auch.»

«Da bin ich nicht so überzeugt», zweifelte ich.

«Gut, dass Sicherheitsbeamte in Zivil die Strecke säumen werden, will ich nicht ausschliessen. Aber auf der Brücke haben selbst die keinen Zugang, weil ganz einfach kein Platz vorhanden ist. Und wenn du es geschickt anstellst, merkt kein Knochen, wie du Rüdisühli mit der Spritze traktierst. Sollte tatsächlich eine Eskorte mitlaufen, würde die sich augenblicklich auf den zusammenklappenden Bundesrat stürzen, während du ungeschoren weiterläufst. Der einzige Leidtragende in einem solchen Fall wäre ich selber. Ich würde hinter der Bretterwand auf dem Bauplatz stehen wie bestellt und nicht abgeholt. Die Erfolgschancen stehen fünfzig zu fünfzig. Sollte das Unternehmen platzen, in Gottes Namen. Unsere Haut würden wir wohl retten können, und das ist das Wichtigste. Ein Restrisiko bleibt bestehen, das gebe ich zu, aber keine Gang auf der Welt kann ohne Risiko agieren.»

«Bloss um meine Haut zu retten, brauche ich vorher nicht eine solche Schau abzuziehen», wagte ich einzuwenden.

«Fred», sagte Murr mit sehr dumpfem Bass. «Fred, gilt nun Honolulu, oder gilt es nicht? Willst du dich an der Eidgenossenschaft rächen und dabei vielleicht noch eine Menge Geld verdienen, oder willst du es nicht? Bist du ein genialer Typ mit Rasse und Klasse, oder bist du ein vollgeschissener Strumpf? Sorry, Fred, aber dein immergrünes Gemecker macht mich langsam sauer. Du hast nicht viel mehr Pfiff als einer dieser Beamten, gegen die du dauernd wetterst.» Er liess den Schweizer-Kreuz-Globus aufflackern, löschte wieder, die Umgebung versank erneut in Dunkelheit.

Dieser letzte Anwurf Murrs wurmte mich dermassen, dass ich nicht einmal dagegen protestieren mochte. Ich trank mein Glas aus, tastete nach der Cola-Flasche, die längst nicht mehr im Eiskübel stand, versuchte im Finstern nachzuschenken. Im Salon gab es nur noch dunkle und weniger dunkle Schatten, selbst das Aquarium leuchtete nicht mehr grün. Einer der fast schwarz erscheinenden Vorhänge wölbte sich nach innen, vielleicht befand sich ein Gespenst dahinter, ein Bundesrat... In meinem Ballon drehte sich ein Karussell, ich war wieder einmal so knockout, dass ich fast vom Sessel kippte. Alles dünkte mich unwirklich, und es kam mir vor, als würde nicht ich, sondern irgendein anderer hier sitzen.

«Schüli, schüli, Rüdisühli . . .», murmelte ich.

«Was sagst du?» fragte Murr.

«Ach, nichts . . .»

«Der Start macht mir am meisten Sorgen», knurrte Murr.

«Mir auch», antwortete ich geistesabwesend. «Sag mal, was hast du vorhin von ‹Geld verdienen› geflunkert?»

«Wenn uns der Coup gelingt, dann werden wir denen ihr verlorenes Schaf nicht einfach zurückgeben. Etwas Vernünftiges sollte bei der Sache schon herausschauen. Ich denke an mindestens zwei Millionen.»

«An zwei Millionen was?»

«An zwei Millionen Franken natürlich.»

Das war ein völlig neuer Aspekt. Zwei Millionen Franken, das liess sich anhören. Für Sekunden erschien mir der Raum taghell, sogar das Gnu und die Zimmerlinde konnte ich kurz sehen. Zwei Millionen Franken und dazu noch die Genugtuung, eine absolut sensationelle Bundesratsentführung inszeniert zu haben. Das wäre wahrlich kein Seich. Leider konnte ich nicht mehr der Reihe nach überlegen:

«Sag mal endlich, Murr, was mit dem Bundesrat geschieht, sobald wir ihn geschnappt haben.»

In der Hitze des Gefechtes habe er tatsächlich vergessen, mich hierüber zu informieren, entschuldigte sich Murr. Dann zerdrückte er den verglommenen Zigarrenstummel im Aschenbecher und schwieg. Offenbar wollte er das grosse Geheimnis solange wie möglich für sich behalten.

«Muss ich extra ein Gesuch einreichen, um vielleicht doch noch zu erfahren, wohin du Rüdisühli bringen willst?» schimpfte ich. «Mag sein, dass ich eine lahme Ente bin, dafür bist du ein grosskotziger Wichtigtuer.»

«Wir bringen ihn hierher», erklärte Murr und steckte sich eine neue Rauchrolle ins Gesicht.

«Aha», sagte ich. «Genial. Etwas Originelleres ist dir wohl nicht eingefallen.»

«Was heisst da originell? Willst du ihn nach Hintertupfingen verfrachten oder gar nach Honolulu. Mit diesem Versteck sind wir gut bedient. Der Fluchtweg ist kurz. Hier können wir gleich in die Tiefgarage tauchen und im Lift verschwinden. In meiner Wohnung sind wir so sicher wie in Abrahams Schoss.»

«Und was ist mit dem Fluchtauto? Willst du das einfach stehenlassen, bis jemand vorbeikommt und gestielte Augen macht?»

«Fred, manchmal tust du wirklich vernagelter, als du ohnehin bist. Auf dem Bauplatz wird uns niemand beobachten. Sollte dort wider Erwarten jemand auftauchen, müssten wir die Übung ohnehin abbrechen und abhauen. Man weiss gar nichts von einem Fluchtauto und kann daher auch kein solches erkennen, verstehst du? Beim nächsten Kontrollposten, bei der nächsten Fernsehkamera werden die ihren Bundesrat vermissen und wie wahnsinnig zu suchen beginnen. Stell dir die Blamage vor: Diese Idioten bringen es doch tatsächlich fertig, am Grand Prix einen Bundesrat zu verlieren. Phantastisch, sage ich dir. Die ganze Blase der Organisatoren, der Ehrengäste und der Behördetiere wird sich die Haare raufen, das Renommée des Grand Prix wird auf Lebzeiten ramponiert sein.» Murr begann zu kichern wie ein altes Weib und konnte gar nicht mehr auflhören, er wollte schier ersticken.

Ich fand das mit dem Verschwinden des Bundesrates zwar auch kolossal komisch, dennoch mochte ich nicht in Murrs Fröhlichkeit einstimmen. Zu vieles war mir noch unklar. So wagte ich zum Beispiel die schüchterne Frage, wie lange denn Rüdisühli hinüber sein werde und wie er bei allfälligem Aufwachen überhaupt in Schach zu halten sei.

Die Wirkungsdauer der Ketalar-Spritze kenne er nicht genau, erklärte Murr, der sich endlich von seinem Lachkrampf erholt hatte. «Die Wirkung von dem da hingegen», trumpfte er auf, «die kenne ich sehr genau.» Vorher war er kurz zu einem Wandschrank getreten und hatte nachher etwas auf den Tisch gelegt. Er zündete den Globus an: Inmitten von Tellern, Gläsern und Flaschen lag eine Knarre mit kurzem Lauf. Ich nahm an, es handle sich um eine Maschinenpistole; Waffen hatten mich bis jetzt nur mässig interessiert.

«Schweizer Sturmgewehr mit abgesägtem Lauf», erläuterte Murr. «Sehr passend für einen Bundesrat, besonders wenn er dem Militärdepartement vorsteht.»

Ich musste zugeben, dass ich beeindruckt war. Dieser Murr hatte es wirklich dick hinter den Ohren. Langsam ging mir auf, dass es sich bei unserem Unternehmen nicht um einen faden Schildbürgerstreich, sondern um einen Ernstfall handelte. Darob erschrak ich. Seit ich damals meinen Alten in der Toilette entdeckt hatte, waren nie mehr so viele Ameisen in meinem Korpus umhergekrippelt; aber das wollte ich vor Murr natürlich nicht bekennen.

«Die dazu passenden Pfeile hast du hoffentlich auch», näselte ich in saloppem Tonfall, «oder willst du dem Rüdisühli bloss mit blinder Munition auf den Pelz rücken?»

Murr machte sich erneut am Wandschrank zu schaffen. «Dear Fred, wenn ich etwas mache, dann mache ich es ganz.» Sprach's und liess mehrere Lader mit scharfen Patronen auf den Tisch purzeln.

«Zufrieden?» erkundigte er sich.

«Schüli, schüli, Rüdisühli…»

«Hör auf mit diesem blöden ‹schüli, schüli›. Was soll das überhaupt heissen?»

«Nichts. Überhaupt ist mir etwas eingefallen.»

«Was du nicht sagst, hoffentlich nicht wieder eine an den Haaren herbeigezogene Demarche, die Honolulu in Frage stellt.»

«Im Gegenteil, ich bin drauf und dran, das Startproblem zu lösen».

«Hört, hört», tat Murr interessiert, aber ich merkte, dass er mich bloss belächelte. Das brachte mich wieder einmal in Rage:

«Du musst gar nicht so aufgeblasen tun, Murr. So kapital ist deine Strategie auch wieder nicht. Die Idee mit der Brücke finde ich ja ganz annehmbar, und dass du das Schiesseisen organisiert hast, imponiert mir, aber ansonsten hast du eigentlich keine grossen Stricke zerrissen.»

«Reg dich ab», beruhigte mich Murr, «und gib dein Startgeheimnis preis.»

«Ich werde gar nicht starten», erklärte ich, «das heisst, ich werde nicht von Anfang an dabeisein.»

«Sondern?»

«Ich werde erst ab Streckenmitte am Lauf teilnehmen, und zwar als Arzt...»

Nun war Murr doch ziemlich perplex. Er schaltete den Globus in rascher Folge von Schweizer Kreuz auf Weltkugel und umgekehrt. Nachdem er die längste Zeit nichts mehr getrunken hatte, schenkte er sich Whisky nach.

«Vor einem Jahr», fuhr ich fort, «habe ich zufälligerweise an der Flimmerkiste etwas vom Grand Prix mitbekommen. Nebst den Tausenden von Läufern sind zum Jux auch etliche verkleidete Typen mitgestolpert; Bären zum Beispiel, Besenhexen und eben auch Ärzte in Operationsklamotten und mit riesigen Stichampullen in den Händen. Sobald Rüdisühli vorbeitippelt, mische ich mich genau als solcher Doktor unter die Läufer. Kappe und Mundschutz werden meine Identität verbergen, und deine berühmte Spritze kann ich seelenruhig in der Hand tragen und damit umherfuchteln, so auffällig ich will.»

«Fred», konstatierte Murr, «Fred, du entwickelst dich. Aber bist du sicher, dass du Rüdisühli nicht verpassen wirst.»

«Da bin ich ganz sicher, es wird einen solchen Rummel geben, wenn der aufkreuzt, dass ich ihn unmöglich übersehen kann.»

Murr löschte den Globus und trommelte mit den Fingern auf den Tisch. Es tönte wie ein Schusshagel in die Stille hinein.

«O.K.», sagte er gönnerhaft, «deine Idee mit dem Doktor ist gar nicht so übel, ich glaube, wir machen es tatsächlich so.»

Durch die Vorhänge griente die Morgendämmerung, verschiedene Gegenstände im Salon begannen Form anzunehmen. Das Gewehr auf dem Tisch war nun deutlich zu sehen, dahinter sass die schwarze Gestalt Murrs. Die Zigarre steckte mitten im bleichen Oval seines Gesichts, und seine Manschetten leuchteten weiss. Al Capone persönlich schien zurückgekommen zu sein.

In meinem Bauch spielten Kiwi-Früchte und Cola miteinander Verstecken, Magensäure stieg mir bis in den Hals, und in meinem Kopf machte sich ein dumpfer Schmerz breit. Auf einmal dünkte mich, das Gnu habe sich bewegt, aber das war wohl nur Einbildung. Ich schielte noch einmal nach dem Gewehr. Das hingegen war nicht Einbildung, das war Tatsache, und Tatsache war auch, dass draussen ein neuer Morgen anbrach. Der Grand Prix rückte näher.

13

Am Morgen des Grand Prix goss es in Strömen. Mir war das egal, von mir aus hätte es schneien können, das Wetter war meine geringste Sorge. Der Start sollte erst um sechzehn Uhr erfolgen, aber ich war schon frühmorgens dermassen von den Socken, dass ich mich keine Sekunde stillhalten konnte. Die Ameisen machten sich wieder breit, meine

Gedärme waren zugebunden, und das Herz galoppierte, als hätte ich die Verfolgung Rüdisühlis bereits aufgenommen; auch wurde ich von einem andauernden Brechreiz schikaniert.

Dabei war alles bis in die letzte Einzelheit festgelegt. Wenigstens wenn man Murr glauben durfte, konnte überhaupt nichts mehr missraten. Die Handhabung der Stichampulle hatten wir bis zum Überdruss geübt. Einmal wäre Murr, der als Rüdisühli zu fungieren hatte und dabei wie ein Tier in der ganzen Wohnung umhertobte, aus Versehen beinahe einer echten Ketalar-Spritze zum Opfer gefallen. Wo er den geheimnisvollen Saft für die Injektion herhatte, wusste ich nicht genau. Ich konnte nur heraustüfteln, dass er ein Frauenzimmer kannte, das seinerseits mit dem Zahn eines Anästhesisten befreundet war.

Auch die grosse Anprobe der Chirurgenverkleidung hatte stattgefunden. Wahrscheinlich stammte das Kostüm aus derselben Küche wie der Spritzenkram. Mich kümmerte das sowenig wie die Frage, auf welche Art und Weise Murr den gegenwärtig von ihm gefahrenen Mustang in ein Fahrzeug der Firma Festinger verwandeln wollte. Sollte er nur selber zu seinem Seich schauen, ich hatte eigene Probleme genug.

Draussen treichelten bereits die Mittagsglocken. Ich ging in meiner engen Bude hin und her wie der berühmte Tiger im Käfig, legte das Turnzeug bereit, konnte mich die längste Zeit nicht entschliessen, welches Leibchen ich tragen sollte, packte die Sporttasche, leerte alles wieder auf den Teppich, fädelte Schuhbändel ein und aus, schmiss mich endlich bäuchlings aufs Nest und strampelte mit den Beinen. Genau zum richtigen Zeitpunkt war Attentäter Prisi Fritz völlig down. Dennoch liess ich die nun knapp bevorstehende Aktion Honolulu zum xtenmal vor meinem inneren Glotzer ablaufen.

Da fuhr bei mir der Blitz ein, ich kam nur knapp an einem Herzstillstand vorbei: Meine alte Dame! Hurensiech, an die hatte ich überhaupt nicht gedacht. Wie sollte ich ihr meine wahrscheinlich mehrtägige Abwesenheit erklären? Sie hatte sich zwar längst an meine Absenzen gewöhnt, und mein Tun und Lassen kümmerte sie einen alten Hut; aber wenn ich gleich nächtelang wegblieb, würde sie sich vielleicht doch Gedanken machen und mich am Ende gar als vermisst melden.

Ich juckte vom Bett, kramte in der Tischschublade, fand einen Bleistiftstummel und schrieb auf den Rand einer Zeitung: «Muss vorübergehend Kino-Job in Zürich übernehmen. Kann einige Tage dauern. Werde mich melden. Gruss F.» Mich nahm bloss wunder, wie manch gefährliches Detail Murr und ich noch vergessen hatten. Auf einmal sah ich nur noch Troubles; ich war felsenfest überzeugt, dass unser Unternehmen unter keinen Umständen gelingen würde. Wellen der Verzagtheit schlugen über mir zusammen.

Als ich einmal aus dem Fenster guckte, merkte ich, dass der Regen aufgehört hatte. In der ausgefransten Wolkendecke gab es grosse blaue Löcher, die nasse Strasse glänzte wie ein Spiegel. Geblendet zog ich den Kopf zurück, ich wünschte nichts anderes, als im Dunkeln zu sein. Aber vereinzelte boshafte Sonnenstacheln drangen sogar bis in meinen Schlag.

Am liebsten wäre ich in die nächste Telefonkabine gehuscht, um Murr endlich die längst fällige Absage zu erteilen. Doch spielten mir meine Nerven einen Streich, im Augenblick war ich nicht einmal fähig, mich aus dem Zimmer zu bewegen. Ich sass auf dem Schragen wie der Frosch vor der Schlange und starrte gebannt auf meine Laufausrüstung.

Eine Stunde später jettete ich auf meinem Motorrad zu Murr. Die Verzweiflungswellen hatten sich wunderbarerweise geglättet, mein Lampenfieber war einer Art Lethargie, um nicht zu sagen Gelassenheit, gewichen. Alles, was ich unternahm, tat ich fast automatisch. Nicht einmal die Polizeistreife, die an der letzten Kreuzung vor Murrs Haus stand, konnte mich aus dem Konzept bringen.

Nachdem ich mich vergewissert hatte, dass nicht zufälligerweise jemand im Treppenhaus umhergeisterte, hupte ich diskret an Murrs Wohnungstür und schlüpfte hurtig in den Gang.

Murr stand neben dem Gnu im Salon. Er gab keinen Ton von sich, warf mir bloss die hellgrüne Verkleidung zu. Ich verzichtete ebenfalls auf eine Begrüssung, stellte meine Sporttasche auf den Boden, riss Laufschuhe und Turnzeug heraus und begann mein Tenü zu wechseln.

Mit der Zeit ging mir das allgemeine Schweigen an die Nieren. Mir wäre ein Small talk recht gewesen; aber Murr schien auf die stumme Tour programmiert zu sein. Er machte einen solchen Stein, dass mir jede Lust auf ein Gespräch verging. An sich war es ja konform, dass Ganoven keine überflüssigen Worte verloren, sondern sich bloss mit knappen Gesten verständigten. Dennoch fand ich, Murrs Schauspielerei sei wieder einmal völlig daneben. Er starrte auf einen Stadtplan, den er schlecht und recht auf dem Rücken des Gnus ausgebreitet hatte, legte einen Finger gegen den Nasenflügel und wackelte mit dem Kiefer. Die Whiskyflasche sah ich nirgends, offenbar war Murr gesonnen, das heutige Unternehmen völlig nüchtern anzugehen.

Inzwischen hatte ich mich fertig angezogen. Ich merkte, dass mir der Doktormantel und die Kappe eine gewisse Sicherheit verliehen; mit der später noch anzubringenden Maske würde ich jede Identität verlieren.

Murr trug unverdrossen seine schwarze Schale. Er begutachtete meinen Aufzug, nickte, faltete den Plan zusammen und steckte sich eine Havanna zwischen die Zähne. Dann machte er sich beim Schreibtisch zu schaffen, hob die Stichampulle gegen das Licht und zog mit zusammengekniffenen Augen die Ketalar-Spritze auf. Anschliessend lüpfte er den Arm wie ein General, der das Zeichen zum Angriff gibt, und schritt mir voran aus der Wohnung.

In der Garage stand zu meiner Verblüffung nicht der Mustang, sondern ein lotteriger, gelb gespritzter R4-Kastenwagen. Beim Einsteigen stiess ich mir den Schädel am niedrigen Türrahmen, zugleich verwickelte ich mich mit meiner Verkleidung, und als ich mich endlich setzen wollte, musste ich zuerst zwei Kartontafeln wegräumen. Bei genauerem Hinsehen entdeckte ich, dass es sich um die ziemlich dilettantisch hingekleckserten Aufschriften «Festinger Bau AG» handelte, die Murr dann an den hinteren Seitenfenstern anbringen wollte. Das Ganze machte mir nicht unbedingt einen profimässigen Eindruck. Ich wollte gerade das nun schon ewig dauernde Schweigen brechen und eine abfällige Bemerkung machen, da stellte ich fest, dass ich offenbar die Maske oben vergessen hatte. Murr beobachtete stumm mein nervöses Umhertasten, grinste überlegen und angelte das grüne Ding mit zwei Fingern aus seinem Kittelsack. Meinen Anschiss wegen den Kartons wagte ich ihm natürlich nicht mehr zu verpassen, einmal mehr hatte ich und nicht er die Zwei am Rücken.

Murr drehte den Zündungsschlüssel, der Anlasser quietschte, der Motor begann zu rattern und zu knattern, der Start zum Monte-Carlo-Rallye war ein Dreck dagegen. Eingenebelt von einer blauen Abgaswolke, kurvten wir an den geparkten Wagen vorbei in Richtung Falltür, die sich bereitwillig öffnete. Blendendes Licht flutete uns entgegen, es kam mir vor, als hätte man soeben einen Theatervorhang zurückgezogen. Es war Samstag, den 2. Juni, fünfzehn Uhr null sieben. Die Aktion Honolulu hatte begonnen.

14

Nach Plan wollte Murr mich möglichst nahe zur Monbijoubrücke fahren. Doch zeigte sich jetzt, dass der grosse Murr zwar den extremsten Eventualitäten, die uns zum Verhängnis hätten werden können, seine Aufmerksamkeit schenkte, darob aber die augenfälligsten Hindernisse vergass. Die halbe Stadt war für den privaten Verkehr nämlich bereits gesperrt, und einen schrecklichen Augenblick lang sah es so aus, als sollte es nicht mehr möglich sein, per Auto zur Brücke zu gelangen. Wahrlich, es begann feierlich.

Auf Umwegen gelangten wir endlich doch noch zum westlichen Brückenkopf. Murr hatte seine Gangstermiene aufgesetzt, reichte mir eine feuchte Hand, blickte mich düster verschwörerisch an und liess mich aussteigen. Dann zweigte er auf die Zufahrt zum Bauplatz ab, und ich stand mit dem Unternehmen Honolulu allein auf weiter Flur. Das heisst, so allein war ich auch wieder nicht – hinter mir wimmelte es bereits von Zuschauern. Dafür war die Fussgängerpassage auf der Brücke vor mir menschenleer, und ich konnte unbeobachtet auf die andere Seite der Aare gelangen. Die Maske hatte ich mir bereits im Auto über das Gesicht geschoben; die Spritze versteckte ich vorsichtshalber noch unter dem Mantel.

Ennet der Brücke betrat ich sozusagen Feindesgelände. Aber ich schritt forsch voran, so als wäre es das Selbstverständlichste von der Welt, dass sich einsatzbereite Chirurgen auf offener Szene tummelten. Der Aufmarsch der Zuschauer war auch hier beachtlich, und meine Verkleidung erweckte allgemeine Heiterkeit. Beruhigt stellte ich fest, dass ich offenbar keinen verdächtigen Eindruck machte.

Ich war mir noch nicht im klaren, an welcher Stelle ich auf Rüdisühli passen sollte, darum lümmelte ich vorläufig noch hinter den Zuschauerreihen umher. Der Sonnenteufel stach jetzt mit allen Nadeln, ich litt bereits unter der

Hitze. Im Westen jedoch grollte es aus einer dumpfgrauen Wolkenwand, mit einem erfrischenden Regenguss konnte gerechnet werden.

Das Publikum brandete nun richtig heran, ich musste mich langsam um einen festen Platz kümmern, wollte ich nicht riskieren, im klassischen Moment plötzlich weg vom Fenster zu sein. Allerorten wurden Schwämme in Wasserkübel getaucht und tonnenweise Zitronenschnitze aufgefahren. Zahlreiche Kameras kamen zum Vorschein, und auf einmal dominierten bunte Fähnchen und Schildmützen, die, der Aufschrift nach zu schliessen, ein selbstloses Bankinstitut unter die Zuschauer geworfen hatte. Etliche Kiebitze erschienen im Trainingsanzug und gebärdeten sich als grosse Sachverständige.

Aus der Ferne wehten Fetzen von Lautsprecherstimmen heran, dazwischen ertönte Musik, unter anderem auch der Bernermarsch. Die Spannung nahm zu, das Publikum ging auf die Zehenspitzen, kam wieder herunter. Ein Fan reklamierte lauthals, als ich mich vordrängen wollte, andere sekundierten, und erst als man meinen Aufzug gewahrte, wurde ich grinsend durchgelassen. Dennoch konnte ich mich bereits nicht mehr direkt an die Strecke pflanzen, denn der Strassenrand war dicht belagert von kreischenden Knirpsen, die voller Vorfreude mit ihren Fähnchen fuchtelten. Jemand zupfte mich am Ärmel und wollte wissen, ob ich einen Blinddarm operieren könne. Ich grunzte verneinend unter meiner Maske und versuchte mich abzusetzen. Ich war überhaupt nicht scharf darauf, mich in ein Gespräch verwickeln zu lassen oder übermässig populär zu werden. Zum Glück schien man mich allgemein als Jux zu nehmen. Nur ein kleiner Junge betrachtete mich mit einem dunkel bohrenden Blick, und als ich mich einmal umwandte, bemerkte ich auch zwischen den Lachern hinter mir nachdenkliche Gesichter, die mich anzustarren schienen.

Auf einmal war mir gar nicht mehr wohl in meiner Chirurgenhaut, und als sich gar noch ein Polizeitöff näherte und akkurat vor mir anhielt, war meine Gelassenheit beim Teufel. Der Fahrer stieg ab und kam direkt auf mich zu; doch wandte er sich im letzten Augenblick an einen Typen hinter mir. Es gab undeutliches Gemurmel und gegenseitiges Kopfnicken. Anschliessend brauste der Tschugger wieder davon. Zweifelsohne stand ich hier genau richtig, mit kaum zu überbietender Zielsicherheit musste ich in ein wahres Nest von Geheimpolizisten und dergleichen geraten sein. Nur zu gerne hätte ich mich nach rechts oder links verschoben, aber ich war völlig eingekeilt, mir stand buchstäblich nur noch die Flucht nach vorne offen, und auch da würde ich zuerst noch den Kordon der verflixten Rotzgofen durchbrechen müssen.

Zwei weitere, auf Hochglanz polierte Polizeiräder schaukelten in gemessenem Tempo vorbei, und das auf die Strecke hinausquellende Publikum wurde zurückgetrieben. Nun begann auch ganz in der Nähe ein Lautsprecher zu quaken. Durch die erneut nach vorn drängelnden Zuschauer ging ein Raunen und Rauschen. Namen, die ungefähr tönten wie Griffel, Chiquitabanana und Zoberischt oder Zvorderischt wurden genannt; so genau verstand ich es nicht. Aus der Richtung, aus der das Rennen nahen musste, schob sich Beifallsgeschrei heran wie eine Springflut. Und dann schossen die ersten drei Cracks heran, die Völker brüllten Griffel und Zetermordio. Kaum hatte ich das Spitzentrio ins Auge gefasst, war es auch schon verschwunden, und bereits zischte der erste Pulk der Verfolger vorbei. Dann hörte es nicht mehr auf. Wolken aus Massageöl nebelten mich ein, und das Getrippel von Millionen von Läuferfüsschen füllte meine Lauscher. Es war ein unaufhaltsamer Fluss, Welle um Welle driftete heran.

Auf einmal war über unseren Köpfen das unverkennbare Knattern eines Helikopters zu vernehmen, der die ganze

Übung offenbar aus höherer Sicht zu begutachten hatte. Verkappte Sicherheitsbeamte hinter mir, gezückte Kameras neben mir und ein alles überwachender Heli über mir: Happy, happy Africa!

Und der Bundesrat hatte auch nicht im Sinn, endlich aufzukreuzen. Wahrscheinlich war er gar nicht gestartet oder hatte das Rennen aufgegeben. Dass er, ohne mit grossem Juhui und besonderen Ovationen bedacht zu werden, unbemerkt an mir vorbeimarschiert wäre, konnte ich mir kaum vorstellen. Der Schweiss rann mir in die Augen, wegen der Maske konnte ich nicht einmal das Gesicht abtrocknen. Ich stand hier in meiner idiotischen Verkleidung, war wieder einmal der akutesten Gefahr ausgesetzt und hatte jede Plage zu erdulden, während Herr Murr bequem und sicher in seiner gelben Kutsche sass und sich zweifelsohne an einem Whisky gütlich tat und seine Havanna schmauchte. Nur gut, dass Rüdisühli offenbar flötengegangen war. Allzulange würde ich hier nicht mehr ausharren und endlich aus Honolulu aussteigen, was ich schon längst hätte tun sollen.

Der Applaus des Publikums war weniger kompakt als zu Beginn und ging nun eher von einzelnen Gruppen aus, die ihnen bekannte und verwandte Wettkämpfer anfeuerten und mehr oder weniger prominente Lokalmatadoren beklatschten. Es gab bereits marschierende Figuren, solche, die hinkten, und solche, die zwar noch mit knapper Not rannten, aber dazu Grimassen schnitten, als müssten sie in einem Horrorfilm mitmachen. Doch der Strom der Athleten riss nicht ab, die Welt schien aus Läufern zu bestehen.

Nur der Bundesrat liess sich nicht blicken. Noch länger auf ihn zu warten hatte keinen Zweck. Als nächstes würde ich Murr in seinem Idyll auf dem Bauplatz eine Visite abstatten, um ihn über das Ausbleiben Rüdisühlis zu informieren. Ich überlegte mir gerade, ob ich mich via Rennstrecke oder durch die Zuschauerreihen nach hinten absetzen sollte, da brüllte der Lautsprecher von neuem auf. Der Speaker, ein offenbar bekannter Radiomann namens Heinrich Panzer, stöhnte vor Erregung, und eine neue Welle der Begeisterung erfasste die am Strassenrand ausharrenden Völkerstämme. Rüdisühli kam!

Ich war völlig überrumpelt. Zu spät erkannte ich, dass ich nicht einfach hinaushechten und mich zu Rüdisühli gesellen konnte. Abgesehen davon, dass ich wahrscheinlich zurückgehalten würde, war es auch viel zu auffällig. Ich hätte mich spätestens jetzt, mit ein- bis zweihundert Meter Vorsprung auf den Bundesrat, im Rennen befinden sollen. An was hatten wir eigentlich gedacht, als wir diese beschissene Aktion planten? An nichts, an gar nichts. Dieses Rhinozeros von Murr verfügte zwar über ein getarntes Fluchtfahrzeug und hortete eine Flinte mit abgesägtem Lauf, aber dass die dem ganzen Mist vorauszugehende Attacke auf Rüdisühli genau so nicht vor sich gehen konnte, war ihm nicht in den Sinn gekommen.

Die gewitterträchtige Wolkenwand hatte sich unterdessen rasch genähert, nur gerade hier herrschte noch eitel Sonnenschein. Unter dem frenetischen Applaus des Popolos watschelte Rüdisühli vorbei. Er hob zwar grüssend die Hand und versuchte volksnah zu lächeln, aber er sah nicht blendend aus, vielmehr schien er mir ziemlich auf den Eiern zu sein. Er lief ein wenig isoliert von den andern, fast machte es den Anschein, als würde sich aus lauter Ehrfurcht niemand in seine Nähe getrauen. Bevor ich mich fassen konnte, entschwand er meinem Blick, das Geklatsche pflanzte sich nach vorne fort und würde Rüdisühli wohl bis ins Ziel begleiten. Und ins Ziel durfte er ja nicht gelangen, verdammt.

Das war der Augenblick, in dem ich handelte. Keine Sekunde zu früh, wie sich gleich herausstellen sollte. Ich boxte mich durch die vor mir befindliche Kinderschar, übersprang die kleinsten Bälger und nahm die Verfolgung

Rüdisühlis auf. Ich erwartete nach mir packende Hände, eiserne Fäuste, Wurfseile, Schüsse aus dem Hinterhalt; selbst wenn in diesem Moment die Welt untergegangen wäre, hätte es mich nicht überrascht; aber kein Mensch schien meinen Einstand in das Rennen verhindern zu wollen. Ich spurtete drauflos wie vom Affen gebissen, überholte zwar vorerst alles, was da kreuchte und fleuchte, musste aber, obgleich die Strecke leicht abwärts führte, bald dafür büssen, dass ich mich überhaupt nicht eingelaufen hatte. Einmal glaubte ich, erstaunlich weit vorne, in der laufenden Menge Rüdisühli in seinem weiss-rot gestreiften Leibchen zu erkennen. Aber ich war nicht sicher, die Maske nahm mir jede Sicht. Anstatt als verkleideter Doktor, mit der Spritze fuchtelnd und Allotria treibend, das Volk zum Lachen zu bringen, keuchte ich in panischer Eile der Brücke entgegen, um den Gejagten ja rechtzeitig einzuholen.

Glücklicherweise wurde ich auch von den Mitläufern kaum beachtet. Die starrten mit offenen Mündern und wie hypnotisiert nach vorne, das heisst auf die vor ihnen endlos dahintreibende Herde, und wandten höchstens die erhitzten Köpfe, wenn sie aus dem Publikum angerufen wurden. Alle Augenblicke kam mir jemand in die Quere, und als ich glaubte, endlich meinen Rhythmus gefunden zu haben, verwickelten sich meine Beine mit dem verfluchten Mantel, der mich ohnehin in jeder Hinsicht behinderte. Mit knapper Not vermied ich einen Sturz, dafür wurde mir speiübel. Dann begann die Kappe von meinen schweissnassen Haaren zu rutschen, so dass ich sie mit der freien Hand festhalten musste – es war ein Martyrium ohne Ende. Apropos Kappe: Auf einmal fiel mir ein, dass Murr ja keine Maske trug; der war imstande, den Bundesrat, der vielleicht ja nur halbwegs hinüber sein würde, mit unvermummtem Zifferblatt in Empfang zu nehmen.

Da erblickte ich Rüdisühli direkt vor mir, es war auch höchste Zeit, die Zuschauerreihen beidseits der Strecke lichteten sich, wir befanden uns schon in gefährlicher Nähe der Aare. Unterdessen hatte sich der Himmel auch hier verfinstert, die Dusche würde nicht mehr lange auf sich warten lassen. Zum Glück war wenigstens der Helikopter verschwunden. Ich fasste die Spritze fester und drückte versuchsweise auf den Kolben. Schüli, schüli, Rüdisühli... Er lief immer noch für sich allein, das heisst, er zuckelte bloss so dahin, einmal schien er gar zu schwanken, die Voraussetzungen für das bevorstehende Attentat waren goldig.

Vor uns tauchte bereits die gesperrte Brücke auf, das Trottoir, auf dem die Läufer ein schmales Band bildeten. Ich befand mich nun unmittelbar neben meinem Opfer, die Spritze hielt ich noch immer fest in der Hand. Aber ausgerechnet jetzt spielten mir meine Nerven erneut einen Streich: auf einmal fühlte ich die Hand nicht mehr, und unter mir gingen die Beine weg. Ich bestand nur noch aus einem Kopf, und der war leer; und wenn mein Hirn ab und zu noch schwache Kommandos gab, dann völlig verkehrte. Schüli, schüli, Rüdisühli... Ich konnte es nicht tun.

Ich würde den Bundesrat laufenlassen, die Spritze bei der nächsten Gelegenheit in die Aare werfen, in einen lockereren Spaziergang zurückfallen und mich jenseits der Brücke hinter die Zuschauermassen verdrücken und mir endlich die leidige Verkleidung vom Leibe reissen. Während irgendwo abseits von mir die letzten Turner durch die von Gewitterschwüle erfüllten Gassen krochen, würde ich leichten Herzens in irgendeine Himmelsrichtung abmarschieren und endlich frei sein von diesem ohnmächtigen Honolulu-Zwang. Oder ich würde mit einem mulmigen Gefühl im Bauch an Murr denken, der auf seinem Bauplatz sass wie die Katze vor dem Mauseloch; und ich würde dann nicht frei abmarschieren, sondern, geplagt vom schlechten Gewissen und mit der Erkenntnis, einmal mehr versagt und mich nie am Beamtentum gerächt zu haben, in gebückter Haltung davonschleichen wie ein alter, garstiger Zwerg und mich voller Scham irgendwo in einer Höhle verkriechen.

Wir betraten die Brücke, sogleich wurde es eng, mehr noch als vorher behinderte man sich gegenseitig. Rüdisühli bewegte sich ziemlich in der Mitte und direkt vor mir. Links neben ihm befand sich ein dicker Kerl, der Töne von sich gab wie ein brünstiger Orang-Utan, rechts ein Veteran aus der vorletzten Eiszeit. Wie Bodyguards kamen die mir nicht vor. Die Bretterwand neben uns verbreitete einen aufdringlichen Holzgeruch, es wurde immer dunkler, bereits fielen die ersten Regentropfen. Wir passierten die erste Wandtür, die zweite…, aber ich nahm das alles nur im Unterbewusstsein wahr, und als Rüdisühli vor mir ernsthaft ins Schleudern kam, nahm ich zwar Notiz davon, aber es berührte mich nicht. Sollte er von mir aus umkippen oder meinetwegen gleich abkratzen, entführt werden würde er doch nicht, weder lebendig noch tot. Uberhaupt hatte wahrscheinlich auch Murr die Flinte ins Korn geworfen, war gar nicht an seinem Platz, sondern längst über alle Berge, ich brauchte mir also gar kein Gewissen zu machen.

Der Bundesrat stolperte dem Dickwanst vor die Füsse, geriet an den linken Rand und schlipfte haltsuchend der Holzwand entlang, dem nächsten Ausstieg entgegen.

Da erwachte ich, und jetzt ging alles sehr schnell: Ich drängte mich an Rüdisühli heran, umfing ihn mit einem Arm und öffnete mit dem andern die Brettertür, die Spritze hielt ich schussbereit in der Hand. Von irgendwoher vernahm ich einen überraschten Ausruf. Sonst aber geschah nichts, es lief buchstäblich alles weiter wie gehabt. Ich stiess Rüdisühli ins Freie; er leistete nur geringfügigen Widerstand und gab keinen Ton von sich, ausser dass er sich die Lunge aus dem Leib schnaufte. Er produzierte eine vollendete Bauchlandung, während ich mit erhobenem Arm und gezückter Spritze ebenfalls bäuchlings auf ihn zu liegen kam. Er wand sich unter mir wie ein gestrandeter Maihecht, hatte aber nicht die Kraft, mich abzuschütteln.

Genau in diesem Augenblick brach das Unwetter los. Wahre Kaskaden stürzten vom Himmel, und ein Donnerschlag krachte, als wäre wirklich der Jüngste Tag gekommen. Dann war auch Murr schon da oder wenigstens das, was von ihm zu sehen war; denn er hatte sich tatsächlich einen schwarzen Strumpf über das Gesicht gezogen. Bevor ich nur pieps sagen konnte, schubste er mich weg, riss mir die Spritze aus der Hand, trieb sie Rüdisühli hinten hinein und schmiss sie anschliessend in hohem Bogen über das jenseitige Brückengeländer.

«Auf was wartest du noch, du Depp», brüllte Murr, «willst du, dass er uns zu guter Letzt noch in die Binsen geht?»

«Der ist ohnehin mehr tot als lebendig», japste ich mit letzter Kraft. Ich war völlig k.o., schliesslich hatte ich bereits eine Belastungsprobe hinter mir, ja, das Wesentliche von Honolulu war eigentlich getan, und die Aufholjagd auf Rüdisühli war auch kein Pappenstiel gewesen.

«Also», befahl Murr, «fass an, los, los...» Rüdisühli schien zwar hinüber zu sein, dennoch hätten Murr und ich, wie mir wieder einmal zu spät einfiel, nicht miteinander sprechen sollen. Dass man in Gegenwart des Opfers stumm blieb oder wenigstens die Stimmen verstellte, war fraglos ein Grundgesetz jeder Entführung. Flüsternd machte ich Murr auf diesen wunden Punkt aufmerksam. Murr nickte und erteilte seine Ordern in der Folge nur noch mittels Handzeichen und hektischer Kopfbewegungen.

Der Regen liess ein wenig nach und fiel nun in gleichmässigen Strähnen; auch donnerte es nicht mehr direkt über uns. Auf dem Bauplatz hatten sich riesige Pfützen gebildet, Maschinen, Schläuche und andere von den Arbeitern zurückgelassene Utensilien glänzten schwarz; alles machte einen trostlosen, fast unwirklichen Eindruck, ich kam mir vor wie auf einem andern Planeten. Der gelbe R4, der von Murr nun nahe herangefahren wurde, stellte den einzigen Farbkontrast dar. Rüdisühli, der in gekrümmter Bauchlage und halb nackt im Dreck lag, sah aus wie ein zerquetschter Regenwurm; er tat mir schon jetzt leid. In einer Pfütze neben ihm schwamm sein Stirnband, das er beim vorherigen Gerangel verloren haben musste. Schüli, schüli…

Wir fassten den Bundesrat, der mir ungeahnt schwer vorkam – wahrscheinlich hatte er zusätzlich zu seinem Körpergewicht noch Wasser aufgesogen –, an Kopf und Händen, hievten ihn in den winzigen Laderaum des Fluchtvehikels und schlugen die Hecktüre zu. Überwachen würden wir ihn vorerst vom Vordersitz aus; zum Glück hatte Murr nicht vergessen, seinen Schiessprügel mitzubringen. Wir nickten uns siegesbewusst zu, rannten um den R4 herum und öffneten unsere Türen; da erscholl hinter uns eine weibersüsse Stimme:

«Einen Augenblick, meine Herren. Entweder ihr lasst mich mitmachen, oder ich erzähle jedem, der es hören will, wo der Bundesrat hingekommen ist.»

15

Wir erstarrten und glotzten, das Herz plumpste mir in den Magen. Zum Glück waren unsere Visagen maskiert, denn wir hätten im Moment wahrscheinlich ziemlich dumm ausgesehen. Hinter uns befand sich ein junges Frauenzimmer in einem bläulichen, vom Regen dunkel verfärbten Trainingsanzug und blitzte uns herausfordernd an. Ihr Haar war kurz geschnitten, an ihrer Frontseite prangte die Startnummer 768. Eine Läuferin mit Gangsterambitionen offensichtlich. Ob diese Miss Grand Prix gut aussah, konnte ich im Moment nicht beurteilen, ein nasser Trainer und eine struppige Frisur hätten selbst aus der Miss World eine Vogelscheuche gemacht.

Murr, mit dem dämlichen Strumpf über der Nase, verharrte in seiner Position wie Lots Weib. Fast machte es den Anschein, als wolle er sich gelegentlich nach vorne fallen lassen und auf allen vieren abschleichen. Zum erstenmal, seit ich ihn kannte, war er sprachlos. «Nur keine Weiber», hatte er mehrmals betont. Da hatte er den Dreck! Meine Schadenfreude kannte keine Grenzen; das Girl hatte sich genau im richtigen Augenblick in Honolulu eingemischt.

Es regnete mit neuem Elan, dazu begann es zu stürmen; der diesjährige Grand Prix hatte alle Chancen, auch wettermässig in die Geschichte einzugehen. Klitschnass standen wir auf diesem gottvergessenen Platz und taxierten uns gegenseitig, während der entführte Bundesrat vielleicht schon bald gegen sein blechernes Gefängnis poltern würde.

«Also los», sagte Miss GP dezidiert, «zittern wir ab, solange noch Zeit ist.»

Nun fand endlich auch Murr wieder Worte: «Was du willst hier?» stammelte das Kalb in gebrochenem Deutsch. «Wir Arbeiter von Festinger, wir zu tun haben hier, du aber nix zu tun hast hier.» Er musste vorhin den Schock seines Lebens abbekommen haben, sonst hätte er kaum so saudumm reagiert. Er verstellte zwar, wie von mir angeregt, die Stimme, dachte aber offensichtlich nicht daran, dass Bauarbeiter sich normalerweise nicht zu verkleiden pflegen. Abgesehen davon hätte ihm auch klar sein müssen, dass die Dame Zeugin der Entführung gewesen war; woher hätte sie sonst wissen sollen, dass wir einen Bundesrat in den Fängen hielten. Ihre Replik kam denn auch postwendend:

«Lassen Sie die Faxen, Herr Direktor. Los, setzen Sie sich ans Steuer; der Doktor soll nach hinten und dem Bundesrat den Puls fühlen. Ihr könnt ihn nämlich nicht einfach so liegenlassen, sonst krepiert er euch noch.»

Dass sie Murr ironisch «Herr Direktor» nannte, löcherte mich. Offenbar schätzte sie ihn, trotz der Vermummung, richtig ein. Für mich war er schliesslich seinerzeit auch ein Direktor gewesen.

Murr war aber nicht gesonnen, sich noch länger auf die Kappe scheissen zu lassen:

«Es ist besser, wenn Sie verschwinden», sagte er gemessen, «sonst muss ich zu drastischen Massnahmen greifen.» Er zerrte tatsächlich das Sturmgewehr aus dem Auto. Dummerweise machte sich dabei das mit 24 Schüssen gefüllte Magazin selbständig und fiel scheppernd hinunter. Anstatt die Dame anvisieren zu können, musste er in schwarzer Schale und Strumpf am Boden umherkriechen. Ich war vorläufig nicht scharf darauf, mich einzumischen, sollte Murr nur selber schauen, wie er mit dieser Situation fertigwurde.

Miss GP machte kein Federlesen, sondern rief in Richtung Bretterwand: «Hierher! Hilfe, Hilfe! Hier ist der Bundesrat.»

Natürlich bluffte sie, denn im Rauschen des Regens war ihre Stimme auf der Brückenpassage kaum zu hören; aber so, wie sie sich bis jetzt aufgeführt hatte, war sie tatsächlich imstande, hinauszulaufen und die Leute zusammenzutrommeln.

Das musste auch Murr erkannt haben: In zwei, drei Sätzen, mit denen er sein läuferisches Können für heute wohl erschöpft hatte, war er neben ihr: «Halten Sie den Mund, verdammt.»

«O.K., O.K.», näselte das schwarze Biest mit gelangweilter Stimme und redete verblüffend ähnlich, wie Murr und ich es manchmal taten. «Ich will bloss an eurem Deal teilhaben, das ist alles.»

Murr blickte mich aus seinen Augenschlitzen an und zuckte die Schultern, womit er zweifellos andeuten wollte, dass wir vor ein Fait accompli gestellt seien. Ich nickte; auch mir schien, dass wir keine Wahl hatten. Seit dem Auftritt von Miss GP waren noch keine zwei Minuten vergangen, aber sie hatte uns bereits in der Hand. Sie nickte ebenfalls und deutete mit ihrem spitz frechen Kinn gegen den R4. «Hopp», war alles, was sie von sich gab. Sie und Murr stiegen vorne ein, ich hatte mich im hinteren Teil neben Rüdisühli zu hocken. Murr warf mir einen Gewehrputzlappen zu, denn es war höchste Zeit, dem Bundesrat die Augen zu verbinden.

Dann reichte mir Murr das Gewehr, traktierte den Anlasser und kreiste in einem weiten Bogen und mit zunehmender Geschwindigkeit, so als wollte er demnächst vom Boden abheben, über den verschlammten Bauplatz und raste zum nächsten Loch hinaus.

Wir wurden hin und her geschaukelt wie ein in Seenot geratener Kahn. Wegen den an den Seitenfenstern befestigten Kartons mit der Festinger-Aufschrift war mein Blick nach draussen beeinträchtigt. Irgendwann sah ich durch die verspritzte Heckscheibe kurz die grüne Kuppel des Bundeshauses mit der im Sturm flatternden Schweizer Fahne. Die würden sie wahrscheinlich noch heute auf Halbmast setzen. Im spärlich von hinten und vorne in den Laderaum einfallenden Licht konnte ich den neben mir in Seitenlage auf einer fleckigen Decke liegenden Bundesrat bloss als unförmiges Bündel erkennen. Als ich mich einmal zum bleichen Oval seines Gesichts hinunterbeugte, um seine Augenbinde für einen Moment zu lockern, bemerkte ich, dass er erwacht war und mich anstarrte. Wegen meiner Verkleidung glaubte er sich wahrscheinlich in einem Ambulanzfahrzeug, jedenfalls schien er die für ihn unerquickliche Wahrheit noch nicht begriffen zu haben.

Ich stellte mir vor, wir würden bereits verfolgt, auch sah ich uns schon in eine eiligst hergerichtete Strassensperre hineinrennen. Aber vorläufig blieb es bei einer äusserst hektischen Fahrt. Offenbar immer dann, wenn Murr nicht die

Möglichkeit hatte, eine auf Rot stehende Ampel zu überfahren, oder wenn ihm sonst ein Hindernis in die Quere kam, riss er einen solchen Stopp, dass unsere ohnehin wurmstichige Kutsche fast aus dem Leim ging; dann liess er jeweils voller Ungeduld den Motor auflheulen, um anschliessend mit schleifender Kupplung und durchdrehenden Rädern wieder davonzugaloppieren. Einmal musste er ein waghalsiges Überholmanöver riskiert haben, denn sowohl neben wie hinter uns wurde aus allen Trompeten gehupt. Nein, Murr hatte heute entschieden nicht seinen Tag. Äusserlich versuchte er zwar, sich gelassen aristokratisch zu geben, aber innerlich musste er kochen vor Aufregung. Zu allem Überfluss trug er noch immer den Strumpf über seinem Kürbis; wer auch nur von ungefähr in unser Auto blickte, musste gleich merken, dass hier etwas nicht stimmen konnte. Mir war es ein Rätsel, dass man uns nicht schon längst erwischt hatte. Lange konnte das Ganze nicht mehr dauern.

Ich wusste nicht genau, wo wir uns befanden. Über den beiden vor mir im Fahrerraum auf und ab wippenden Köpfen erblickte ich zwar grüne Autobahnschilder, aber ich konnte nicht entziffern, was darauf stand. Wahrscheinlich befanden wir uns bereits in der Nähe von Bümpliz. Murr und die andere hatten bis jetzt geschwiegen. Nur einmal, als er eine Kurve besonders rasant nahm, nannte sie ihn lauthals einen Idioten.

Da richtete sich der Gefangene, wie man ihn jetzt wohl nennen konnte, stöhnend auf und begann zu würgen. Hoffentlich kotzte er uns nicht die Karre voll oder wurde sonst ernsthaft malad. Was mein quacksalberähnliches Aussehen anbetraf, konnte ich nur sagen: der Schein trügte. Ich war völlig hilflos, von Erster Hilfe hatte ich keinen blauen Dunst.

Der Bundesrat verharrte in seiner halb sitzenden, halb liegenden Stellung, fingerte an seiner Augenbinde und gab rülpsende Töne von sich; dazu schlotterte er wie Espenlaub.

Ich zitterte ebenfalls, denn im von Schweissgeruch erfüllten Vehikel war es kalt und feucht, das Leibchen unter meinem Mantel fühlte sich eisig an. Auf einmal setzte sich Rüdisühli auf: «Was geht hier vor?» fragte er mit erstickter Stimme. Nun fand ich es an der Zeit, die Rolle zu wechseln und fortan den Tough guy zu spielen. Schulter und Rücken in die vordere linke Ecke unseres Käfigs gedrückt, richtete ich die Waffe auf ihn und verstellte ebenfalls meine Stimme, allerdings ohne ein solches Kauderwelsch von mir zu geben, wie es Murr vorher getan hatte:

«Sie sind entführt, Herr Bundesrat. Auf Ihr Herz ist ein Maschinengewehr gerichtet. Tun Sie nichts, verhalten Sie sich ruhig, dann passiert Ihnen nichts.»

Rüdisühli schüttelte verwundert den Kopf, dann lehnte er sich gegen die rechte Seitenwand und schien zu erstarren, selbst das Würgen hörte auf. Es machte den Anschein, als hätte er sich bereits in sein Schicksal ergeben. Obgleich mein Herz klopfte wie ein Presslufthammer, begann mein Selbstvertrauen zu wachsen. Abgesehen von den Patzern Murrs und dem Auftritt von Miss GP war bis jetzt alles besser gegangen, als ich befürchtet hatte.

Offenbar hatte das Erwachen Rüdisühlis auch vorne den Bann gelöst; auf einmal war dort der schönste Disput im Gange: Wohin man überhaupt fahre, begehrte Miss GP zu wissen, worauf Murr höflich, aber bestimmt antwortete, das gehe sie einen Scheissdreck an.

«Sie glauben doch nicht, dass ich ewig in Ihrem mickrigen Göpel sitzen will, Herr Direktor?» sagte sie spitz. «Ich will wissen, was hier weiter gespielt wird, und überhaupt ist mir kalt, ich habe nicht einmal etwas zum Umziehen.»

Dies sei sein Kummer nicht, erklärte Murr mit Nachdruck, übrigens könne sie jederzeit aussteigen und verduften.

«Das würde dir wohl passen», gab sie zurück und hatte sich offenbar entschlossen, ihn zu duzen. «Wenn du auch nur den kleinsten Versuch unternimmst, mich auszubooten, werde ich mich vor deine Nuckelpinne setzen und eine solche Szene machen, dass die ganze Stadt zusammenläuft.»

Ich wendete mich kurz nach vorne, um zu sehen, wie Murr diese Eröffnung verkraftete. Er war erneut sprachlos. Weil er sich eine Havanna in den Mund stecken wollte, dachte er immerhin daran, den Strumpf endlich von der Rübe zu ziehen.

«Oh», verwunderte sich Miss GP, «Al Capone persönlich.»

«Freche Hexe», dachte ich vergnügt. Heimlich hatte ich Murr ja auch schon so genannt. Er rauchte übrigens nicht, wahrscheinlich war er zu nervös, um die Prozedur des Anzündens durchzuführen.

Ich konzentrierte mich wieder hundertprozentig auf Rüdisühli, und es kam mir sogar in den Sinn, ihm die mitgebrachte Wolldecke zuzuwerfen. Obwohl die Kälte immer unangenehmer wurde, ignorierte er meine soziale Geste.

Dafür ging es bei meinen Kumpels wieder los: Offenbar hatte Miss GP ein Kleider- oder Sportgeschäft erspäht. «Stopp», rief sie. «Dort vorne steigst du aus und kaufst mir einen Homedress, Grösse M, in meinem nassen Zeug halte ich es nicht länger aus.»

Erneut schielte ich interessiert zu den Vordersitzen.

«Bist du verrückt geworden?» schrie der ewige Gentleman Murr und duzte sie ebenfalls. «Da wird nicht angehalten, meinetwegen verrecke in deinem Fummel.» Das war für Murr ein starkes Stück. Das Eingreifen von Miss GP musste ihm echt an die Nieren gegangen sein.

Sie langte kurzerhand zu ihm hinüber und drückte auf das Horn, und als es ihm endlich gelang, die Huperei zu unterbrechen, griff sie ihm ins Steuer: «Ich lasse dich an die nächste Hauswand krachen, du Anfänger», sagte sie cool und traf auch entsprechende Massnahmen, jedenfalls fuhren wir plötzlich Slalom.

«Himmelarsch, hör auf», brüllte Murr und verlor nun total die Nerven. «Fred, Fred. . . ich glaube fast, du musst sie erschiessen.» Jetzt nannte er mich doch tatsächlich noch beim Namen.

«Tu das gefälligst selber», erklärte ich wütend und machte Avancen, ihm das Gewehr zu reichen. Vorübergehend vergass ich nicht nur den Bundesrat, sondern dachte auch nicht daran, die Stimme zu verändern. «Ich lasse mich nicht zum Ladykiller degradieren.»

Wir waren nahe bei einer Verkehrsinsel zum Stillstand gekommen. Ich sah Leute, die auf einen eben heranfahrenden Trolleybus warteten und unter ihren Regenschirmen verwundert die Köpfe drehten. Ein Velofahrer, der behauptete, wir hätten ihn beinahe umgehauen, begann uns die Leviten zu lesen, dazu vernahm ich das Geräusch sich öffnender Fenster und das Gemurmel menschlicher Stimmen. Soviel ich merkte, bildete sich in unserem Rücken bereits eine Kolonne; offenbar fand der schönste Volksauflauf statt. Und der Sportladen, der diese ganze Misere verursacht hatte, war um diese Zeit doch sowieso geschlossen.

Gerade in dem Augenblick, als Rüdisühli an der Hecktür zu rütteln und einen Fluchtversuch einzuleiten begann, brachte es Murr fertig, den R4 wieder in Gang zu bringen und den Ort des Getümmels hinter sich zu lassen. Ich zog unter meiner Maske die allerfinsterste Miene und richtete die Waffe auf den Bundesrat, der vorhin auch noch versucht hatte, die Augenbinde zu lüften.

«Keine Bewegung mehr, Herr Bundesrat», schnarrte ich, «sonst werden Sie zur Hölle fahren.»

Der sollte ja nicht glauben, dass er es mit Amateuren zu tun hatte.

Aber leider dauerte es nicht lange, und am Rande Berns begann sich neues Unheil anzubahnen: Fernab ertönte auf einmal rasch näherkommendes Sirenengeheul. Möglicherweise hatte man wegen dem Vorfall bei der Businsel bereits die Polizei alarmiert oder war uns ohnehin auf der Spur. Murr konnte sich nicht entscheiden, ob er in eine Seitenstrasse abschwenken oder die Flucht vorwärts fortsetzen sollte. Er bremste mehrmals, vollzog diverse Schwenker und fuhr dann doch geradeaus weiter. Gesprochen wurde kein Wort mehr. Hinter uns, untermalt von Alltagslärm und Regenrauschen, waren gellende Hörner zu vernehmen, das Brummen schwerer Motoren. Es handelte sich zweifellos nicht bloss um ein Fahrzeug. Wahrscheinlich hatte man sämtliche Überfallkommandos aufgeboten, um uns einzufangen. Die Verfolger rückten uns auf den Pelz, wir waren viel zu langsam, und offenbar gelang es Murr auch weiterhin nicht, einen Haken zu schlagen. Dafür gab es unter uns einen Ruck, und wir stoppten rabiat. Soweit ich es beurteilen konnte, war Murr auf dem Trottoirrand gelandet. Die wilde Jagd hatte uns eingeholt. Das bedeutete das Out für Honolulu: Prisi, Murr & Co., ab ins Kittchen.

Ich linste nach draussen, so gut es ging, ohne dabei zu vergessen, weiterhin auf Rüdisühli zu zielen. Zwei rote Kranwagen brausten, schmutzige Wasserfontänen verspritzend, an uns vorbei und verschwanden jaulend und blaulichtquirlend um den nächsten Rank. Die Feuerwehr. Teufel, Teufel!

«Das war's», konstatierte Miss GP. Murr gab ausser einem «yes, yes» keinen Kommentar ab und fuhr vom Trottoir herunter. Wir waren noch einmal davongekommen. Der Schock, der sich meiner bemächtigt hatte, schmolz zu einem Klumpen zusammen und setzte sich in meinem Bauch fest. Auf einmal fühlte ich auch wieder die an mir klebenden nassen Lumpen und Lappen. Rüdisühli, der sich zu früh gefreut hatte, liess resigniert den Kopf hängen; immerhin zog er nun endlich die Wolldecke über seine nackten Schultern. Die Luft war dick, und es begann wie in einem Saustall zu stinken, irgendwer hatte da nicht bloss einen Angstbrunz gemacht.

Zum Glück näherten wir uns, soweit ich das feststellen konnte, dem sicheren Hafen des von Raffenweidschen Palastes. Mein Herz begann erneut einen Trommelwirbel. Ein weiterer entscheidender Akt von Honolulu stand bevor. Wenn wir es noch fertigbrachten, den Bundesrat durch die Einstellhalle in den Lift zu schleusen, so hatten wir es praktisch geschafft. Die vorherigen Sirenentöne kamen mir nachträglich fast wie Siegesfanfaren vor. Schüli, schüli . . .

Murr verlangsamte das Tempo, wir mussten uns unmittelbar vor dem Ziel befinden. Doch anstatt endlich in die Garagezufahrt einzuschwenken, hielten wir erneut an:

«Damn it», sagte Murr.

«Was ist los?» erkundigte sich Miss GP, die ja noch nicht wusste, wohin wir Rüdisühli bringen wollten.

«Was ist los?» fragte auch ich.

«Damn, damn, damn… damn.»

«Was ist los?» wiederholte ich und machte auch diesmal nicht den Fehler, Rüdisühli aus dem Auge zu lassen.

«Die Feuerwehr von vorhin...», stammelte Murr, «die Feuerwehr ist da… sie haben abgesperrt… das Gewitter… und sie legen Schläuche… unsere Einstellhalle ist versoffen.»

16

Diesmal guckten wir zu dritt dumm aus der Wäsche. Miss GP war nämlich unterdessen auch draufgekommen, dass wir in die Einstellhalle hätten fahren wollen; nur Rüdisühli schien es nicht zu interessieren, wieso wir schon wieder stillstanden. Er hockte mit zusammengezogenen Schultern und verschränkten Armen unter seiner Wolldecke und schwieg.

Ob er hier Wurzeln schlagen wolle, erkundigte sich Miss GP bei Murr. Eine gewisse Nervosität in ihrer ein wenig heiseren Stimme war unverkennbar.

Als Antwort liess Murr den Motor wieder an, aber der Schrecken musste ihn gelähmt haben, denn er traf keine Anstalten loszufahren; wir blieben stehen, wo wir waren. Draussen hörte ich Kommandorufe, das Surren und Zischen der Pumpen. Schwere Schritte näherten sich. Ich nahm einen Schatten wahr, der an Murrs Fenster trat; in diesem Augenblick legte Murr einen Gang ein, und wir taten einen Sprung nach vorn. Ich hörte nur noch eine maulende Männerstimme, die uns «blöde Gaffer» nachrief, dann befanden wir uns in voller Fahrt und liessen den Ort, wo die Fortsetzung von Honolulu hätte in Szene gehen sollen, rasch zurück.

Ich hatte keinen Schimmer, wohin wir unterwegs waren. Es schüttete noch immer, am hintern Ende unserer Kutsche dröhnte der Auspuff. Die schnelle Fahrweise Murrs und die Geräusche auf der Strasse liessen darauf schliessen, dass wir uns nicht mehr in Stadtnähe befanden.

Ich mochte aber nicht mehr länger im ungewissen bleiben: «Was hast du jetzt im Sinn, Boss?» erkundigte ich mich und gab mir auch nicht mehr gross Mühe, die Stimme zu verändern. Honolulu war ohnehin vorbei, und wir drei waren so gut wie geliefert.

«No comments», murrte Murr und gab weiterhin Gas, dass die Kolben klirrten.

«Du kannst doch nicht auf Zeit und Ewigkeit durch die Gegend blochen und auf ein Wunder hoffen.»

«No comments.»

«Gopfverdeli! Murr, mach doch keinen Seich! Willst du Runden drehen, bis uns der Sprit ausgeht? Wir sind am Arsch. Come on, lassen wir Rüdisühli laufen.»

«Sehe ich so dumm aus?» fragte Murr.

«Ja», antwortete an meiner Stelle Miss GP.

«Du siehst nicht nur dumm aus, du bist es auch», doppelte ich nach. «Was willst du mit Rüdisühli machen, ihn auf den Mond schiessen?»

Anstatt einer Antwort riss Murr das Steuer so hart herum, dass der Bundesrat und ich aus dem Gleichgewicht gerieten; ich liess beinahe die Waffe fallen. Wir rumpelten über eine unebene Unterlage, bei uns hinten wurde es finsterer denn je, hätte ich jetzt gegen Rüdisühli die Flinte einsetzen müssen, so wäre ein Nachtschiessen daraus geworden. Wir wurden noch ein paarmal tüchtig durchgeschüttelt, dann hielten wir zum dritten Mal an, das Motorengeräusch erstarb. Es tropfte unregelmässig auf das Autodach, sonst gab es keinen andern Laut; nach dem Radau auf der Strasse und vor Murrs Haus war die nun herrschende Stille beinahe gespenstisch. Durch das hintere Fenster konnte ich die Konturen schwarzer Baumstämme ausmachen, dazwischen Dunstschwaden und nass glänzendes Gebüsch. Anscheinend hatte Murr in einem Wald Zuflucht gesucht. Zum erstenmal, seit wir auf der Flucht waren, wandte er sich nach hinten. Für alle Fälle hatte er sogar den Strumpf wieder angezogen.

«Nur keine Aufregung», erklärte er und machte sich auch nicht mehr die Mühe, anders zu reden als sonst. «We are still going strong. Wir werden nunmehr hier Kriegsrat halten.»

Miss GP gurrte zustimmend, und selbst Rüdisühli schien die Ohren zu spitzen. Nur ich, der ich lieber die lästige Maske runtergemacht und den stupiden Schiessprügel in eine Ecke geschmissen hätte, konnte wieder einmal nur den Kopf schütteln ab Murrs hochtrabendem Gerede: «Was willst du da noch lange beraten?» schnaubte ich. «Glaubst du eigentlich, inzwischen sei nichts passiert? Die haben längst Sperren errichtet und alle erreichbaren Polypen aufgeboten, wir haben schon viel zuviel Zeit verloren.»

Der Bundesrat zeigte zum erstenmal eine sichtbare Reaktion und nickte beifällig. Es war wieder einmal völlig grotesk. Ich sprach zu Murr, aber ich schaute dabei Rüdisühli an, weil ich ihn in Schach halten musste.

«Halb so schlimm», quittierte Murr meinen Protest, «wir befinden uns hier weit ab vom Schuss, jeden Trampelpfad können die nicht absperren.»

«So, und was willst du hier im Walde? Sollen wir vielleicht auf die Bäume klettern und Rüdisühli in ein Vogelnest setzen?»

«Der Doktor hat recht», hörte ich Miss GP sagen. «Weit werden wir nicht mehr kommen. Wenn ich geahnt hätte, dass es mit eurem Superversteck Essig ist, hätte ich euch von Anfang an einen andern Unterschlupf vorgeschlagen.»

«So, was für einen?» fragten Murr und ich gleichzeitig.

«Egal, jetzt ist es ohnehin zu spät, wir können nicht mehr zurück.»

«Ah, dein Versteck wäre also in der Stadt gewesen», spottete Murr, «wohl im Bundeshaus, he?»

Sie gab darauf keine Antwort, dafür begann sie sich von neuem über ihre nassen Klamotten und andere Widrigkeiten zu beklagen. Tatsächlich wurde unsere Lage immer blamabler. Wie wir ohne die Möglichkeit, uns umzuziehen, und ohne jeglichen Proviant über die Runden kommen sollten, wussten die Götter. Darum hieb ich in dieselbe Kerbe wie Miss GP.

«Es hat keinen Zweck mehr, Murr, ohne einen einigermassen komfortablen Unterschlupf sind wir aufgeschmissen, dazu läuft uns die Zeit davon; und zu trinken haben wir auch nichts.»

«Whisky ist da», widersprach Murr.

«Soll ich vielleicht Whisky saufen? Ich bin fast am Verschmachten, Cola will ich oder wenigstens Tee.»

«Wir müssen von hier aus operieren, und zwar sofort», beharrte Murr, ohne auf meinen Durst einzugehen.

«Du bist wieder einmal völlig behämmert», rief ich böse. «Wie willst du von hier aus operieren, ohne Post und ohne

Telefon? Dein genialer Entführungsplan ist gescheitert, Murr, die sogenannte Infrastruktur fehlt uns, verstehst du.»

Rüdisühli nickte erneut, und trotz der Dunkelheit schien es mir für Sekundenbruchteile, als ob er grinste. Es war ja auch penibel, wie die famosesten Gangster aller Zeiten hin und her stritten, ärger als zwei Waschweiber, und wie solch weltwichtige Dinge wie trockene Unterhosen oder ein Schluck Tee zur Debatte standen.

Miss GP fand es auch wieder für nötig, sich einzumischen; so schlug sie vor, Rüdisühli an einen Baum zu binden und ohne ihn abzuhauen. Von gesicherter Stelle aus könnte man dann gegen ein gewisses Entgelt die Preisgabe seines Aufenthaltsortes anbieten.

Murr und ich fanden diesen Einfall gar nicht so abwegig. Ohne den entführten Bundesrat im Wagen hätten wir ruhig in der ganzen Schweiz umhergondeln können; nur stellte sich in der Folge heraus, dass wir nicht einmal ein Seil dabeihatten, auch fehlte es an Schere und Messer, mit denen man eine Wolldecke hätte in Streifen schneiden können.

Endlich resignierte auch Murr: «Wir sind tatsächlich aufgeschmissen», verkündete er finster, «wir hauen ab, aber den Herrn Bundesrat können wir nicht laufenlassen, er weiss zuviel, und so wie es jetzt aussieht, können wir uns nicht rechtzeitig absetzen. Wenn wenigstens noch ein paar Millionen zu holen wären, würde ich vielleicht riskieren, ihn zu verschonen, aber so… du wirst deine Pflicht tun müssen, Fred.»

Kille, kille. Dieser Murr war ja vollkommen meschugge, einen Dachschaden hatte der! Bereits zum zweiten Mal heute hegte er mörderische Gedanken. Ich wollte ihm gerade nahelegen, sich am besten selber um die Ecke zu bringen; da griff Rüdisühli, der ja nicht ahnen konnte, um was für eine harmlose Nummer es sich bei Murr eigentlich handelte, in das allgemeine Hickhack ein:

«Ich mache euch einen Vorschlag», sagte er mit erstaunlich unerschrockener Stimme und in einem Dialekt, der mir in den Ohren wohl tat. «Wir fahren nach Guggisberg.»

«Oho!» rief Miss GP und kicherte wie ein Backfisch bei einem obszönen Witz.

«Wohin?» fragte ich völlig perplex, bevor auch Murr dazukam, seinem Befremden Ausdruck zu geben. «Wohin?»

«Nach Guggisberg», wiederholte Rüdisühli, «ich besitze dort ein Ferienhaus.»

Aha, der volkstümliche Bundesrat Rüdisühli verbrachte seine Wochenenden also nicht in Gstaad oder St. Moritz, sondern in Guggisberg, einem Ort, von dem ich noch nie im Leben gehört hatte. Das fand ich an und für sich recht sympathisch, nur begriff ich nicht ganz, was wir dort sollten; das war höchstens eine Falle, in die wir tappen würden, und sonst nichts.

Doch Rüdisühli, der offensichtlich um sein Leben bangte, zerstreute meine Bedenken, noch bevor ich dazukam, diese von mir zu geben: Er sehe ein, dass wir im Augenblick die Oberhand hätten, erklärte er. An Komplikationen irgendwelcher Art sei er nicht interessiert, sondern höchstens an einem unblutigen Ende der Angelegenheit. Und ein solches werde wohl nur möglich, wenn er mitspiele.

Das war geradezu staatsmännisch gesprochen. Überhaupt fiel mir auf, wie Rüdisühli selbst in seinem verdreckten und verspritzten Renntenü und mit zugebundenen Augen so etwas wie eine Persönlichkeit darstellte, während ich mir als Knorrli vorkam. Daran änderte auch der Schiessprügel nichts, den ich immer noch auf ihn gerichtet hatte. Jedenfalls musste ich mich mächtig anstrengen, nicht das Gesicht zu verlieren, obgleich dieses wegen der Maske gar nicht zu sehen war:

«Wir werden Ihren Vorschlag prüfen, Herr Bundesrat», grollte ich, «aber was das unblutige Ende anbetrifft, da machen Sie sich keine falschen Hoffnungen, Herr Bundesrat.

Mein Boss pflegt sehr konsequent zu sein, es dürfte schwer, wenn nicht unmöglich sein, ihn von seinem Entschluss abzuhalten. Keep that in mind, Mister Bundesrat.»

«Quatsch», sagte Murr, und ich hatte wieder einmal die Zwei am Rücken, the number two. Da machte ich mir Gehaben und Wortschatz Murrs zu eigen, und schon wieder war es nicht recht.

«In Guggisberg wird kein Mensch nach mir suchen», ereiferte sich Rüdisühli, «abgesehen davon sind dort jeglicher Komfort und sämtliche Kommunikationsmöglichkeiten vorhanden.»

«Eine Glanzidee, Herr Bundesrat», rühmte Murr. «Ihre Einsicht und Ihre Hilfsbereitschaft ehren Sie. Der entführte Bundesrat in seinem eigenen Ferienhaus, haha... Einfach phänomenal, das ist der Gag des Jahrhunderts. Auf, let's go to Guggisberg!»

«Ha, ha, ha...», wieherte auch Miss GP und verlangte lautstark einen Whisky.

«Und was haben wir für Garantien, dass er uns mit seinem Ferienschuppen nicht anschmiert», wandte ich ein und kam mir mächtig schlau vor, «und wie sollen wir an Polizeiposten und dergleichen vorbei in dieses komische Kaff gelangen?» Guggisberg, das hatte gerade noch gefehlt. Das passte zu Honolulu wie eine Faust aufs Auge.

«Mein Leben ist eure Garantie», verhiess Rüdisühli und tastete nach dem Gewehrlauf. «Ich weiss, was auf dem Spiel steht. Dass wir ungeschoren nach Guggisberg kommen, kann ich allerdings nicht garantieren. Ein gewisses Risiko müssen wir in Kauf nehmen.»

Was diesen letzten Satz anbetraf, so erinnerte ich mich, schon einmal ähnliche Worte vernommen zu haben. Und dass Rüdisühli von «wir» sprach und sich so quasi mit uns zusammenschloss, faszinierte und irritierte mich zugleich. Etwas störte mich, ich wusste nur nicht was. Eine an sich belanglose Kleinigkeit, die eher mit Miss GP zusammenhing als mit dem Bundesrat. Etwas, über das ich später noch nachdenken wollte.

«Let's go to Guggisberg», rief Murr zum zweiten Mal.

«Let's go to Guggisberg», sagte auch Miss GP, «aber vorher muss ich noch schnell verschwinden.» Sie öffnete die Tür und kletterte aus dem Wagen. Murr protestierte und befahl mir, sie zu begleiten. Ich erkundigte mich, wer dann unterdessen Rüdisühli bewache. Miss GP lachte schallend und hiess Murr einmal mehr einen Trottel, der noch immer nicht begriffen habe, dass sie zu uns gehöre und nicht daran interessiert sei, sich dünnzumachen. Der grosse Boss musste wohl oder übel klein beigeben, und sie schlug sich in die Büsche.

Wenig später, sobald Miss GP wieder eingestiegen war, liess Murr den Anlasser quengeln, vollzog ein rasantes Wendemanöver, wobei er hinten an das Wegbord und vorne an einen Baumstamm prallte; dann holperten wir durch den Wald zurück. Da beim Bundesrat offensichtlich keine akute Fluchtgefahr mehr bestand, deponierte ich das Gewehr in Reichweite, entspannte mich ein wenig und schaute zeitweise nach vorne. Wir erreichten am Waldrand die Autostrasse, da wandte sich Miss GP um, fuhr mit der Zunge über ihre whiskyfeuchten Lippen und warf mir von unten herauf einen dermassen dunklen, schier verschwörerischen Blick zu, dass mir ganz anders wurde.

17

Gerade als wir an der Ortstafel von Guggisberg vorbeifuhren, hörte es auf zu regnen, und der bereits tiefstehende Sonnenteufel brach durch eine tintenschwarze Wolkenbank; die holprige Landschaft sah aus wie eine Theaterkulisse. Wie gesagt, ich hatte diese komische Gegend bis jetzt nicht gekannt, die nahen, teils von Nebelhexen umhüllten Berge und Flühe missfielen mir auf Anhieb. Mir kam es vor, als sei uns nun der letzte Fluchtweg abgeschnitten.

Auf der Fahrt hierher waren wir mehrmals wie auf Kohlen gesessen, weil wir glaubten, in eine Strassensperre hineinzusegeln; einmal war uns ein Uniformierter direkt vor den Kühler gesprungen. Es hatte sich jedoch ausnahmslos um Abschrankungen oder Umleitungen gehandelt, die im Zusammenhang mit dem Gewitter standen, das hier unbotmässig gewütet haben musste. An einer Stelle war auch die liebe Feuerwehr wieder auf dem Plan erschienen.

Laut Rüdisühli mussten wir das ganze Kaff passieren, um zu seinem Ferienhaus zu gelangen. Ein weisser Kirchturm und ein überdimensioniertes Gasthaus flitzten vorbei. Eingeborene, teils mit Milchkessel, teils mit Besen in der Hand, starrten uns nach. Guggisberg war wirklich eine Topidee. In der Beiz würde sicher bereits heute abend getratscht werden, ein Lieferwagen, den man hier noch nie gesehen habe, sei durchgefahren.

Kaum hatten wir nach einer grossen Kurve die letzten Häuser des Dorfes hinter uns gelassen, begann das Theater mit der Wegsucherei. Murr wollte partout nicht gestatten, dass man Rüdisühli die Augenbinde abnahm; so musste dieser seine Anweisungen blind erteilen, was insofern nicht einfach war, weil Murr über unsere jeweiligen Standorte die konfusesten Auskünfte gab. So nannte er zum Beispiel eine unscheinbare Hecke einen Waldrand und das Wasserreservoir von Guggisberg und Umgebung einen Bunker. Und als wir endlich glaubten, die richtige Zufahrt gefunden zu haben, stand er schon wieder still:

«Nein», sagte er ohne jeden Zusammenhang, «kommt nicht in Frage.»

«Was kommt nicht in Frage?» erkundigte sich Miss GP.

«Dass wir schon jetzt zu Rüdisühlis Haus fahren.»

«Wieso nicht?»

Sogar nach Guggisberg sei möglicherweise die Nachricht von der Entführung bereits gedrungen und Rüdisühlis Haus würde automatisch in den Mittelpunkt des Interesses rücken, gab Murr zu bedenken. Da wären wir schön blöd, quasi vor den Augen der Öffentlichkeit dorthin zu fahren. Er habe überhaupt das Gefühl, von allen Seiten beobachtet zu werden. «Wir warten, bis es dunkel ist», erklärte er, «dann lassen wir den Wagen stehen und gehen zu Fuss weiter.»

«Und wo willst du die Karre stehenlassen, ohne dass sie dem ersten auffällt, der vorbeikommt?» fragte ich.

«Die kann tagelang dastehen, ohne dass deswegen ein Büro aufgemacht wird», behauptete Murr, «und wer in aller Welt sollte das Auto mit der Entführung in Zusammenhang bringen?»

Ich war da nicht so sicher, aber wahrscheinlich hatte er recht. Da es uns zu riskant erschien, noch länger umherzufahren, schaute Murr nach einem geeigneten Abstellplatz aus und lenkte den R4 endlich in eine verlassene, von einem kleinen Schuttkegel verdeckte Kiesgrube nahe der Strasse.

Als es endlich dunkel genug war, kletterten wir aus dem Wagen; ich stiess Rüdisühli den Gewehrlauf in die Nierengegend und liess ihn vorangehen, Murr und Miss GP bildeten die Nachhut. Schon nach wenigen Metern hatten wir erneut keine Ahnung, wo wir waren. Nun willigte Murr endlich ein, den Bundesrat nicht länger Blindekuh spielen zu lassen. Dafür versteckte Murr sein Gesicht wieder; Miss GP hatte die Kapuze ihres Trainers über den Kopf zu ziehen; ich selber trug ja noch immer die Maske. Kaum konnte der Bundesrat sehen, deutete er auf nähere und fernere Lichter, nannte Namen wie Sand, Kalchstätten, Brünisried und Plaffeien; ich war drauf und dran, mich zu erkundigen, ob nicht auch Honolulu irgendwo auszumachen sei. Dann besann sich Rüdisühli offenbar darauf, dass wir uns hier nicht auf einer Schulreise befanden, und erteilte fortan nur noch knappe Anweisungen, in welche Richtung wir zu gehen hätten.

Wir kamen nicht umhin, uns für ein kurzes Stück auf der Strasse zu bewegen. Selbstverständlich geisterte ausgerechnet jetzt ein von hinten herankurvender Lichtstrahl durch die Gegend. Ich stiess Rüdisühli über die Böschung hinaus, sprang selber nach, Sekundenbruchteile später folgte auch Miss GP, während Freund Murr noch die längste Zeit am Strassenrand umherhühnerte, bevor er sich endlich neben uns fallen liess. Wir machten uns flach wie Pfannkuchen und drückten die Gesichter ins nasse Gras; nur Herr Rüdisühli glaubte, den Oberkörper aufrichten zu müssen. Da hieb ich ihm den Gewehrkolben über die Schulter und erklärte ihm gleichzeitig, was alles mit ihm geschehe, wenn er noch einmal…

Das Auto war bereits da, fegte knapp über unseren Köpfen vorbei – und bremste. Farewell, Guggisberg! Mir standen die Haare zu Berge. Wir hörten eine Türe klappen, neben dem Geräusch des laufenden Motors war Unterhaltungsmusik aus dem Autoradio zu vernehmen. Jemand hustete, Schritte nahten, hielten, kamen noch näher und standen direkt über uns still. Gemurmel, dann wieder Schritte, endlich erneutes Schlagen der Tür und das sich rasch entfernende Surren des Motors. Murr und Miss GP waren bereits aufgestanden, ich hob vorläufig nur den Kopf und stiess angehaltene Luft aus, während Rüdisühli immer noch dalag wie ein Sack Kartoffeln. Hoffentlich hatte ich ihn nicht totgeschlagen.

«Auf!» kommandierte ich und tippte mit der Flinte an seine Arschbacken. «Auf, und abmarschiert!»

Rüdisühli rappelte sich hoch, griff an seine Schulter und trat auf die Strasse zurück. Da fiel mir auf, dass er keine Startnummer mehr trug.

«Wo haben Sie Ihre Startnummer, Herr Bundesrat?» fragte ich drohend. «Als Spur zurückgelassen, he? Schnitzeljagd gespielt, he?» Ich war überzeugt, dass er sie vorhin auf die Strasse geworfen hatte, in der Hoffnung, der Automobilist werde darauf aufmerksam.

«Stimmt das, Herr Bundesrat?» mischte sich Murr ein. «Wollen Sie uns an der Nase herumführen, will das Ei schlauer sein als die Henne? Fred, bring ihn zurück in die Grube, er wird standrechtlich hingerichtet.»

«Haben Sie gehört, Herr Bundesrat?» brüllte ich und drehte ihn unsanft herum, so dass er dorthin guckte, wo wir hergekommen waren. «Standrechtlich!» Was dieses «standrechtlich» bedeuten sollte, entzog sich allerdings meiner Kenntnis, jedenfalls war das wieder so ein aristokratischer Schmarren.

«Meine Herren», rechtfertigte sich Rüdisühli mit leichtem Tremolo in der Stimme, «meine Herren, die Startnummer habe ich schon vorher verloren, was der Autofahrer gefunden hat, weiss ich nicht. Ich habe schon einmal deutlich gemacht, dass ich mich gütlich mit Ihnen einigen möchte.»

«Mit Verlaub, Herr Bundesrat Rüdisühli, Sie lügen wie gedruckt», erwiderte Murr und zog seinen Strumpf mehrmals vom Kinn weg in die Länge. «Ich werde noch einmal, aber endgültig zum letztenmal, Gnade vor Recht ergehen lassen. Los, zeigen Sie uns den Weg.»

Da merkten wir erst, dass Miss GP vorausgegangen war, ihr Schatten verschwand eben um die nächste Biegung. Wir mussten pressieren, um sie einzuholen:

«Was fällt dir ein, uns wegzulaufen?» zeterte Murr, «du bist so gut in unseren Händen wie Rüdisühli.»

«Soviel Hände habt ihr gar nicht, um mich festzuhalten», spottete sie, «besonders dann nicht, wenn einer von euch die läppische Käpslipistole festhalten und der andere sich dauernd am Hintern kratzen muss, wie der Herr Direktor. Ich frage mich ohnehin je länger, je mehr, wer eigentlich in wessen Händen ist. Wisst ihr was? Ihr könnt mir überhaupt in die Schuhe blasen; ich gehe jetzt nach Guggisberg in die nächste Telefonkabine und lasse die Polizei kommen.»

«Tue das nur», gab Murr zurück, «die Millionen können wir uns auch ohne dich teilen, und in Guggisberg hat es nicht nur eine Telefonkabine, sondern auch einen Friedhof.»

«Hier geht es links hinauf», verkündete Rüdisühli, «es sei denn, ihr möchtet alle zusammen nach Guggisberg.»

Murr und ich protestierten, selbst Miss GP schüttelte jetzt den Kopf und schlug ebenfalls die Richtung zu Rüdisühlis Haus ein.

Die bundesrätliche Ferienresidenz entpuppte sich als umgebautes Bauernhaus. Mehr als zwei schmiedeiserne Lampen sowie etliche weisse Wagenräder nahe der Eingangspforte, über der in ebenfalls weissen Buchstaben der Name «Guggernäll» prangte, konnte ich in der Dunkelheit nicht erkennen. Über uns kneisteten vereinzelte Sterne aus schwarzen Wolkenlöchern, und am westlichen Himmel stand ein rötlicher Schein. Wahrscheinlich befand sich eine grössere Stadt darunter, oder der Sonnenteufel zündete noch irgendwo von der andern Seite der Kugel herauf – was wusste ich.

Rüdisühli holte den Schlüssel aus seinem Versteck und schloss auf. Es fehlte nicht viel, und er hätte uns aus lauter Höflichkeit oder vielleicht auch Berechnung den Vortritt gelassen. Murr befahl mir gerade rechtzeitig, den Bundesrat mittels Gewehr auf der Türschwelle festzunageln, während er selber ins Haus schlich, um sich zu vergewissern, dass dieses tatsächlich unbewohnt war. Miss GP hatte den Auftrag erhalten, ihr Augenmerk auf die nähere Umgebung zu richten und allfällige verdächtige Vorkommnisse sofort zu melden. Nach einer Ewigkeit, wie es mir schien, durften wir endlich eintreten. Sich den Wänden entlangtastend, führte uns Rüdisühli in einen grossen, muffig riechenden Raum, in welchem ich die Schattenrisse mehrerer Möbelstücke sowie ein Cheminée ausmachen konnte.

Murr stolperte an diversen Hindernissen vorbei, kontrollierte Fensterläden und zog Vorhänge. Miss GP flüsterte mit Rüdisühli, und erst allmählich kam mir in den Sinn, dass die sich eigentlich gar nicht miteinander zu unterhalten hatten: «Ruhe», befahl ich daher, «wenn hier jemand spricht, dann der Boss oder ich.»

Miss GP meckerte höhnisch, und Rüdisühli liess sich unaufgefordert in einen Sessel fallen. Murr trat hinter ihn und verband ihm wieder die Augen; anschliessend erkundigte er sich nach geeigneter Verpflegung. Es zeigte sich, dass es in der mit automatischer Beleuchtung versehenen Hausbar wohl eine imponierende Auswahl an Getränken gab, an Essbarem hingegen liess sich ausser Knäckebrot und einem ansehnlichen Mocken Trockenfleisch nichts auftreiben. Ich hängte mich an eine Cola-Flasche, während Murr und Miss GP sich wahrscheinlich mit Whisky zuprosteten. In der Finsternis konnte ich nicht genau erkennen, was es war. Rüdisühli, in seiner Doppelrolle als Gefangener und Gastgeber, wollte weder essen noch trinken, bestand jedoch darauf, sich nun endlich umziehen zu dürfen. Mir waren Leibchen und Turnhose inzwischen am eigenen Leib getrocknet, und mit dem blauen Trainer der Miss GP musste es ähnlich gegangen sein, denn sie hatte aufgehört, sich über die Nässe zu beklagen. Überhaupt war sie inzwischen recht zugänglich geworden; als wir vorhin im Gras gelegen hatten, war sie verdächtig nahe zu mir gerückt. Schade nur, dass wir andere Sorgen hatten, als uns gegenseitig zu befummeln. Irgendwie dünkte sie mich echt sexy.

Eine halbe Stunde später klebten wir mit den Augen am Fernseher, dessen Inbetriebnahme von Murr erst gestattet worden war, nachdem er sich versichert hatte, dass auch nicht der kleinste Lichtschimmer nach aussen drang. Rüdisühli hatten wir unterdessen in der gegenüberliegenden, fensterlosen Besuchertoilette eingesperrt. Murr hatte im Prunkbad des Obergeschosses geduscht, ich war endlich mein Chirurgenzeug losgeworden und steckte nun in einem olivgrünen Trainer des Hausherrn.

In der Bildröhre schlotterte ein steinalter Film über den Einsatz von Maultieren in der Schweizer Armee während des Ersten Weltkriegs. Es war unschwer zu erkennen, dass man das Spätprogramm, ganz im Sinne von Solidarität mit dem Militärdepartement und dessen Häuptling, kurzfristig abgeändert hatte. Eine Zusammenfassung und letzte Informationen über die Bundesratsentführung waren laut intervallweise blinkender Anzeige jede Sekunde zu erwarten. Das Radio, das wir sicherheitshalber ebenfalls angedreht hatten, sendete abwechslungsweise den Schweizerpsalm, das Beresinalied und etwas, das Murr den Fahnenmarsch nannte. Tatsächlich wurde der Film plötzlich ausgeblendet. Für einen Moment schneite der Schirm, dann erschien die Leichenbittermiene des bereits schwarz krawattierten Tagesschausprechers, der mitteilte, dass vom vermissten Bundesrat noch immer jede Spur fehle und der Krisenstab seit dem frühen Abend ununterbrochen tage. Dann folgten eine Luftfoto vom Grand Prix sowie mehrere Detailaufnahmen, die Rüdisühli vor dem Start und in diversen Phasen während des Laufes zeigten. Offenbar war er unerwartet früh eingebrochen und hatte entsprechend lädiert ausgesehen, denn ab Streckenmitte ging die Kamera nicht mehr in seine unmittelbare Nähe. Vom Abschnitt vor der Monbijoubrücke war zuerst ein Gesamtbild zu sehen, und dann musste ich, nicht zum erstenmal heute, den Atem anhalten: Vom linken Schirmrand her geriet nämlich ich höchstpersönlich ins Bild, später gab es von mir sogar eine Grossaufnahme, die mehrmals gezeigt wurde. Ich hatte also doch Aufmerksamkeit erregt, und so schlau waren die auch, dass sie den falschen Doktor mit der Entführung in Zusammenhang brachten. Laut Bericht des Kommentators war der Zwischenfall in der Brückenpassage von mehreren Läufern beobachtet, jedoch nicht ernst genommen worden, um so weniger, als die meisten den Bundesrat gar nicht erkannt hatten. Erst nach dem Lauf, als das Kidnapping publik geworden war, hatten sich Augenzeugen gemeldet – aber da waren wir bekanntlich längst über alle Berge. Der in den Fussgängerdurchgang einlaufende Bundesrat wurde bis zum Gehtnichtmehr gezeigt, die Kamera am andern Ende wartete mittlere Ewigkeiten, um dramatisch aufzuzeigen, dass Rüdisühli auf der Brücke verschwunden war. Was wir erst jetzt vernahmen, war die Tatsache, dass die Sicherheitskräfte vollauf damit beschäftigt gewesen waren, einer Bombendrohung nachzugehen. Irgendein Spinner hatte es offenbar auf die Ehrentribüne abgesehen gehabt.

Später sah man rührende Gruppenbilder honoriger Mitglieder vom Gönner- und Organisationskomitee, die alle mit abgesägten Hosen dastanden und Gesichter schnitten, als hätten sie Essig gesoffen. Am Grand Prix von Bern ausgerechnet einen Bundesrat zu verlieren war schon starker Tubak. Am Ende des Films gaben mehrere Politiker und sonstige Oberjodler ihren Senf dazu, ganz zuletzt bat ein sichtlich gestresster Polizeidirektor Rösti die Entführer erstens um das Leben Rüdisühlis, zweitens um Freilassung desselben und drittens, wenn es gar nicht anders gehe, um Verhandlungen. Anschliessend kam auch hier und länger als sonst der Schweizerpsalm, dann war Schluss.

Verhandeln war genau das, was wir wollten. Murr gab mir ein Zeichen, Rüdisühli zu holen. Als ich mit diesem zurückkam, lehnte Miss GP am Kaminsims und nippte an ihrem Glas, während Murr auf dem Spannteppich kniete, neben sich das Telefon, das man in den Schein des nur noch flackernden Fernsehapparates gerückt hatte. Er breitete ein Blatt Papier aus, das er vorher die längste Zeit bekritzelt hatte, und drehte die Wählscheibe.

18

Murr hatte uns offenbart, dass er in unserer Sache mit dem Lokalradio Förderband Kontakt aufnehmen werde; die seien nämlich clever genug, unsere Forderungen richtig entgegenzunehmen und richtig weiterzugeben, könnten aber nicht sogleich die Herkunft des Anrufs ermitteln und überstürzte Schritte einleiten. Im übrigen werde es kaum möglich sein, unseren Aufenthaltsort noch lange geheimzuhalten; denn im Zusammenhang mit dem Austausch des Geldes mit der Geisel werde er ohnehin den Namen der hiesigen Gegend preisgeben müssen. Die Polizei brauche dann nicht mehr Phantasie als sonst, um auf Rüdisühlis Haus zu kommen.

Miss GP und ich hatten dazu genickt, uns war klar, dass Murr gedachte, den Schlussakt von Honolulu hier zu inszenieren. Was genau er ausgeknobelt hatte und wie er sich unser Entkommen aus Guggernäll vorstellte, wusste ich allerdings nicht. Doch das sollte ich bald genug erfahren:

«Hello, Darling», hörte ich Murr mit überdeutlicher Stimme vom Teppich her sagen; sein Anruf war offenbar sekundenschnell beantwortet worden. «Hier spricht das Syndikat Gu-Gu-Gu. Wir sind die Kidnapper von Herrn Bundesrat Rüdisühli. Mach jetzt ein Tonband aufnahmebereit. Du wirst das später an die zuständige Stelle weitergeben. Melde dich, wenn du soweit bist. Und noch etwas, Darling, ausser dir und der Polizei erfährt keine Seele etwas vom Inhalt des Tonbandes, sonst hat dein Radio ausgefördert.» Es entstand eine kurze Unterbrechung, die ich dazu benutzte, über Gu-Gu-Gu nachzudenken. Was zum Teufel sollte das jetzt wieder heissen? Murr war und blieb ein kindischer Narr.

«Are you ready? O.K.», fuhr er fort. «Ich wiederhole: Hier spricht das Syndikat Gu-Gu-Gu. Wir sind die Kidnapper von Herrn Bundesrat Rüdisühli. Wir sind eine

Gruppe von sechs schwerbewaffneten Profis. Für die Freigabe von Herrn Rüdisühli verlangen wir drei Millionen Schweizer Franken in gebrauchten Noten, three million Swiss francs in cash. Das Geld ist uns am Montag, den 4. Juni, um 05 Uhr 00 in einer Plastiktragtasche des Warenhauses Loeb zu übergeben, und zwar auf dem Gipfel des Guggershorns. Have you got it? On top of the Guggershorn. Anschliessend darf Herr Bundesrat Rüdisühli unbeschädigt in Empfang genommen werden.»

Hier machte Murr eine Kunstpause. Am liebsten hätte ich vor Rage gebrüllt, aber das durfte ich natürlich nicht. Da wir alle mehr oder weniger im Dunkeln hockten, war es mir nicht einmal vergönnt, meinem Ärger durch Zeichen Luft zu machen. Guggershorn! Murr musste wahnsinnig geworden sein, wahrscheinlich hatte er schon wieder Whisky gesoffen, bis ihm die Lampe ausging.

«Der Gipfel des Guggershorns darf nur vom Überbringer des Geldes betreten werden», nahm Murr das Gespräch wieder auf. «Beim kleinsten Versuch, uns hereinzulegen, wird die Geisel vom Gipfel gestossen. Gegen etwelche Attacken, ob zu Lande oder aus der Luft, wird ohne Vorwarnung das Feuer eröffnet. Etwelche Gaffer und Medienleute sind von der Polizei fernzuhalten. Im weiteren verlangen wir freien Abzug aus der Schweiz bis um 12 Uhr mittags. Jede Behinderung wird barbarische Konsequenzen nach sich ziehen. Wir sind in der Lage, drei öffentliche Gebäude der Stadt Bern innert Sekunden hochgehen zu lassen. Bombs, do you understand? Explosion... Die Zusicherung, unsere Forderungen zu erfüllen, ist uns heute mittag, 3. Juni, unmittelbar vor Zeitzeichen und Halbeinsnachrichten durch Abspielen des Liedes ‹Ds Vreneli ab em Guggisbärg› zu signalisieren. Hier spricht das Syndikat Gu-Gu-Gu. Nun wird Herr Rüdisühli persönlich sprechen.»

Murr reichte den Hörer zu dem neben mir sitzenden Bundesrat herauf, der in kurzen Worten bestätigte, dass er am Leben und relativ gut aufgehoben sei. Zwecks sicherer Identifizierung seiner Person nannte er die Nummer seiner Militärpistole, die er zu Hause hütete. Anschliessend beendete Murr das Gespräch, nicht ohne nochmals sowohl in Englisch wie auch in Deutsch auf die Gefährlichkeit von Gu-Gu-Gu hinzuweisen. Dann wurde ich aufgefordert, Rüdisühli wieder in die Toilette zu bringen.

Als ich in die immer noch vom bläulichen Schein des Fernsehers durchzitterte Stube zurückkam, konnte ich nicht mehr länger an mich halten:

«Du bist das dämlichste Luder, das mir jemals unter die Augen gekommen ist. Jetzt erkläre mir als erstes, was dieses alberne Gu-Gu-Gu zu bedeuten hat. Du hast ja nicht mehr alle Tassen im Schrank, ehrlich, Murr.»

Gu-Gu-Gu bedeute Guggisberg, Guggernäll und Guggershorn, erläuterte Murr, und gegen das «dämliche Luder» protestiere er aufs schärfste.

«Guggisberg, Guggernäll und Guggershorn, alles derselbe Seich», schrie ich. «Gu-Gu-Gu, du spinnst wohl. Gugus sage ich dem, und da wird auch gleich jeder drauflkommen, dass das Ganze ein Gugus ist. Du glaubst doch nicht im Ernst, dass jemand auf diese Kinderei eingehen wird. Drei Millionen und bewaffnetes Syndikat, dass ich nicht lache. Die schicken höchstens den Landjäger von Guggisberg, um uns an einem Kalberstrick abzuführen, das ist alles.»

Spätestens vor den Mittagsnachrichten würde ich ja erleben, für wie voll Gu-Gu-Gu genommen werde, verteidigte sich Murr. Im übrigen sei Gu-Gu-Gu auch die Abkürzung für die in Verbrecherkreisen bestens bekannte Gang «Gulliver's Gun Guys», und ausserdem sei ihm schon früher aufgefallen, dass ich nicht den geringsten Sinn für Humor hätte.

«Humor, Humor», protestierte ich. «Soll das Humor sein, wenn du mit unserer Freiheit oder gar mit unserem Leben spielst?» Hier hoffte ich auf die Zustimmung von Miss

GP, aber die kicherte bloss und nannte Murr sarkastisch ein Genie.

«Und dann, Murr», ereiferte ich mich weiter, «was um Himmels willen haben wir auf diesem dreimal verfluchten Guggershorn verloren?»

Wäre das Ganze dort abgelaufen, wo er sich das vorgestellt habe, nämlich in Bern, sagte Murr boshaft, so hätte die Begegnung mit der Polizei auf der Münsterspitze stattgefunden, darum sei die Idee mit dem Guggershorn gar nicht so abwegig. Überhaupt möge er sich nicht mehr länger einen Narren schimpfen lassen, alles müsse er planen, an alles müsse er denken, und dann handle er von mir nichts als Gemecker ein.

«Es geht mir nicht in den Schädel, Murr, was das Guggershorn mit Planung zu tun hat», antwortete ich. «Besser als dort können wir uns wirklich nirgends präsentieren, die werden uns abschiessen wie Spatzen.»

«Die werden uns nicht abschiessen, Fred», widersprach Murr und gab sich wieder einmal Mühe, mir väterlich zuzureden. «Wahrscheinlich bist du noch nie auf dem Guggershorn gewesen, darum kannst du auch nicht wissen, dass zuletzt eine schmale Treppe oder schon fast eine Leiter auf den Gipfel führt, die nur in Einerkolonne begangen werden kann. Jeden, der hinaufklettert, hat man unter Kontrolle. Zuoberst ist eine kleine, eingezäunte Plattform, die kaum einem halben Dutzend Leute Platz bietet. Wenn wir uns in deren Mitte aufhalten, sind wir von unten völlig unsichtbar, und niemand kann uns abknallen. Rüdisühli werden wir direkt ans Geländer stellen und so demonstrieren, dass wir ihn jederzeit über Bord kippen können.»

Blöd komme ihr das jedenfalls nicht vor, liess sich Miss GP vernehmen und redete wie ein echter Gangster: das Guggershorn sei eine ganz heisse Annonce.

«O.K., O.K.», gab auch ich zu. «Das ist ja alles schön und recht, und ich sehe jetzt auch ein, dass die Nummer mit eurem Guggershörnli tatsächlich zieht.

Aber wir werden ja nicht ewig dort bleiben, und wenn sie uns oben nicht kriegen können, so werden sie uns eben unten in Empfang nehmen.»

Es sei auch hier wieder das Problem des minimen Risikos, das wir in Gottes Namen einzugehen hätten, erklärte Murr. Es gebe auf der ganzen Welt keinen Ort, von dem wir uns mit absoluter Sicherheit unbehelligt absetzen könnten. Wir hätten freien Abzug verlangt und müssten jetzt darauf vertrauen, dass uns dieser auf Grund unserer massiven Drohungen gewährt werde.

Mittlerweile hatte der Fernseher völlig den Geist aufgegeben, und rabenschwarze Nacht umgab uns. Wahrscheinlich war eine Hauptsicherung durchgebrannt, oder man hatte uns bereits den Strom abgestellt, denn auch das Radio gab keinen Ton mehr von sich. Irgendwann zündete Miss GP eine Kerze an, und zum erstenmal heute wurde es fast gemütlich. Murr gähnte und steckte uns damit an. Auf einmal hatten wir alle drei die Münder offen, was nach den durchlittenen Anstrengungen auch kein Wunder war.

Aber trotz Heimeligkeit und Erschöpfung kam ich nicht umhin, weitere Einwände gegen Murrs geniale Strategie anzumelden: «Dass du dir das Radio zu Diensten machst, finde ich halt auch eine Bieridee, Murr.» Ich nahm einen Schluck Cola, um meinen Geist zu wecken. «Sicher haben findige Köpfe bereits jetzt unseren genauen Aufenthaltsort erraten, und wenn dein Darling vom Förderband dichtgehalten hat, so fresse ich einen Besen. Sobald etwas an die Öffentlichkeit durchgesickert ist, werden sich, angedrohte Sanktionen hin oder her, legionenweise Reporter und Schaulustige nach Guggisberg aufmachen und uns mindestens belästigen. Das ist doch alles ein Mordsspektakel für gar nichts.»

«Dafür zu sorgen, dass wir in keiner Weise angetastet werden, ist Sache der Polizei», verteidigte sich Murr, «und im übrigen habe ich aus meinem Hang zu Spektakeln nie einen Hehl gemacht.»

«Das mit der Loeb-Tragtasche soll wohl auch spektakulär sein?»

«Die Herren Polizisten dürfen sich ruhig für eine solche umtun, und Loeb hat auch Freude, wenn er ins Gerede kommt», kicherte Murr.

Im Klo gegenüber ging die Wasserspülung. Das erinnerte uns daran, dass man sich vielleicht wieder einmal um Omar Rüdisühli kümmern sollte. Diesmal wurde Miss GP zu ihm beordert; sicherheitshalber nahm sie ausser einer brennenden Kerze auch das Gewehr mit.

Seit dem Anschlag auf den Bundesrat waren Murr und ich nie mehr allein gewesen. Wir benutzten daher die Gelegenheit, über Rüdisühli und vor allem über Miss GP zu quatschen: «Ein ganz steiler Zahn», stellte Maximilian von Raffenweid fest und stimmte zur Abwechslung die proletarische Weise an. «Wenn die drei Milliönchen mal unser sind, bauen wir mit der eine geile Party und vernaschen sie, bis sie alle Englein singen hört. Du hast sicher auch nichts gegen einen Ponyritt einzuwenden, oder? Nachher kann sie sich meinetwegen verzupfen.»

Ich äusserte mich weniger salopp. Obgleich ich tatsächlich scharf auf sie war und ich mit ihr nur zu gerne eine Nummer geschoben hätte, konnte ich in ihr nicht nur die Lustnudel sehen. Irgendwie hatte ich Feuer gefangen, aber nicht so, wie Murr es meinte.

«Mich nähme wunder, was die nachher im Sinne hat», rätselte ich, «und vor allem würde mich interessieren, warum die so begierig ist, bei Honolulu mitzutun.»

«Hat das Bünzlileben satt, will etwas erleben, vielleicht hat sie sich mit ihrem Galan zerstritten und will es ihm heimzahlen.»

«Das glaube ich nicht. So harmlos ist die nicht, die führt etwas im Schilde, ich frage mich nur was.»

«Gar nichts führt die im Schilde», schwadronierte Murr und sprach dem Schnaps dermassen zu, dass mir grauste.

«Die ist nur gieprig darauf, von uns rangenommen zu werden, die wartet nur auf den Zahltag, take my word.»

Bei all dem Geschwafel hatten wir gar nicht gemerkt, dass sich Miss GP schon die längste Zeit bei Rüdisühli aufhielt. Murr war einverstanden, dass man einmal nachschaute, war aber selber so stinkfaul, dass er wieder einmal mich auf Patrouille schickte.

Hinter der Tür zum Lokus war es verdächtig still, und auf einmal schwante mir Unheil. In meiner Phantasie sah ich die erwürgte Miss GP und auf ihr, im Finstern sitzend, Rüdisühli; ich sah, wie ich die Türe öffnete und er mit dem Sturmgewehr auf mich zielte. Nicht zum erstenmal wäre ich im WC auf ein Desaster gestossen. Ich wollte mich zurück zu Murr begeben, der mit seinem Glas im flackernden Rund des Kerzenscheins sass, und ihn zumindest auf meine Ahnung aufmerksam machen. Aber auch das erschien mir nun idiotischerweise nicht ungefährlich zu sein. Dunkelheit, Erschöpfung und die Angst vor dem Öffnen der WC-Tür machten mich seltsam hysterisch: Wer weiss, vielleicht hatte Murr ohne mein Wissen einen Revolver eingesteckt, mit dem er mich jederzeit in die Enge treiben konnte. Es gab so viele Geschichten von Ganoven, die sich gegenseitig fertigmachten. Ich war das Opfer eines Komplotts und hatte mich in meiner Dummheit selber in die Falle begeben. Völlig wehrlos und seit längerer Zeit zum erstenmal allein, stand ich im stockfinsteren Gang dieses stillen und unheimlichen Hauses, dessen Grösse ich gar nie richtig erfasst hatte.

Über mir knackte die Decke, und im Niemandsland hinter mir erkundigte sich Murr, auf was in drei Teufels Namen ich eigentlich warte. Das brachte mich wieder zur Besinnung: Ich tastete nach der Türfalle, stiess mit dem Fuss die Türe auf und trat in krimineller Manier hinter den Pfosten zurück. Meine Vorsichtsmassnahmen waren völlig daneben. Von dem in trautem Kerzenlicht liegenden Scheisshausboden schossen Miss GP und Rüdisühli in die Höhe; bei einem Haar wäre ich noch in den Genuss eines Naturereignisses gekommen, denn Miss GP und der Herr Bundesrat trugen ausser dem Slip keine verdammte Faser mehr am Leib. Das Sturmgewehr lag unbeachtet neben ihnen. Schüli, schüli, Rüdisühli… Nicht viel fehlte, und ich hätte noch pardon gesagt.

Verdutzt zog ich mich zurück und liess mich gegenüber Murr in einen bundesrätlichen Klubsessel fallen. Da hatte ich mir wahrhaftig eingebildet, zwischen Miss GP und mir gebe es so etwas wie einen heissen Draht, und nun musste ich erleben, dass sie es mit Rüdisühli trieb. Der hatte sich ja überraschend schnell von Schrecken und Strapazen erholt. Erstmals in meinem Dasein war ich versucht, einen Schnaps zu heischen, griff dann jedoch bloss zur Colaflasche, die ich in einem Zug leerte. Gerade als Miss GP, nun angetan mit einem Geschlamp von Morgenrock, hereingeschlendert kam, trieb es mir die Kohlensäure durch die Nasenlöcher, und ich musste laut niesen. Murr, der schon halb eingepennt war, sprang vor Schrecken fast an die Decke und spuckte die brennende Zigarre aus, so dass ein ganzer Funkenregen herunterfiel. Miss GP wünschte Gesundheit und erkundigte sich besorgt, ob ich einen Schnupfen kriege, warnte Murr davor, das Haus anzuzünden, und tat überhaupt so, als wäre nichts gewesen. Sie überreichte mir das Schiesseisen, anschliessend zog sie sich, «I'm fond of you, sweetie pie» summend, aus dem Kerzenschein in den hinteren Teil der Stube zurück.

Irgendwann begann sich die Dunkelheit zu verändern, wurde gleichsam leichter, und ich merkte, dass das erste Licht des neuen Tages durch die Spalten und Fugen der geschlossenen Läden hereinsickerte. Die Stube vergrösserte sich, Möbelstücke und andere Gegenstände wurden sichtbar, an der gegenüberliegenden Wand entdeckte ich ein monströses Bild in einem verschnörkelten Rahmen, das eine Gebirgslandschaft darstellte, und daneben die ausgestopften Köpfe zweier Gemsböcke, Jagdtrophäen Rüdisühlis wahrscheinlich. Das Gnu kam mir in den Sinn und damit die Tatsache, dass seit meinem letzten Besuch in Murrs Salon noch keine vierundzwanzig Stunden vergangen waren. Dabei kam es mir vor, als wären wir schon tagelang unterwegs, selbst der erst kurze Aufenthalt in Guggernäll erschien mir wie eine Ewigkeit.

Murr in seinem Sessel guckte endgültig nach innen und schnarchte wie eine havarierte Handorgel. Miss GP hatte mit ihrem Gesumm aufgehört und lag irgendwo auf einem Ruhbett; ich hätte mich eigentlich ganz gut neben sie legen können. Das sterile Licht in der Stube veränderte sich nicht mehr, alles blieb grau in grau. Ein abtrünniger Windstoss rüttelte an einem Fensterladen, aber sonst drang kein einziger Laut herein, so als würde draussen ein toter Tag geboren. Und ich ging auf den immer noch finsteren Gang hinaus und liess mich auf dem Boden vor Rüdisühlis Tür nieder. Ich nahm das Sturmgewehr in den Arm wie ein Kuscheltier, aber anstatt zu schlafen, starrte ich an die tief herunterhängende Decke. Vor lauter Übermüdung war ich dermassen aufgedreht, dass ich glaubte, überhaupt nie mehr schlafen zu können und fortan mein Leben als ewig Wacher fristen zu müssen. Irgendwann musste ich doch eingeschlafen sein, denn auf einmal befand ich mich auf der mit Spannteppich ausgelegten Plattform des Guggershorns, aber leider ausserhalb des Geländers, an das ich mich krampfhaft klammerte. Ein riesiger schwarzer Gemsbock, von dem ich wusste, dass er ausgestopft war, aber dennoch lebte, versuchte mich mit seinen Hörnern vom Gipfel zu stossen, was ihm endlich auch gelang. Doch bevor ich samt dem Geländer in die Tiefe stürzte, schlug ich bereits am Boden auf. Ich lag immer noch vor dem Klo und hielt mich am Gewehr fest, neben mir stand Murr und puffte mich in die Schulter:

«Auf, du Siebenschläfer», rief er vergnügt, «es ist schon bald Mittag, und wir wollen Radio hören.»

«Radio ist ja futsch», brummte ich und verspürte nicht den geringsten Fiduz, in das irdische Jammertal zurückzukehren. Ich fühlte mich hundsmies. Wenn ich bloss an Honolulu, geschweige denn an Gu-Gu-Gu dachte, hätte ich kotzen können. Der Alptraum von Guggershorn und Gemsbock hatte mir gerade noch gefehlt.

«Ich habe die Sicherung längst ausgewechselt», erklärte Murr, «alles funktioniert wie am Schnürchen, und unsere Miss GP hat sogar Kaffee gebraut.»

Ich hob schnuppernd den Kopf; es roch tatsächlich nach Kaffee, das war immerhin etwas. Missvergnügt erhob ich mich und klopfte den geliehenen Trainingsanzug aus. In der Stube war es doch etwas heller geworden, gelbes Licht drängelte durch Fensterläden und gezogene Vorhänge; draussen lachte jedenfalls der Sonnenteufel.

Miss GP, die jetzt wieder den blauen Dress trug, sass kaffeetrinkend am Tisch und prostete mir schwarzblinzelnd zu.

«Zwinkere du nur, du Ministerhure», dachte ich verbittert. Dass die sich mit Rüdisühli eingelassen hatte, kam mir hinterlistig vor. Ich empfand jetzt dieselben vulgären Gefühle wie Murr: vernaschen, das Miststück, bei der nächsten sich bietenden Gelegenheit. Die hatte nichts anderes verdient, als dass man ihr die Sichel putzte, bis sie nicht mehr wusste, was unten oder oben war. Ich setzte mich ebenfalls und zog eine Tasse heran. Der Negerschweiss weckte zwar die Lebensgeister, aber meine Laune besserte sich nicht wesentlich. Als Murr mir befahl, nach Rüdisühli zu schauen, aber vorher ja den Strumpf anzulegen, meuterte ich: «Krieche du nur selber in den Strumpf und kontrolliere deinen Bundesprotz», knurrte ich böse, «ich leiste unterdessen unserem Gangsterflittchen Gesellschaft.»

«Oh, das Barometer steht auf Sturm», stellte Murr freundlich fest, «das wird sich auch wieder ändern.» Seine gute Laune war typisch für ihn, er konnte am Vorabend noch so zu gewesen sein, am nächsten Tag strotzte er vor Fröhlichkeit.

«Hat wohl schlecht geträumt», witzelte Miss GP, blickte mich schon wieder listig an und liess die Zungenspitze zwischen den Lippen erscheinen.

«Ich möchte, ich hätte bloss geträumt», erwiderte ich zweideutig. Murr zog sich den Strumpf über und ging hinaus, um persönlich Rüdisühli seine Aufwartung zu machen.

«Willst du nicht die Flinte mitnehmen?» rief ich ihm nach.

«Wozu?» gab Murr an. «Im Falle eines Falles holze ich den mit dem kleinen Finger ab.»

Ich lüpfte die Schulter, und Miss GP kicherte höhnisch. Kaum war Murr im Gang draussen, gab es Gepolter und Geschrei. Ich sprang hoch und stürzte mit der schussbereiten Waffe auf den Korridor. Murr lag vor dem Scheisshaus und streckte alle viere von sich, während Rüdisühli bereits am Schloss der Hauptpforte hantierte.

«Halt!» brüllte ich. Im letzten Moment fiel mir ein, dass ich nicht schiessen durfte. Vielleicht wurde das Haus bereits beobachtet. Ein Schuss, der zweifellos auch draussen zu hören gewesen wäre, hätte verheerende Folgen haben können. Gottlob konnte Rüdisühli die Tür nicht öffnen, weil wir immerhin daran gedacht hatten, abzuschliessen und den Schlüssel wegzunehmen. Ich tat bloss so, als würde ich jede Sekunde aus der Hüfte ballern, und dirigierte ihn in sein Gefängnis zurück. Dieser Bundesrat Rüdisühli war ja ein ganz ausgekochter Hund. Die längste Zeit hatte er mir einen eher schalen und blassen Eindruck gemacht, aber spätestens jetzt musste ich meine Meinung über ihn revidieren. Mit Schrecken merkte ich, dass ich in der Hitze des Gefechtes vergessen hatte, mein Gesicht zu verdecken. Zum Glück war der Gang so dunkel.

Unterdessen hatte Murr seine Glieder wieder eingesammelt. Merkwürdigerweise tat er keinen Mucks und verfügte sich wortlos in das obere Stockwerk, wo er im Bad verschwand. Miss GP stand breitspurig in der Stubentür, streckte die Titten vor und feixte.

Um zehn nach zwölf schalteten wir das Radio ein und sassen dann wie auf Kohlen. Murr kam nicht mehr auf den Zwischenfall mit Rüdisühli zurück, murmelte bloss etwas von «über die Schwelle gestolpert» und lobte im übrigen meine Reaktion, die allerdings etwas übertrieben gewesen sei, denn mit Rüdisühli wäre er schlimmstenfalls auch allein fertig geworden. Ich wollte diese Dreistigkeit mit einem erneuten Wutanfall quittieren, aber Miss GP schickte mir einen ihrer Kohlenblicke, der mir wohl vortäuschen sollte, wir zwei würden unter einer Decke stecken. Da brachte ich es fertig, zu schweigen und den Gelassenen und Kaltblütigen zu spielen, denn wenn ich es mir auch nur schwer eingestand, ich wollte mir vor ihr keine weiteren Blössen geben.

Radio DRS sendete gerade einen Bericht zur aktuellen Situation auf dem Gemüsemarkt. Diese Eidgenossen waren schon verdrehter als ein Sack voller Geisshörner. Da hatte man ihnen einen ihrer prominentesten Landesväter abgejagt, und im Radio sprachen sie von Blumenkohl. Murr wertete das zwar als gutes Omen, denn die Tatsache, dass nicht über Rüdisühlis Entführung gesabbert werde, beweise die Verschwiegenheit der Polizei.

Nach dem Marktbericht folgten Gratulationen für Hundert- bis Zweihundertjährige, anschliessend erschollen tragische Klänge, die Gott sei Dank rasch ausgeblendet wurden. Drei Minuten vor halb eins war noch immer kein Ton von einem Vreneli ab em Guggisbärg zu hören. Wir hielten uns längst nicht mehr auf unseren Stühlen still, sondern tigerten aufgeregt in der Stube umher, wobei Miss GP noch die ruhigste war. Murrs Kopf war wieder einmal tomatenrot und drohte jeden Augenblick zu zerplatzen. Die Zigarre, die er schon die längste Zeit zwischen den Beissern hielt, hatte er noch immer nicht angezündet. Es blieben noch zwei Minuten bis zum Zeitzeichen, und anstatt dem «Vreneli» sendeten die ein melancholisches Lied, dessen Sinn ich nicht begriff. Doch da begann Murr zu strahlen wie ein Maikäfer und hieb mir auf die Schulter, dass ich beinahe ungespitzt in den Stubenboden fuhr. Der triste Gesang hatte einen Refrain, und darin kam, Gott sei's getrommelt und gepfiffen, tatsächlich ein Vreneli ab em Guggisbärg vor.

«Ha», war vorerst Murrs ganzer Kommentar. «Ha.» Miss GP trällerte die Melodie mit, und auf einmal fiel Murr mit seinem Bass ein und sang ebenfalls diesen doofen Kehrreim von einem Vreneli und einem kauzigen Hansjoggeli ennet dem Berg. Die Mittagsnachrichten waren längst vorbei, die beiden grölten ohne Unterlass, da wurde es mir endlich zu dumm:

«Honolulu!» posaunte ich, «Honololuuuu... Honoluluuu!» Guggisberg, Guggernäll, Guggershorn, Vreneli, Hansjoggeli, dieser ganze vaterländische Schnickschnack ging mir ohnehin gegen den Strich. Gu-Gu-Gu, das musste ja schief herauskommen.

Unvermittelt brach Murr seinen Singsang ab. «Schweig», fuhr er mich an, «Honolulu ist ein Codewort, das nur uns zwei etwas angeht.»

«Diese Weisheit habe ich von dir schon einmal vernommen», erwiderte ich. «Gegen etwelche Weiber hast du dich auch verwahrt und überhaupt verschiedenes durchgegeben, das längst keine Gültigkeit mehr hat. Honolulu ist immer noch meine Erfindung, und wenn ich Honolulu brüllen will, dann brülle ich Honolulu.»

«Honolulu... Honolulu», witzelte Miss GP schadenfroh, «ich muss schon sagen, ihr zwei habt es dick hinter den Ohren.»

Murr wollte ihr Bescheid stossen, aber in diesem Moment polterte Rüdisühli gegen die WC-Tür und verlangte Kaffee.

«Der wird auch je länger, je renitenter», wetterte Murr, griff nach der Whiskyflasche und schenkte sich und Miss GP ein, «da werde ich gelegentlich andere Saiten aufziehen.»

«Das hast du ja heute vormittag bereits getan», spottete ich. «Du könntest ihn zur Abwechslung ja wieder einmal zum Tode verurteilen.» Diesmal war ich es, der Miss GP zublinzelte.

«Schluss mit dem Geschwätz», erklärte Murr. «Ich werde mich nunmehr zurückziehen und die Taktik für morgen früh festlegen. Noch haben wir die drei Millionen nicht, meine Damen und Herren. Die müssen wir uns vorher verdienen.»

Ich würde seit Tagen nichts anderes tun, motzte ich, und überhaupt sei das Ganze ein Machwerk ersten Ranges.

«Wieso jetzt schon wieder?» erkundigte sich Murr.

«Weil bis jetzt alles dem Zufall überlassen war und weil du zwar der Kopf des ganzen Unternehmens sein willst, aber dein Hirn auch nicht überanstrengst, sonst würdest du zum Beispiel das Haus längst bewachen lassen. Möglicherweise hat uns die Polizei bereits eingekesselt, dann kannst du dir deine Taktik an den Hut stecken. Wir sitzen hier nämlich nicht in einer Festung, wir sitzen auf einem Pulverfass.»

Daran sei etwas Wahres, lenkte Murr ein und zeigte sich, wie meistens, von der versöhnlichen Seite. Er trat zu einem der Fenster, schob den Vorhang zur Seite und brachte seinen massigen Körper in die richtige Stellung, um irgendwo durch eine Ladenspalte spähen zu können. Miss GP linste durch das Fenster daneben, ich stellte mich neben sie und erwischte ebenfalls ein Guckloch. Zuerst wurde ich so geblendet, dass ich überhaupt nichts erkennen konnte. Dann erschienen im vom Sonnenlicht überfluteten Ausschnitt eine Heumatte, dahinter mehrere Hügel und ein Waldrand. Ausser einem grossen schwarzen Vogel, der direkt vor mir auf einem Zaunpfahl hockte, waren keine Lebewesen vorhanden. Auch Murr schien nirgends eine Gefahr zu erblicken; er grunzte zufrieden und kehrte zu seinem Whiskyglas zurück.

Miss GP und ich wandten uns ebenfalls vom Fenster ab, ich ging quer durch die Stube, um auf der anderen Seite hinauszuschauen. Auch hier musste ich zuerst eine geeignete Luke finden, und auch hier sah ich vorerst nur eine Landschaft, wenn auch eine andere als vorhin, denn hier blickte man talwärts: Es gab einige Häuser und vor allem eine Strasse, die zu den Häusern führte. Und auf dieser Strasse befand sich eine bewegungslose Autokolonne; und zwischen den stillstehenden Fahrzeugen und am Strassenrand wimmelte es von Menschen; und diese Menschen starrten, teils mit Feldstechern, teils mit der über die Augen gelegten Hand, allesamt zu uns herauf. Happy, happy…

Ich war nicht einmal sonderlich überrascht. Was sich hier abspielte, war nichts anderes als die Bestätigung meiner Ahnungen. Dieser Murr mit seiner Strategie, seinen Codewörtern, Drohungen, Zeichen und Geheimhaltungen. Gu-Gu-Gu, ga-ga-ga…

Jetzt stach auch mich einmal der Hafer: Ich liess mir nichts anmerken, ändern konnte ich ohnehin nichts mehr. Ich kehrte zum Stubentisch zurück, flegelte mich in einen Stuhl und leistete mir sogar den Luxus, ein Bein über die Armlehne zu hängen. Miss GP und Murr, die bereits ausgiebig ins Glas geschaut hatten, alberten herum; sie zupfte an seinem Schnauz, spielte auf seiner Glatze Klavier, und er schnurrte zufrieden. Einmal zwickte sie ihn gar in den Hintern, und er grapschte nach ihrer Trainerbluse beziehungsweise nach dem, was sich darunter befand. Ich schaute animiert zu und bereitete mich moralisch vor, doch noch Porno live erleben zu dürfen.

Die Hitze, die draussen herrschen musste, drückte langsam herein, die Luft war zum Schneiden dick, ich schwitzte mehr als am Grand Prix. Die beiden an meiner Seite trieben es immer bunter, bald würden sie vollends ineinander hineinschlüpfen. Diese Saumoore von Miss GP: Zuerst trieb sie es mit Rüdisühli, dann fing sie mit Murr an, nur mich hielt sie sich auf Distanz, die verdammte Hexe, und liess es bei heissen Blicken bewenden. Meine propere Gesinnung zahlte sich wieder einmal aus, es war zum Haarölschiffen.

Auf dem Höhepunkt des feuchtfröhlichen Gelages, als Miss GP und Murr sich gegenseitig schon halbwegs unter den Tisch getrunken hatten, kamen sie plötzlich auf die glorreiche Idee, Rüdisühli aus dem WC zu holen, um ihn an ihrer Orgie teilhaben zu lassen. Miss GP japste etwas von einem Dreier, während Murr befand, zum Saufen solle der Bundesrat nur antreten, aber den Nahkampf mit dem süssen Schätzchen Misschen Miezchen Tschiii Piii wolle er allein bestreiten, ha, ha . . . Endlich schien man auch meiner zu gedenken, Miss GP peilte auf einmal mich an und wollte partout, und noch bevor der Bundesrat dabeisei, vom lieben Doktor untersucht werden.

Diesmal verfluchte ich echt die Tatsache, dass ich nicht selber soff wie ein Loch. Es wäre bei weitem lockerer gewesen, sich mit Miss GP und Murr auszutoben, anstatt stocknüchtern hier zu sitzen und zum Extrazug, in dem die beiden davonfuhren, überhaupt keinen Zugang zu haben. Lieber wäre ich, blau bis an die Kiemen, zusammen mit Miss GP unter den Tisch gekrochen und hätte vergessen, dass wir uns bis an die Gurgel in der Bredouille befanden, dass die Menschenhorden draussen wahrscheinlich nähergekommen waren und das Haus bereits umstellten.

Als das beduselte Lumpenpack schon wieder Rüdisühli kommen lassen wollte, Miss GP bereits in Richtung Korridor tappte und Murr unter dem Tisch immer stierigere Töne von sich gab, fand ich es endlich an der Zeit, den beiden die geile Laune zu verpfuschen und kundzutun, welche Art von Käferfest sich draussen anbahnte:

«Murr», säuselte ich, «liebes Murrlein, komm doch bitte einmal mit mir zum Fenster, ich will dir etwas Schönes zeigen.»

«Brauche nicht zum Fenster», lallte Murr, «habe genug Schönes hier.» Auch Miss GP, die immer noch auf dem Gang umhergeisterte, wollte mir nicht folgen.

In diesem historischen Augenblick nahte draussen das unheilvolle Geratter eines Helikopters. Bevor wir nur gix machen konnten, überflog er das Haus in so geringer Höhe, dass sämtliche Wände zitterten. Da schoss Murr auf wie von der Tarantel gestochen, stiess sich den Schädel an einem Tischbein, wurde gleichzeitig von der oben umgekippten Whiskyflasche begossen und stürzte zuerst auf Händen und Füssen, später einigermassen aufrecht, zu jenem Fenster, das mir vorher den unerquicklichen Blick auf die sich anbahnende Misere gestattet hatte. Ich trat hinter Murr, sah aber nichts, weil er mir vor der Nase stand. Dafür konnte ich von der Strasse her einen Lautsprecher vernehmen. Diesmal war es sicher nicht bloss Radioreporter Heinrich Panzer vom Grand Prix, sondern wahrscheinlich ein Kommodore, der seine Truppen mobilisierte.

Murr sperberte keine drei Sekunden hinaus und drehte sich wieder um. Zuerst machte es den Anschein, als wolle er sich von neuem unter den Tisch verkriechen, aber dann kehrte er in die Mitte der Stube zurück, wo er leise schwankend und mit hängenden Armen verharrte wie ein Gorilla, dem man eins auf den Deckel gegeben hat. Er befand sich deutlich im Kampf gegen den Umstand, dass er nicht mehr berauscht, sondern nur noch besoffen war. Aber selbst da gelang es ihm, seinen famosen Verdrängungsmechanismus in Gang zu setzen und so zu tun, als hätte er alles bestens im Griff:

«Wieso vernehme ich erst jetzt von der drohenden Invasion, bloody hell?» riss er das Maul in seinem roten, schweisstriefenden Gesicht auf. «An die Gewehre, go, go! Sofort laden und in Stellung gehen.» Offenbar glaubte er bereits selber an seine sechs schwerbewaffneten Gu-Gu-Gu-Leute.

Miss GP, die zwar wegen dem Helikopter ebenfalls erschrocken war, aber noch nicht wusste, welches Unheil sich draussen zusammenbraute, hatte ihre fidele Laune keineswegs verloren und wollte sterben vor Lachen:

«An die G… G… Gewehre», äffte sie Murr mit schwerer Zunge nach, los, los, in Sch… Sch… Stellung!»

«Geht es dir eigentlich noch?» fuhr Murr sie an. «Nimm dich zusammen, die Lage ist ernst.»

«Was du nicht sagst», meldete ich mich endlich zu Wort. «Auf den Ernst der Lage habe ich dich bereits vor einer Stunde aufmerksam gemacht, aber da hattest du ja bekanntlich andere Ambitionen, als deine geheiligten Befehlshaberpflichten wahrzunehmen.»

«Mach keine Schneckentänze», schrie Murr, «wir müssen handeln.»

«Da gibt es nichts mehr zu handeln, du Möff, höchstens noch zu verhandeln. Und das kannst du ja wie geschissen. Geh nur hinaus, du Superdiplomat, und biete Konzessionen an; einen Bundesrat gegen drei Hühnereier zum Beispiel, damit wir hier weitere zehn Jahre überleben können, damn it. Nur solltest du dazu vielleicht halbwegs nüchtern sein.»

«Halt das Maul!»

«Gar nicht halte ich das Maul», tobte ich, «vielmehr sage ich dir zum letzten Mal, leck mich am Arsch, Murr.» Ich schmiss ihm das Gewehr vor die Füsse: «Mach deinen Dreck allein.»

«Hee, hee!»

«Ja, hee, hee! Ich gehe jetzt vor das Haus, brülle dreimal Gu-Gu-Gu und lasse mich schnappen.»

«Das kannst du doch nicht machen.»

«Und ob ich das nicht kann. Um mir Handschellen anlegen zu lassen, brauche ich nicht zuerst auf dein hurendummes Guggershörnli zu rennen, das geht hier unten wesentlich bequemer.»

«Verrat, das ist Verrat.»

«Was heisst hier Verrat? Ist es vielleicht nicht Verrat, wenn du selber deinen eigenen Anordnungen keine Folge leistest oder die halbe Zeit benebelt bist? Was hast du bis jetzt eigentlich geleistet, du verdammter Pascha? Du bist ein wenig mit dem Auto umhergefahren, hast ein wenig telefoniert und dafür viel gesoffen und vor allem grosse Sprüche geklopft. Wer sich wirklich alle Beine und Arme ausgerissen hat, bin ich, jawohl. Das Gewehr hast du nie angerührt, und als du dich ein einziges Mal um Rüdisühli hättest kümmern sollen, ist er dir beinahe durch die Lappen gegangen.»

«Mit Verlaub», unterbrach Murr meine Tirade, «ich habe immerhin dem Bundesrat die Spritze verpasst und damit den heikelsten und gefährlichsten Auftrag im Zusammenhang mit Honolulu erfüllt.»

«Erfüllt, erfüllt. Rede doch nicht so geblümt, Murr. Der hat ja schon die Sterne gesehen, bevor du überhaupt aus deiner Karre gestiegen bist, da war es weiss Gott keine Heldentat, ihm noch den Rest zu geben.»

Murr schnappte beleidigt nach Luft und wollte mir widersprechen, aber da meldete sich Miss GP vom Fenster her, an dem Murr und ich vorhin gestanden hatten:

«Von was redet ihr eigentlich die ganze Zeit?» plapperte sie mit noch immer lallender Stimme. «Es ist doch egal, wer Rüdisühli zur Strecke gebracht hat, und von der Invasion auf Guggernäll merke ich auch nichts, ich sehe keine Krieger…»

Murr war in drei Schritten neben ihr, schob sie unsanft zur Seite und schielte selber hinaus:

«Teufel, Teufel», murmelte er. «Fred, komm her und sag mir, dass ich nicht spinne.»

«Das wird mir allerdings schwerfallen», murrte ich, schubste ihn meinerseits weg und luchste ebenfalls durch das Guckloch: Ich sah die besonnte Landschaft, sah das Tal, sah die Häuser, sah diesmal sogar die Turmspitze der Kirche, sah auch die Strasse, aber die war leerer als leer, die Autokolonne hatte sich in nichts aufgelöst, weit und breit war keine Menschenseele mehr auszumachen.

20

Wahrscheinlich war die Polizei tatsächlich dafür besorgt, dass Guggernäll bis auf weiteres von einem Publikumsaufmarsch verschont blieb, und der Lautsprecher vorhin hatte nichts anderes getan, als die Leute zum Rückzug aufgefordert. Das Haus wurde natürlich durch gut getarnte Beamte beobachtet, und der Helikopter, dessen Geknatter von neuem zu vernehmen war, hatte sicher auch einen Überwachungsauftrag. Immerhin schien man unsere Anordnungen bis jetzt weitgehend zu respektieren. Murr verbat sich zwar den Helikopter, wusste aber nicht recht, bei wem er dagegen protestieren sollte. Meinen Vorschlag, die fliegende Banane mit dem Sturmgewehr herunterzuholen, quittierte er mit einem erneuten Hinweis auf den Ernst der Lage sowie einem weiteren Appell an meine Adresse, nicht immer alles ins Lächerliche zu ziehen. Ich schlug natürlich zurück, und wir waren gerade im Begriff, dort weiterzufahren, wo wir vorher aufgehört hatten, aber da trat Miss GP energisch dazwischen: «Müsst ihr euch eigentlich dauernd in den Haaren liegen?» pfiff sie uns an. «Mich dünkt, es gäbe Gescheiteres zu tun, als die ganze Zeit leeres Stroh zu dreschen.»

«Zum Beispiel?» fragte Murr pikiert.

«Zum Beispiel essen, auch wenn es nur ein Happen von diesem ewigen Trockenfleisch ist. Zum Beispiel wieder einmal Rüdisühli kontrollieren. Vielleicht ist der längst verhungert, und ihr könnt Honolulu oder wie das Ding heisst abblasen. Oder zum Beispiel erörtern, was morgen früh eigentlich geschehen soll. So wie ich euch kenne, wisst ihr nicht einmal, wo genau euer berühmter Piz Gugger ist. And last but not least wäre es auch ganz interessant zu erfahren, wohin wir uns nach der Geldübergabe absetzen werden.»

Es sah so aus, als wäre auch sie wieder halbwegs auf die Welt gekommen, denn was sie da eben von sich gegeben hatte, war gar nicht so abwegig. Das fand offenbar auch Murr, denn er setzte sich an den Tisch, schnitt eine Denkermiene, verzichtete auf Whisky, bezog bloss einen Knaller aus dem scheinbar unerschöpflichen Zigarrenvorrat und verlangte lauthals Kaffee, der, wie er sich ausdrückte, seine Konzentrationsmängel beheben sollte. Allerdings verwahrte er sich dagegen, nicht an morgen früh gedacht zu haben; er habe sich diesem Problem längst widmen wollen, sei durch uns, und speziell durch mich, aber daran gehindert worden. Und dass man ihm, so zeterte er, unterschiebe, den Weg zum Guggershorn nicht zu kennen, sei eine bodenlose Frechheit, denn mit der Vertracktheit der hiesigen Geographie habe er sich schon längst auseinandergesetzt.

«Mich nähme bloss wunder, wann und wo», dachte ich, aber diesmal schwieg ich, um nicht wieder einen Streit vom Zaune zu reissen.

Unterdessen war es fast sechs Uhr geworden; wiederholt hatte uns das Telefon aufgesehreckt, das von uns natürlich nicht beantwortet worden war, sonst hatte sich nichts von Belang ereignet. Die Beleuchtung in der von dumpfer Schwüle erfüllten Stube begann sich erneut zu ändern; dicke, honigfarbige Sonnenstrahlen quollen durch die geschlossenen Läden und zeichneten schwarze Gefängnisgitter an die getäferten Wände. Am liebsten wären wir zu

Rüdisühli ins Klo gezogen, denn dort war es noch am kühlsten; aber der müsse, deklamierte Murr, unbedingt allein gelassen werden. Exposure nenne man das in den USA, Aussetzung. Es sei dies anerkanntermassen die beste Methode, jemanden windelweich zu machen.

Zur Tagesschau setzten wir uns vor den Fernseher, um mitzukriegen, was man in Sachen Bundesratsentführung Neues zu melden hatte: Ich fand meine Vermutung bestätigt, dass der Aufenthaltsort Rüdisühlis ein offenes Geheimnis war; das hatten wir spätestens seit dem nachmittäglichen Getümmel auf der Strasse unten ja annehmen können. Doch scheinbar wog man bei den offiziellen Stellen sorgfältig ab, welche Informationen man der Bevölkerung weitergeben durfte, ohne die Entführer stutzig zu machen, und suchte einen echt eidgenössischen Kompromiss. Während abwechslungsweise das Bundespalais und Rüdisühlis Residenz samt davorsitzendem Hund beim Herrschaftsholz gezeigt wurden, sabberte man zwar vom bundesrätlichen Ferienhaus, begnügte sich aber mit sehr vagen geographischen Angaben. Im weiteren liess man verlauten, dass Rüdisühli am Leben sei und dass man mit den Entführern in Kontakt stehe, nannte aber weder Namen noch Personenzahlen. Auch sprach man nicht von einer Erpressung, sondern deutete einen Staatsstreich an. Ort und Zeit des morgigen Meetings wurden mit keinem Wort erwähnt. Zum Schluss trat Bundespräsident Wilhelm Armbruster auf und richtete im Namen des Volkes einen flammenden Appell an die Herren Entführer, unnötiges Blutvergiessen zu vermeiden und dafür zu einer gütlichen Einigung Hand zu bieten. Mir kamen solche Worte bekannt vor. Im übrigen hatte dieser Armbruster ein Gesicht wie ein Feuermelder und war auch kaum fähig herauszulassen, was er meinte, so dass ich aufrichtig bedauerte, anstatt Rüdisühli nicht den beim Wickel genommen zu haben. Miss GP begehrte auf, dass man die Emanzipation einmal mehr zur Farce mache und einfach von den Herren Entführern spreche, ohne in Betracht zu ziehen, dass bei unserem Verein auch ein weibliches Wesen dabeisein könnte. Murr enthielt sich jedes Kommentars, nickte bloss gewichtig mit seiner Tomate und sagte mehrmals «yes, yes ...»

Erst als das meiste Tageslicht aus der Stube geschwunden war und wiederum Kerzenlicht dominierte, liess er sich herbei, über das bald fällige Happening auf dem Guggershorn zu referieren, wobei ich einmal mehr spürte, dass er im Grunde genommen von Tuten und Blasen keine Ahnung hatte. So reagierte er äusserst fahrig, als ich mich beiläufig erkundigte, was er zu unternehmen gedenke, wenn die Bullen zufälligerweise vor uns auf dem Gipfel seien, um uns genau so auszutricksen, wie wir es mit ihnen tun wollten. Nachdem er sämtliche diesen Punkt betreffende Ausreden von Stapel gelassen hatte, erklärte er, wir würden selbstverständlich frühzeitig aufbrechen, um auf jeden Fall zuerst zu sein. Meinen Einwand, dass das polizeiliche Empfangskomitee vielleicht schon jetzt auf dem Horn sitze, liess er nicht gelten. Wir hätten es immer noch mit Beamten zu tun, und die würden in ihrer Sturheit vorläufig höchstens das Haus im Auge behalten und keine Minute früher auf das Guggershorn steigen, als sie unbedingt müssten. Was ein Beamtenkenner, wie ich einer sei, sich eigentlich ausmalen könnte.

Immerhin verzichtete Murr auf jeglichen Alkoholgenuss, und als Miss GP einen Whisky verlangte, um ihre Moral aufzurüsten, wie sie sich ausdrückte, ging er nicht darauf ein und hielt ihr dafür eine Standpauke über Fitness, Reaktionsfähigkeit und Verantwortungsgefühl. Anschliessend verteilte er die Chargen für die kommende Nacht: Ich wurde mit dem Gewehr erneut auf den Korridor beordert, während Miss GP die nähere Umgebung zu überwachen hatte. Ob sie dazu abwechslungsweise aus allen Fenstern äugen oder sich auf Patrouille rund ums Haus begeben wollte, war ihr überlassen. Was die zweite Variante anbetraf, so kam Murr sogar in den Sinn, dass, wer auch immer sich unbewaffnet im Freien aufhalte, vom Gegner problemlos einkassiert werden könne. Er erliess daher einen entsprechenden Befehl: Das Haus dürfe nur mit der geladenen Flinte verlassen werden; die bewaffnete Überwachung des Bundesrates würde dann vorübergehend aufgehoben. Diese Verordnung wurde allerdings hinfällig, weil Miss GP nicht im Traum daran dachte, ausser Haus zu gehen.

Murr selber zog sich an seinen Stammplatz hinter dem Tisch zurück. Er studierte im spärlichen Kerzenschein eine Landkarte, die er irgendwo im Rüdisühlischen Ferienhaushalt aufgestöbert hatte, und machte Notizen auf einen Fetzen Papier – wussten die Götter wozu. Wenn ich ihn von meinem Posten auf dem Gang aus betrachtete, kam er mir wirklich vor wie einer jener Feldherren am Vorabend der Schlacht, wie ich sie schon auf Bildern gesehen hatte; es fehlten nur die ihn umstehenden Offiziere und der Wandplan der Kriegsschauplätze im Hintergrund.

An Schlaf war heute nicht zu denken, ich war sogar zu kribbelig, um mich vor der Klo-Tür stillzuhalten, und mass mit langen Schritten den finsteren Gang aus. Ähnlich wie am Morgen des Grand Prix erblickte ich überall nichts als Troubles. Schon bis jetzt war sozusagen alles schiefgelaufen, und wir hatten einfach masslos Schwein gehabt; aber ab morgen früh durften wir nichts mehr dem Zufall überlassen, denn wir würden es mit einer Übermacht von Könnern zu tun bekommen. Um mich abzulenken, preschte ich, entgegen der Anweisung Murrs, Rüdisühli im eigenen Saft schmoren zu lassen, mit vorgehaltener Waffe sowie Strumpf über der Fassade ins WC und zündete das weisse Licht an. Der Bundesrat sass mit verschränkten Armen und wegen der herrschenden Hitze bloss mit der Unterhose bekleidet auf dem Lokusdeckel und blies Trübsal.

Ich hatte das Gefühl, irgend etwas sagen zu müssen, aber in meiner gegenwärtigen Verfassung fiel mir nichts Geistreicheres ein als ein fragendes «O.K.?», welches mit einem einmaligen, stummen Nicken quittiert wurde. Ich zog mich auf den Gang zurück und verriegelte die Tür.

Murr sass immer noch bei seiner Kerze, spielte Feldherr und rauchte dazu wie ein Schlot. Miss GP konnte ich nicht sehen, wahrscheinlich befand sie sich im andern Teil der Stube bei einem Fenster und hielt Wache. Einmal ging ich hinein und guckte Murr über die Schulter. Auf dem vor ihm ausgebreiteten Blatt war tatsächlich so etwas wie eine geographische Skizze zu erkennen. Er fuhr mit dem Zeigefinger darüber und tippte auf ein grosses Dreieck:

«Das ist der springende Punkt», sinnierte er, rieb mit zwei Fingern seine Glatze und sah kurz zu mir auf. Ich nickte, obschon ich keine Ahnung hatte, was das Dreieck darstellen sollte. Wahrscheinlich handelte es sich dabei weder um das symbolisierte Guggershorn noch um die Markierung des Fluchtweges. Viel eher hegte ich den Verdacht, dass das Ganze überhaupt nichts zu bedeuten hatte und Murr, wie schon oft, bloss Eindruck schinden wollte. Vielleicht war es auch Miss GP, die er sinnigerweise mit einem Dreieck bezeichnete und als springenden Punkt betrachtete.

Diese, bloss mit Trainerunterteil und BH befiedert, strich eben an uns vorbei, warf gleichfalls einen flüchtigen Blick auf die Skizze und zog sich sofort wieder aus dem runden Kerzenschein ins Finstere zurück.

Ungeachtet meiner Nervosität kam ich vor Langeweile fast um. Meine Armbandzwiebel zeigte erst viertel nach zehn; dabei hätte ich gewettet, dass es vorher schon einmal elf Uhr gewesen war; die verflixte Zeit lief rück- anstatt vorwärts. Ich klemmte das schussbereite Gewehr fest unter den Arm und verfügte mich wieder auf den Gang hinaus, wo ich meine Wanderung erneut aufnahm: sieben Schritte vorwärts und sieben zurück. In der Mitte kreuzte ich jeweilen den von der Stube einfallenden Kerzenschimmer und meinen eigenen Schatten, der sich nur schwach, aber riesenhaft und zu grotesker Form verzerrt an der Korridorwand abzeichnete. Auf einmal bemerkte ich daneben einen zweiten Schatten; mehr irritiert als erschrocken wandte ich den Kopf. Ich sah Murr in der Stubentür stehen und dann wieder verschwinden. Er hatte sich ebenfalls auf Wanderschaft begeben, nur marschierte er drinnen auf und ab, und irgendwann begann auch Miss GP umherzugehen.

Die Schatten an der Gangwand wechselten nun dauernd, ein ständiges, in der Stille überlaut erscheinendes Tappen und Knarren war zu hören, selbst hinter der Klo-Tür vernahm man leise Schritte. Allmählich kam es mir vor, als würde eine ganze Geisterarmee durch das Haus trampeln.

Der Schein in der Stube wurde immer trüber und flackerte stark; offenbar war die Kerze am Erlöschen. Irgendwann hatten Murr und Miss GP ihre einsamen Spaziergänge quer durch die Stube eingestellt, und auch bei Rüdisühli drinnen war bloss noch ein gelegentliches Schaben zu vernehmen. Ich lehnte das Gewehr mit dem Kolben nach unten gegen die Haustür und stützte mich auf das Geländer der Treppe, die in den ersten Stock führte. In der nun herrschenden Stille hörte ich erstmals und wie aus weiter Ferne die Glocke der Kirche von Guggisberg, die langsam zwölf schlug. In meiner Phantasie blickte ich durch die dunkle, von keiner Kerze mehr beleuchtete Holzwand ins Freie, sah einen Kordon von Polypen und anderen Kriegsgurgeln, die das Haus umstellten, dahinter eine gaffende Menschenmenge und noch weiter hinten den sich schwarz von einem unwirklich hellen Horizont abhebenden Gipfel des Guggershorns.

21

Zu meiner nicht gelinden Erleichterung gab es vorerst überhaupt keine Schwierigkeiten, als wir Guggernäll zehn Minuten nach drei Uhr den Rücken kehrten. Miss GP hatte ihre Kapuze tief in der Stirn, Murr steckte wieder im Strumpf und ich in der Chirurgenmaske. Warum Miss GP sich die Mühe mit der Kapuze machte, war mir schleierhaft, hatte sie dem Bundesrat doch schon mehr gezeigt als bloss ihr nacktes Angesicht. Wir bildeten eine Einerkolonne, zuvorderst marschierte Rüdisühli, dann folgten Miss GP und Murr; ich machte mit dem Gewehr den Schluss.

Vor dem Abmarsch war es zwischen Murr und mir zu einem erneuten Krakeel gekommen, weil ich ihm dargelegt hatte, dass wir laut seiner gegenüber der Polizei ausgesprochenen Warnung sechs schwer bewaffnete Erpresser sein müssten, tatsächlich aber nur zu dritt und nur mit einer Waffe ausgerüstet seien, was mögliche Beobachtungsposten veranlassen dürfte, unliebsame Schlüsse zu ziehen und unsere Drohung nicht mehr ernst zu nehmen. Nach langen Querelen hatte Murr mir recht geben müssen, und das war der Grund, warum er einen Besenstiel und Miss GP einen Hakenstecken vor sich hertrug. Beide Utensilien, die in der Dunkelheit meinetwegen wie Gewehre aussehen mochten, hatte man in aller Eile in Guggernäll aufgetrieben. Damit nicht genug, machte Murr mysteriöse Gesten gegen das Haus zurück, mit denen Handzeichen an eine dort verbliebene Nachhut vorgetäuscht werden sollten.

Zuerst gingen wir auf einem schmalen Pfad, der quer über steile, abgemähte Halden führte und Guggisberg in einem weiten Bogen auswich. Die durchsichtige Juninacht war quicklebendig, am Himmel fuhren Sterne umher, das silberne Gehänge vereinzelt dastehender Bäume bewegte sich in einem lässigen Wind, und aus Hecken und Wiesen drang ein infernalisches Gezirpe und Gequake an mein

Gehör. Von menschlichen Spezies war vorläufig nichts zu merken, dennoch hatte ich das ungute Gefühl, von Dutzenden von Augenpaaren beobachtet zu werden.

Kaum waren wir eine Viertelstunde unterwegs, schwitzte ich schon wieder wie ein Tanzbär, um so mehr, als Rüdisühli ausschritt, als ob er gestohlen hätte. Ich bedauerte nun, den geliehenen Trainer über mein Turnzeug angezogen zu haben. Seit ich mich auf das Honolulu-Abenteuer eingelassen hatte, schwitzte ich meistens, wenn nicht vor Mühsal, dann vor Aufregung.

Wir hasteten dem über uns gelegenen schwarzen Höcker eines Waldes entgegen, der beim Näherkommen langsam die Ausmasse des Nationalparks annahm. Unter uns flimmerten einige Lichter unbestimmter Herkunft, Käffer wie Kalchstätten oder Plaffeien waren von dieser Bergseite aus nicht zu sichten. Murr, um dessen körperliche Verfassung es schlimmer bestellt sein musste denn je, bekundete Mühe, das angeschlagene Tempo mitzuhalten. Ich selber profitierte einmal mehr von meinem Lauftraining, von mir aus hätte man das Guggershorn im Sturmschritt angehen können.

Mit der Zeit begann zwischen den beiden vorne und Murr eine empfindliche Lücke zu klaffen, und es wäre für Rüdisühli im Augenblick ein leichtes gewesen, auszureissen und sich zu verstecken, Miss GP hätte ihn mit blossen Händen kaum daran hindern können, und mit meinem Gewehr wäre in der Dunkelheit ohnehin nichts zu machen gewesen. Ich trieb darum Murr zur Eile an, und der gab sich auch redlich Mühe, seinen Rückstand wettzumachen, japste und röchelte aber dabei, als wollte er gleich den Geist aufgeben. Am Ende blieb mir nichts anderes übrig, als nach vorne zu sprinten, um Miss GP und Rüdisühli zurückzupfeifen.

Beim Waldeingang warteten wir auf den herankeuchenden Murr, der in seinem dunklen Anzug, dem Strumpf über der Tomate und dem Besenstiel in der Hand aussah wie der Leibhaftige in Person.

Nach einer kurzen Verschnaufpause setzten wir uns wieder in Bewegung und tauchten in die finstere Wirrnis des Waldes ein. Ich wandte noch einmal den Kopf und blickte durch den weitmaschigen Vorhang aus Ästen und Zweigen zurück, der sich hinter uns zu schliessen begann, und merkte erst jetzt, wie vergleichsweise hell es auf den Wiesen draussen war. Für jeden, der uns dort hätte beobachten wollen, mussten wir wie Schattenfiguren auf einer Leinwand ausgesehen haben. Um so dunkler kam es mir unter den Bäumen vor. Natürlich verfügten wir auch nicht über Taschenlampen, damit wir wenigstens unsere nächsten Tritte hätten beleuchten können.

Murr, der angeblich den Weg kannte und jetzt hätte vorausgehen sollen, geriet schon nach wenigen Metern nebenaus und landete irgendwo im Busch. Nachdem er auf dem Marsch zum Wald flach herausgekommen war, wollte er nicht zugeben, dass er die Orientierung bereits verloren hatte. Er preschte stur vor, stolperte über Stock und Stein und blieb an Ruten hängen, die nachher der sich direkt hinter ihm befindenden Miss GP ins Gesicht schlugen. Begreiflich, dass sie schimpfte wie ein Rohrspatz. Rüdisühli vor mir hielt sich an Ästen und dünnen Sträuchen oder kroch auf allen vieren. Ich selber kam so lange einigermassen voran, bis ich knöcheltief in einem Moor oder weiss der Teufel was für einem Sumpf versank, den rechten Fuss vertrat und zu allem Überfluss noch mit dem Knie an den Gewehrlauf schlug, so dass ich das Feuer im Elsass sah. Da machte ich meinem Ärger endlich Luft und liess Murr wissen, dass er ruhig weiterhin Buschmann spielen könne, dann aber ohne mich auf sein verdammtes Horn klettern müsse.

Er befinde sich auf dem richtigen Weg, hatte er die Unverschämtheit zu behaupten, und im übrigen sei er keine Katze, die im Finstern sehen könne. Ich wollte ihm gerade ausdeutschen, was genau für ein Vieh er wirklich sei, da strauchelte Rüdisühli, der gerade wieder einmal aufrecht ging, purzelte den wahrscheinlich mit Alpenrosen bewachsenen Abhang hinunter und entschwand meinem Blick. Ich sprang nach, erhielt einen erneuten Kick von diesem Scheissgewehr und landete weiter unten neben Rüdisühli, dessen Looping durch eine kleine Mulde aufgehalten worden war. Er hatte sich bereits wieder aufgerappelt, klopfte Tannadeln vom Trainingsanzug, und es war das erste und wahrscheinlich auch das letzte Mal in meinem Dasein, dass ich einen Bundesrat fluchen hörte. Wir kraxelten zu den beiden andern zurück, und erst jetzt brachte ich Murr die längst fälligen Flötentöne bei:

«Wenn der Herr Bundesrat abstürzt oder sonstwie vor die Hunde geht wegen deinen bestechenden Wegkenntnissen, wen willst du eigentlich dann noch eintauschen gegen deine dämlichen Millionen, du Schafseckel. Vielleicht Miss GP oder mich? Binde dir doch überhaupt deinen Strumpf an den Schwanz, nimm den Besenstiel, hau endlich ab und lass mich den Rest allein machen.»

«Tschuldigung, Fred, tschuldigung, Herr Bundesrat», lenkte Murr ein, «ich glaube, ich bin in der Tat für ein Momentchen von der richtigen Route abgewichen, aber es kommt schon gut, gleich, gleich werden wir das Schlimmste hinter uns haben.» Sprach's, tastete sich vorwärts, hiess uns nachfolgen, schlug mit dem Besenstiel um sich, schwor und keuchte, taumelte an engstehenden Stämmen vorbei, rannte immer tiefer ins Verderbnis und sah sich endlich vom Gewirr kleinwüchsiger Bäume gefangen. Fürs erste war die Expedition auf das Guggershorn gescheitert, wir standen alle vier im Finstern wie die Ochsen am Berg und streckten die Hintern aus dem Dickicht.

Nach einem mühsamen und heiklen Rückzug durch die Wildnis, der unter meiner Leitung gestanden hatte, befanden wir uns endlich wieder auf dem normalen Aufstieg zum Guggershorn. Diesmal ging nun Rüdisühli voraus, der erstens den Weg wirklich zu kennen schien, zweitens mit der

Dunkelheit erstaunlich gut zu Rande kam und drittens überhaupt bei seiner eigenen Entführung bis jetzt wesentlich bessere Ideen gehabt hatte und von grösserem Nutzen gewesen war als Murr, the great big boss, dessen Glück es war, dass wir nur langsam vorankamen und dadurch seine peinliche Schlappheit nicht ein zweites Mal offenbar wurde.

Auch der Wald lebte. Es knackte hier und schwirrte dort, und die längste Zeit bildete ich mir ein, hinter uns Schritte zu vernehmen. Dann kam es mir vor, als hörte ich das verhaltene Schnarren eines Funkgerätes. Aber als ich die andern darauf aufmerksam machte, wir stehenblieben und die Ohren stellten, war es wieder ruhig. Mehrmals seufzte ein Vogel in höchst wunderlichen Tönen, und Murr behauptete, wir hätten das seltene Glück, einer Nachtigall lauschen zu dürfen. Da brach ausnahmsweise Rüdisühli sein Schweigen, der offenbar so viel Dooflheit nicht vertragen konnte, und erklärte, wenn es sich hier um eine Nachtigall handle, dann sei er der König von Aserbeidschan. Murr solle lieber den Mund halten, wenn er einen Uhu nicht von einer Nachtigall unterscheiden könne. Mir war wurscht, was für Federviecher sich da produzierten.

Der Weg wand sich in Zickzackkehren empor. Allmählich gelangte auch ich ausser Atem. Ich war noch nie so steil hinaufgegangen, das Marschieren im Gebirge war für mich eine völlig neue Erfahrung wahrscheinlich litt ich bereits unter Höhenkoller. Rüdisühli dagegen schien nach wie vor in splendider Form zu sein, und auch Miss GP wurde mit dem sechsten Schwierigkeitsgrad, gegen den ungefähr wir hier zu kämpfen hatten, spielend fertig.

Wenn man Murr glauben durfte, so musste irgendwo über uns der Gipfel des Guggershorns schweben. Ich guckte des öftern an den neben uns emporragenden Tannen vorbei nach oben, sah aber nichts anderes als den in der schmalen Schneise über mir schimmernden Nachthimmel und ein paar Sterne. Einmal löste sich unter dem Turnschuh von Miss GP ein Stein und rumpelte in die Tiefe, ein dadurch aufgeschreckter Vogel, gross wie ein Huhn, fuhr aus seinem Versteck und flatterte knapp über unsere Köpfe hinweg. Ich erschrak zu Tode. Im ersten Moment glaubte ich, es handle sich um ein ferngesteuertes Geschoss der Polizei.

Kaum war dieser Schauder passé, wurde ich neuerdings geschockt: Wenn ich nämlich schon bis anhin hinter jedem zweiten Baum einen Schnüffler vermutet hatte, so war ich jetzt überzeugt, beim nächsten Rank, zwischen helleren und dunkleren Schatten, einen sitzenden Wachtposten mit Maschinengewehr entdeckt zu haben. Bevor ich genauer hinschaute, war anscheinend auch Murr auf das Hindernis aufmerksam geworden; er zischte das schärfste Kommando, das er je von sich gegeben hatte. Wir blieben abrupt und in geduckter Stellung stehen, nicht viel fehlte, und ich hätte mich auf den Bauch fallen lassen.

Bloss Rüdisühli zögerte nicht lange und ging weiter; dem konnte es natürlich nur recht sein, wenn er von seinem Freund und Helfer, der Schroterei, in Empfang genommen wurde. Wir beobachteten seinen Vormarsch und setzten uns ebenfalls vorsichtig in Bewegung, wobei ich überzeugt war, dass nach einem kategorischen Haltbefehl des Postens und anschliessenden Begrüssungsworten die ersten Schüsse auf uns fallen würden. Aber Rüdisühli, der vor uns nur noch als Schemen zu erkennen war, hüpfte an der vermeintlichen Sperre vorbei, ohne dass es zu dem von mir befürchteten Zwischenfall kam. Mutiger geworden, gingen wir schneller, und je weiter wir vorrückten, desto mehr verwandelte sich der Heini mit dem Maschinengewehr in eine Kombination von Zaun, Baumstrunk und Wegweiser, den man in der Dunkelheit nicht lesen konnte. Murr war der Meinung, dass zweifellos nichts anderes als Guggershorn darauf stehe, und da auch Rüdisühli keinen Einwand machte, folgten wir der von der Markierung angegebenen Richtung.

Tatsächlich öffnete sich auf einmal der Wald, und wir bewegten uns in einem nur noch von leichten Schatten gemusterten Gelände. Vor meinen Augen entstand ein ähnliches Bild, wie ich es heute nacht schon im Rüdisühlischen Korridor erlebt hatte: Zwischen vereinzelten Baumwipfeln über uns schälte sich ein schwarzer Felszahn aus der noch über dem Boden liegenden Düsternis und stach nachgerade trutzig in einen seltsam gläsernen, nun schon fast sternenlosen Himmel hinauf.

Beim Nähertreten erblickte ich die von Murr geschilderte Holztreppe, die in schwindelerregender Manier an der steilen Fluh emporführte. Im Augenblick war absolute Ruhe, und man spürte weder einen Wind- noch sonst einen Hauch; offenbar gab es auch hier keine Wachen.

Weil wir nicht wissen konnten, was uns auf dem Gipfel erwartete, schickten wir zuerst Rüdisühli auf die Kletterpartie; hinter ihm stieg ich ein, nachher folgte Miss GP und zuletzt Murr. Da ich nicht umhinkonnte, mich mit beiden Händen am Geländer festzuklammern, musste ich das Gewehr umhängen und hätte in einer kritischen Situation nicht einmal schiessen können; wäre Rüdisühli zum Beispiel in Versuchung gekommen, nach hinten auszuschlagen und mich zu Murr und Miss GP hinunterzustossen, so hätten wir auf der vom Morgentau glitschigen Treppe den grössten Massenabsturz aller Zeiten produziert. Zum Glück kam der Bundesrat nicht auf solch verwegene Gedanken und strebte unverdrossen nach oben. Kurz vor dem Ziel zögerte er einen Moment, dann schwang er sich mit einem letzten Effort on the top und verschwand nach hinten. Noch immer im Zweifel darüber, ob uns hier oben nicht doch ein Empfangskomitee erwartete, schob ich mich nur langsam weiter, schaltete auf den letzten Tritten ebenfalls eine Pause ein und spähte vorsichtig über den Rand der Plattform.

22

Offenbar waren wir wirklich die ersten, denn ausser Rüdisühli, der mit dem Rücken zu mir am hinteren Ende der Abschrankung stand, befand sich niemand auf der Plattform. Ich blickte auf meine Armbanduhr: Ziemlich genau um viertel nach vier Ortszeit betrat ich den Gipfel des Guggershorns, etwas später folgten auch Miss GP und Murr. Letzterer rang schon wieder nach Luft, und selbst im herrschenden Dämmerlicht konnte ich feststellen, dass seine Augen in den Strumpflöchern schieres Grausen spiegelten. Wahrscheinlich war er zu allem Überfluss auch noch schwindlig. Um so mehr in Form erschien mir Miss GP, sie sah aus, als wolle sie jeden Moment einen Jauchzer ausstossen.

Die Plattform war kleiner, als ich sie mir vorgestellt hatte. Nach dem hoffentlich bevorstehenden Eintreffen des Polizeiapostels würde der Platz bereits knapp werden. Längsseits der Geländer gab es Bänke, die wir aber nicht benützen durften, weil wir uns bekanntlich keinen Blicken von unten aussetzen wollten. Der einzige, den man sehen durfte oder sogar sollte, war Rüdisühli.

Murr, der in der Mitte des hölzernen Unterbaus hin und her schwankte und möglichst zu Boden blickte, erteilte mit einer um Festigkeit ringenden Stimme seinen neuesten Befehl: Unter Androhung von Waffengewalt musste Rüdisühli nahe der Treppe auf das Felsband ausserhalb der Abschrankung klettern und sich von Miss GP mit einem Strick aus seinem Ferienhaushalt am Geländer sichern lassen. Damit würde der Ernst der Lage für jedermann ersichtlich sein, denn Rüdisühli befand sich so in einer ausgesprochen exponierten Lage.

Mittlerweile hatte sich die Dunkelheit gänzlich in den Wald verkrochen, aus dem Morgengrauen wurde allmählich ein Morgenweiss, das uns eine unendliche, milchige

Weite präsentierte. Wäre nicht alles von einem dünnen Nebelfilz zugedeckt gewesen, hätte man wahrscheinlich das ganze Vaterland und halb Europa zu sehen bekommen. Die geheimnislüsternen Stimmen der Nacht wurden langsam vom normalen Naturlärm verdrängt, und wenn zuerst nur vereinzelte Piepser zu uns heraufgedrungen waren, so ertönte jetzt ein irres Konzert diversester Vogelstimmen; ab und zu schwirrten schnarrende, schwarze Federviecher gefährlich nahe vorbei, und in weiter Ferne krähte ein heiserer Hahn.

Urplötzlich war dann der Nebel weg, und eine bläuliche Landschaft mit Bergen, Wäldern, Seen und allem Drum und Dran machte sich breit, soweit das Auge reichte. Wenn man sich Mühe gab, konnte man hüben wie drüben graue Spielzeughäuser, ja ganze Spielzeugdörfer erkennen, in denen noch vereinzelte Lichter blinkten. Ich musste zugeben, so etwas hatte ich noch nie erlebt, ich war ja auch zum erstenmal so hoch oben, und Tagesanbrüche hatte ich bis jetzt nur so nebenbei mitbekommen und immer als lästiges Ärgernis empfunden. Weil ich, trunken vom ganzen Kitsch, mehr schluckte als sonst, kriegte ich Halsschmerzen, und wenn ich zusätzlich zur Aussicht noch unsere Miss GP betrachtete, die im Trainingszeug neben mir stand und unter ihrer Kapuze leicht verklärt in den Morgen gaffte, so wünschte ich mir sekundenlang, dass sie mit mir allein hier oben sein möchte, ohne Rüdisühli und ohne Murr, dass ich diesen verflucht friedlichen, wehleidigen Moment festhalten, den ganzen Mist, in dem ich bis zu den Ohren steckte, vergessen könnte.

Doch wurde ich rasch genug wieder auf den Boden der Realität zurückgestellt: Murr, der unterdessen von seiner Bergseuche genesen war, verkündete nämlich, es sei jetzt halb fünf und es dauere daher noch genau dreissig Minuten, dann seien wir Millionäre. Das mit der halben Stunde stimmte ungefähr, aber was die Millionen anbetraf, da hegte ich meine Zweifel. Eher sah ich kommen, dass wir schon bald einmal nichts mehr zu bestellen haben würden. Die Freiheit hier oben war zu trügerisch, je länger, je mehr dünkte mich, dass hinter der ganzen uns umgebenden Staffage, die sich nun sachte rötlich verfärbte, die Katastrophe lauerte.

Zwanzig Minuten vor fünf. Der vorn am Geländer ausgesetzte Rüdisühli sah aus wie ein Gefangener der Apachen am Marterpfahl. Wenigstens konnte er von hier aus in aller Ruhe sein Ländchen betrachten und strategische Überlegungen anstellen. Wir andern drei zogen uns nun in die Mitte der Plattform zurück. Miss GP und Murr nahmen eine halb kniende, halb sitzende Lauerstellung ein; ich selber blieb stehen, hob das Schiesseisen in Hüfthöhe und zielte in Richtung Treppe. Murr hielt ein Küchenmesser in der Hand, das er offenbar von Guggernäll hatte mitlaufen lassen und mit dem er, wie er uns verriet, im Falle eines Falles die Durchtrennung des Strickes androhen wollte, mit welchem Rüdisühli an das Geländer gebunden war. Für solche und ähnliche Scherze hatte er schon immer eine Ader gehabt. Wozu das Theater mit der Anbinderei Rüdisühlis gut sein sollte, wusste er wahrscheinlich selber nicht. Wenn man mich fragte, war ohnehin die ganze Guggershornschau für die Katze. Miss GP musste ähnliches fühlen; nachdem sie Murr längere Zeit mit ihrem schwarzen Blick fixiert hatte, wandte sie sich mir zu, zog eine Grimasse und tippte mit dem Finger gegen die Stirn.

Zehn vor fünf. Der Himmel über uns hatte eine rosarote Tönung angenommen, der Sonnenteufel konnte nicht mehr allzu fern sein. Auf einmal fror ich wie ein Schneider, das alte Lampenfieber, die alte Panik liessen grüssen, aber die Chance, doch noch aus Honolulu aussteigen zu können, war noch nie so klein gewesen wie jetzt.

Um fünf vor fünf richtete sich Murr auf und befahl mir mit verhaltener Stimme, die Kanone zu laden. Ich tat nur so, als ob, denn ich dachte nicht im Traum daran, auf irgend jemanden zu schiessen. Wenn ich etwas am liebsten abgeknallt hätte, dann höchstens einen dieser schwarzen Krächzer, die uns immer noch umkreisten wie Aasgeier. Miss GP, die neben mir am Boden kniete und alle Augenblicke die Stellung wechselte, schien ebenfalls zu frieren, denn sie zog fröstelnd die Schultern hoch und flüsterte etwas, das tönte wie «Scheissmorgen». Murr kratzte die Tomate, dann rieb er am linken Ärmel seiner dunklen Schale herum, die justament aussah, als hätte er sich darin stundenlang im Dreck gewälzt.

Während den letzten paar Minuten hatte sich die Farbe des Himmels nicht mehr verändert. Es kam mir sogar vor, als wäre es wieder dunkler geworden. Die frische Brise, die mir eben noch um die Ohren gefächelt hatte, war abgestellt worden, Aasgeier waren keine mehr da, und jetzt merkte ich auch, dass das turbulente Gezwitscher der andern Vögel mit einem Schlag aufgehört hatte. Auf einmal herrschte Totenstille, und in diese hinein tönte ein hölzernes Tappen und Knacken, das vom untern Ende der Treppe her kam. Es war punkt fünf Uhr.

Murr richtete sich zu seiner ganzen Grösse auf und stand so stramm, dass man Baumnüsse auf seinem Hintergeschirr hätte knacken können, zugleich hiess er Miss GP, sich jetzt zu erheben; ich selber warf mich ebenfalls in Position und nahm eine schussbereite Haltung ein.

«Tapp, tapp...» Soweit ich es beurteilen konnte, handelte es sich tatsächlich nur um einen einzelnen Mann, der da zu uns heraufIkam; offenbar befolgte man auch hier unsere Weisungen.

«Tapp, tapp...» Unser frühmorgendlicher Besucher musste sich jetzt ungefähr in der Mitte der Stiege befinden. Und als wir nun dicht beieinander standen, Murr in seiner verdreckten Schale, Miss GP und ich in unseren zerknautschten Trainingsanzügen, als ich kaum zu atmen wagte, auch die beiden andern sich nicht mehr bewegten, selbst die taufrische Natur den Atem anzuhalten schien und das pinkfarbene Weltall uns fast auf den Deckel fiel, als ich auf einmal nur noch den kalten Stahl der vorgehaltenen Waffe fühlte und sonst nichts, da erfüllte mich ein nie gekanntes Triumphgefühl: Da musste also ihr Mann, dieser Stellvertreter der Regierung schlechthin, angezittert kommen, morgens um null fünf null null, keine Sekunde früher und keine Sekunde später, musste auf diesen idiotischen Berg klettern, musste uns gehorchen, ganz einfach, weil wir es so befohlen hatten. Endlich tanzte diese Saubande, diese Beamtenbrut, der ich es schon immer hatte zeigen wollen, nach unserer höchsteigenen Pfeife. Im Augenblick dachte ich nicht einmal an die Millionen.

«Tapp, tapp…» Einmal schien mir, als würde Rüdisühli, der den Ankömmling von seiner Position aus natürlich sehen konnte, mit der Hand ein Zeichen geben, aber vielleicht hatte er bloss eine der aufsässigen Minifliegen verscheucht, die uns nun anstelle der Geier umflirrten.

«Tapp, tapp…» Das Geräusch der Tritte war deutlich näher gekommen, hatte sich verändert, war trockener geworden, der Kopf des Mannes musste jede Sekunde oben am Treppenabsatz auftauchen.

«Tapp, tapp…» Plötzlich hielten die Schritte an, es gab noch ein leises Nachhallen, ein leises Knacken, dann herrschte dieselbe Ruhe wie vorhin, als die Vögel ihr Gelärme eingestellt hatten. Ich schaute rasch zu Murr; das einzige, was sich an ihm regte, war sein Adamsapfel, der unter dem Maskenansatz an seinem Hals auf und ab hopfte. Miss GP schien ebenfalls zur Salzsäule erstarrt zu sein, selbst als ich sie versehentlich mit dem Gewehrlauf anstiess, rührte sie sich nicht. Ich fragte mich, was der Kerl machte; ob er sich vor seinem Auftritt hier oben sammelte, ob er sich auf einen plötzlichen Sprung zur Plattform vorbereitete, ob er versuchte, seine Waffe geräuschlos zu laden. Wer passte hier eigentlich auf wen auf? Sollte ich bereits jetzt mit der Waffe vorpreschen, oder sollte ich gelassen ausharren? Ich blickte noch einmal zu Murr, aber der tat keinen Mucks.

«Tapp, tapp...» Da waren die Tritte wieder, sehr rasche und leichte Tritte nun, wahrscheinlich hatte der Mann tatsächlich nur eine Verschnaufpause eingeschaltet. Ein Gesicht erschien, ein gespannt aussehendes, leicht erhitztes Gesicht, darunter eine dunkle Jacke, Bluejeans und Militärschuhe. Vor uns stand ein mittelgrosser Typ mit blondem Haar, der nicht viel älter sein konnte als ich und so wenig Ähnlichkeit mit einem Polizisten hatte wie das Guggersmit dem Matterhorn. Er hielt eine erfreulich pralle Plastiktasche mit der gelb-schwarzen Loeb-Aufschrift in der Hand, warf einen nachdenklichen Blick auf meine Knarre und taxierte uns im übrigen gar nicht unfreundlich.

«Guten Morgen», sagte er, und «Guten Morgen» echote Miss GP. Murr und ich schwiegen. Für ungefähr eine halbe Minute standen wir zu viert ziemlich verhühnert auf der Plattform. Ich wusste gar nicht recht, wo ich mit dem Gewehr hinzielen sollte. Dann streckte Murr die Pfote aus, der Plastiksack wechselte den Besitzer, Murr guckte hinein, zog ein paar Bündel Scheine heraus und gab Miss GP einen Wink, Rüdisühli loszubinden. Diese ging nach vorn und tat wie geheissen, der junge Polizist sprang hinzu und half dem Bundesrat über das Geländer, dann drehten sich beide Herren um und nickten uns kurz zu. Sie zögerten so lange vor der Treppe, bis sie wussten, wer wem den Vortritt lassen sollte, dann verschwanden sie tapp-tapp-tappend aus unserem Blickfeld. Das letzte, was ich von Rüdisühli sah, war sein strähniger, nach allen Seiten abstehender Haarschopf. Schüli... schüli... Seit dem Aufkreuzen des jungen Polypen waren keine zwei Minuten vergangen. Weniger spektakulär hätte der Austausch von Moneten und Geisel gar nicht vor sich gehen können – ich war fast ein wenig frustriert.

Murr guckte erneut in die Plastiktasche, und als auch Miss GP hinzutrat und den Kopf hineinstreckte, lehnte ich das Gewehr gegen das Geländer und ging ebenfalls näher, um die Geldscheine zu beschnuppern. Die sahen ziemlich echt aus, und langsam, aber sicher begann ich daran zu glauben, dass unser Coup tatsächlich gelungen war. Mir wurde ganz feierlich zumute. Wir zogen unsere Strümpfe, Masken und Kapuzen vom Kopf, und anstatt Freudentänze aufzuführen, standen wir ergriffen vor unseren Millionen. Man hätte meinen können, dass wir hier eine Morgenandacht abhielten.

Und während die Natur so richtig in Schwung kam, sich ganze Insektenschwärme zu tummeln begannen und auch vereinzelte Vögel wieder pfiffen, während der noch unsichtbare Sonnenteufel umliegende Buckel und Gipfel bengalisch beleuchtete und der nun immer höher oben hängende Himmel auf einmal gleisste wie Spiegelglas, stiegen wir langsam die taunasse Treppe hinab, Miss GP mit der Tasche und ich mit dem Gewehr, stolz und selbstbewusst, wie es sich für erfolggekrönte Gangster geziemte; der einzige, der nicht stilecht wirkte, war Murr, in dessen Schnurrbart dicke Schweisstropfen hingen. Wegen einem erneuten Schwindelanfall musste er auf dem Hintern die Stiege hinunterrutschen.

Am Fusse des Felsens griffen Miss GP und Murr nach ihren Stecken, die sie hier unten gelassen hatten. Wir wendeten uns nochmals dem erhabenen Gipfel des Guggershorns zu, winkten sogar und nahmen dann den steilen Abstieg durch den Wald in Angriff. Murr, der mit Altweiberschrittchen vorausging, brauchte nun den Hakenstecken als Bergstock, Miss GP hatte den Besenstil geschultert, an dessen hinterem Ende baumelte neckisch die Loeb-Tasche. Ich selber schlug mich nach wie vor mit der Sturmbüchse herum, die ich jetzt am liebsten den Berg hinuntergeschmissen hätte.

Unter den Bäumen nistete noch die Nacht; immerhin war es deutlich heller als bei unserem Aufstieg. Der Weg, teilweise sogar mit Holztritten versehen, über die wir in der Nacht höchstens gestolpert waren, sah nicht mehr besonders gefährlich aus, und überhaupt machte nun alles einen recht harmlosen Eindruck. Dennoch spähte ich mit halb zugekniffenen Augen in das düstere Labyrinth des Waldes; ich traute dem Frieden noch nicht hundertprozentig und witterte hinter jedem Baumstamm und jedem Gebüsch einen Schergen der Polizei. Ich drängte mich daher mit dem Gewehr an die Spitze unserer kleinen Kolonne und stakte, nach allen Seiten sichernd, langsam voraus. Murr, der jetzt wieder strahlendster Laune war, liess mich gewähren. Er gluckste vor Zufriedenheit, weil, wie er sich ausdrückte, unser Kleeblatt hervorragende Arbeit geleistet habe und auch entsprechend belohnt worden sei. Miss GP stiess ins gleiche Horn und rühmte, uns sei der Coup des Jahrhunderts gelungen. Ich nickte bloss zu diesen Ergüssen und checkte weiterhin den Wald ab. Aber nichts geschah, ausser uns schien sich kein Knochen in der frühmorgendlichen Gegend aufzuhalten. Wir trotteten unangetastet den ganzen Weg hinunter, und just als wir kurz vor dem Waldrand waren, vergoldete der offenbar inzwischen endgültig aus den Federn gekrochene Sonnenteufel die Wipfel der höchsten Bäume. Murr hiess uns anzuhalten und erklärte, dass wir nun ein hilbes Plätzchen suchen würden, damit er mitteilen könne, was weiterhin zu geschehen habe. Immerhin gehe es um die Teilung von drei Millionen Franken, tat er kund, auch müssten die weitere Fluchtroute und unser nächster Aufenthaltsort festgelegt werden und überhaupt sei Honolulu erst als gelungen zu betrachten, wenn wir selbdritt schon heute mittag und möglichst jenseits der Landesgrenze das grosse Fest feiern würden.

«Wie recht du hast», dachte ich bei mir. Daneben fand ich, dass der begnadete Stratege Murr wieder einmal reichlich spät daran dachte, für unser weiteres Davonkommen die notwendigen Vorkehrungen zu treffen. Auch Miss GP hatte für Murrs angekündigte Beratung bloss beissenden Spott übrig und erklärte unter anderem, sie sei mächtig enttäuscht, die Gegend schon verlassen zu müssen, habe sie doch geplant, noch heute morgen in Guggisberg einzukaufen und einen Teil der Million in Alpkäse umzusetzen.

Die Loeb-Tasche lag im Augenblick ziemlich unbeachtet in der Nähe eines Ameisenhaufens. Ich überlegte mir gerade, warum ich mir diese nicht griff und mit Gewehr und Millionen das Weite suchte, da fiel ein Tannzapfen von oben in unsere Mitte, und wir schossen auf, als hätte eine Bombe eingeschlagen. Wir formierten erneut eine Einerkolonne und näherten uns den letzten Bäumen, deren tief herunterhängenden Äste nur einen beschränkten Blick ins Freie zuliessen:

Ich sah eine von Blumen durchsetzte Allerweltswiese, die jener glich, die sich vor Rüdisühlis Haus breitmachte, und ich sah ein Teilstück des Feldweges, den wir heute nacht benützt hatten; und als wir gänzlich aus dem Wald hinaustraten, sah ich eine vereinzelte Krüppeltanne, auf deren Spitze einer der Aasgeier von heute früh hockte, und darunter und in der Ferne sah ich die Kirche von Guggisberg. Und noch etwas anderes sah ich: Nicht weiter als hundert Meter entfernt befand sich auf dem Weg ein graues Fahrzeug, das auffällig einem Militärjeep glich, und daneben standen zwei Uniformierte, die zu uns her aufguckten. Und hinter dem Jeep mit den beiden Uniformierten sah ich weitere Fahrzeuge und weitere Männer, und als ich noch genauer hinschaute, erkannte ich, dass es sich bei dem, was ich bis jetzt für eine Hecke gehalten hatte, um einen aus Polizeigrenadieren bestehenden Kordon handelte. Soweit das Auge reichte, gab es nichts anderes als Grenadiere, wahrscheinlich ging die Absperrung um das ganze beschissene Guggershorn herum; mein Gott, es sah aus, als hätten sie die halbe Armee aufgeboten, wir waren hoffnungslos umzingelt.

Murr, der neben mir eben noch ganz glücklich vor sich hingeschnurrt hatte, schrie auf wie ein waidwundes Tier, kehrte sich um und traf Anstalten, mit hochgestelltem Arsch zum nahen Waldrand zurückzukraxeln. Bevor er jedoch seinen schweren Korpus in der dunklen Schale richtig in Gang gebracht hatte, juckten drei in Tarnanzügen steckende Männer hinter einem kleinen Erdwall hervor und stürzten sich sechshändig auf Herrn Maximilian von Raffenweid, der sang- und klanglos und durchaus nicht standesgemäss zu Boden ging, ohne dass besondere Gewalt angewendet, geschweige denn ein Schuss abgegeben wurde.

Ich stand da und guckte. Ich stand da, guckte und war unfähig, mich auch nur einen Zentimeter zu bewegen. Ich stand da wie ein Ölgötze, meine Füsse hatten sich in Bleiklumpen verwandelt. Ich stand da, hielt das Gewehr im Köfferchengriff und guckte noch immer.

Und während der nun auch hier aufgetauchte Sonnenteufel über das ganze Gesicht lachte und die Wiese striemenweise in sommerliches Licht tauchte, während der Polizeikordon näherrückte und die Kirche von Guggisberg irgendeine gottverdammte Stunde schlug, während der weder links noch rechts blickende Murr mit hängender Tomate und völlig verkrumpeltem Anzug an mir vorbei abgeführt wurde und ich ihm beinahe «Gu-Gu-Gu» zugerufen hätte, während irgendwo weit weg unzählige Motoren zu dröhnen begannen und wiederum das Tacken eines Helikopters näher kam, während zwei Polizisten zu mir traten, fast kameradschaftlich grinsten und mir das dämliche Sturmgewehr ohne weiteres abnahmen, während all dem sah ich, wie Miss GP hocherhobenen Hauptes und mit dem Loeb-Sack in der Rechten querfeldein dem Jeep mit den zwei Guys entgegenwandelte; dort angekommen, Händedrücke austauschte, Schulterklopfen erntete und einem der beiden die drei Milliönchen aushändigte, als würde es sich um die Übergabe eines Picknicks handeln. Miss GP! Miss GP, Agentin der Polizei: Ich hatte es schon immer geahnt, dass mit der etwas nicht stimmte.

Schlagartig fuhr bei mir ein, was mich irritiert hatte, als sie unmittelbar nach dem Attentat aufgetaucht war: Trotz der herrschenden Schwüle hatte sie einen Trainingsanzug getragen. Darunter war natürlich ihr Handfunkgerät verborgen, das sie wohl immer dann benützt hatte, wenn sie pinkeln gegangen oder sonst allein gewesen war. Miss GP mit den schwarzen Augen, Miss GP, mein geheimer Schwarm, yes, yes…

23

Acht Wochen nach diesem denkwürdigen Morgen sass ich noch immer im Berner Untersuchungsgefängnis und hatte reichlich Musse, das Desaster Honolulu in seiner ganzen Tragweite zu erfassen, zu analysieren und die Fakten zu ordnen. Der mir von einem Komitee «Fairness für Fritz Prisi» zur Verfügung gestellte Anwalt, der in Fachkreisen hämisch als Linker abgestempelt und daher nicht Rechts-, sondern Linksanwalt genannt wurde, dieser Linksanwalt also informierte mich nicht nur regelmässig über das gegen mich laufende Verfahren, sondern versorgte mich auch mit Zeitungen und überbrachte mir andere aufschlussreiche Botschaften.

Um es gleich vorwegzunehmen: Ich war natürlich auf der ganzen Linie flach herausgekommen und kam es noch immer. Während Herr Maximilian von Raffenweid, unterstützt von einem Heer aus Fürsprechern, wohlmeinenden Zeugen und Gutachtern, erfolgreich auf geistige Unzurechnungsfähigkeit plädiert hatte und nach mehreren zügig durchgeführten Verfahren prompt in einem tessinischen Sanatorium für paranoide Blaublütler gelandet war und erst zur Hauptverhandlung wieder zu erscheinen hatte, hockte ich schon ewig hier in meiner Zelle und fiel vor dem Untersuchungsrichter immer deutlicher auf die Nase. Meine angeborene Frechheit hatte mir bis jetzt überhaupt nichts genützt, im Gegenteil.

Wenigstens durfte ich es als Erfolg werten, dass wir mit der Entführung Rüdisühlis den erwarteten Wirbel verursacht hatten und etliche Beamte deswegen gewaltig ins Rotieren geraten waren. Offenbar hatte man nicht gerade mit einer Entführung, jedoch mit Komplikationen gerechnet und Rüdisühli am Rennen nicht einfach sich selbst überlassen. Die Aufmerksamkeit der Sicherheitskräfte war aber weniger auf die Strecke, als vielmehr auf den Start- und Zielraum konzentriert gewesen; zur Sicherheit hatte man immerhin zwei amtliche Personen mitlaufen lassen. Während der männliche Teilnehmer der Eskorte unterwegs wegen Bauchweh ausgefallen war, hatte die resolute und, wie mir später zu Ohren kam, karrieresüchtige Polizeiassistentin Rüdisühli allein weiterbegleitet. Auf der Brücke war auch sie von den Ereignissen überrumpelt worden und hatte in der engen Passage nicht gleich mitbekommen, was geschehen war. Ob sie nachher aus eigenem Ermessen gehandelt hatte oder ob sie von ihren Vorgesetzten aufgefordert worden war, bei der Entführung mitzuspielen, damit möglichst viel über die Erpresser in Erfahrung gebracht werden konnte, hatte man beim Gericht noch immer nicht herausgetüftelt. Wie mir schon bei meiner Verhaftung klargeworden war, hatte sie mit ihrem Funkgerät die Kripo mehr oder weniger auf dem laufenden halten können. So war man an kompetenter Stelle über unsere relative Harmlosigkeit im Bilde gewesen und hatte deswegen unsere Drohungen nie besonders ernst genommen. Immerhin war selbst das

Schroterweib nicht sicher gewesen, wie wir uns in einer Stresssituation verhalten würden. Darum hatte man unsere durch Radio Förderband übermittelten Weisungen befolgt und das ganze Manöver auf dem Guggershorn mitgespielt.

Warum man uns nicht gleich nach der Freilassung des Bundesrates gepäckelt hatte, entzog sich meiner Kenntnis. Mein Anwalt meinte, Polizisten seien auch bloss Menschen und die hätten ganz einfach Freude gehabt, uns noch ein wenig durch den Kakao zu ziehen.

Es spielte ja auch keine Rolle mehr, ob sie uns eine halbe Stunde früher oder später geschnappt hatten, für mich war ohnehin alles zappenduster, ich war an allem schuld:

Ich hatte den gut beleumdeten Herrn von Raffenweid, der übrigens bis heute glaubhaft bestritt, dem Bundesrat die Spritze verpasst zu haben, zur Tat angestiftet. Also hatte ich Rüdisühli auch das Ketalar 550.0.COC cc gespritzt, und weil ich dessen Wirkung nicht genau kannte, sein Leben gefährdet. Ich hatte mich massgeblich an einer Erpressung beteiligt, und ich war im illegalen Besitz einer Waffe gewesen, mit der ich den Bundesrat laufend bedroht hatte. Nach Artikel 181 sowie Artikel 182 des Schweizerischen Strafgesetzbuches war ich somit der Nötigung und der Freiheitsberaubung schuldig zu sprechen. Artikel 271 / III, Drohung gegen Behörden und Beamte, konnte ebenfalls gegen mich angewandt werden. Auch wenn die einzelnen Anklagepunkte miteinander ins Gehege kamen und man laut meinem Anwalt den einen oder andern fallenlassen müsste, so hatte ich doch das halbe Strafgesetzbuch am Hals. Allein auf Erpressung stand bis zu zehn Jahren Zuchthaus, und wenn auch nur die Hälfte der mir sonst noch angelasteten Untaten zum Zuge kamen, so würde ich gleich lebenslänglich eingelocht werden.

Notabene hatte man auch erfolgreich in meiner computergespeicherten Vergangenheit nachgeforscht und folgende gegen mich sprechende Fakten zu Tage gefördert: Bereits als Neunjähriger hatte ich mit Fränzi Binggeli, einem Mädchen aus der Nachbarschaft, Dökterlis gespielt und bei dieser Gelegenheit öffentlich an eine 3,78 Meter hohe Birke geschifft. Die Schulzeugnisse waren immer ungenügend gewesen, namentlich in Betragen und Religion. Ich hatte meinem abserbelnden Alten die Erste Hilfe verweigert. Über meinem Nest war ein Dolch befestigt. Im Bahnhof Bern hatte ich eine folkloristische Darbietung auf subversive Art und Weise zur Sau gemacht. Ich war auch im Strassenverkehr mehrmals negativ aufgefallen, hatte im Bus Leute angepöbelt und war schwarz gefahren. Ich hatte einmal beim Training im Herrschaftsholz nicht laufgemässe Jeans getragen. Nur dass ich hinter dem Vorsteher des Eidgenössichen Militärdepartements her gewesen war und diesen erfolgreich beschattet hatte, um die Staatskrise des Jahrhunderts herbeizuführen, das hatten diese Arschlöcher nicht gecheckt.

Eine Staatskrise wäre tatsächlich beinahe ausgebrochen, jedenfalls hatte die Entführung, wie bereits angetönt, ein riesiges Tamtam verursacht und war auch schuld an einer bahnbrechenden Erfindung der Eidgenossen, die so hirnwütig war, dass sie selbst im Ausland allergrösstes Aufsehen erregte: Seit dem Anschlag auf Rüdisühli mussten sich alle Politiker vermummen, das heisst, sie hatten einen schwarzen Schlapphut, eine schwarze Brille und einen ebenso schwarzen langen Mantel mit hohem Kragen zu tragen, damit sie von möglichen Attentätern nicht mehr identifiziert werden konnten.

Überall herrschte Katzenjammer, und soweit ich hatte in Erfahrung bringen können, waren von der Bundespolizei über das Organisationskomitee vom Grand Prix bis zum Militärdepartement so ziemlich alle Organe in Mitleidenschaft gezogen worden.

Selbst Rüdisühli kam nicht ungeschoren weg. So wurde in den Klatschspalten gemunkelt, er sei nicht zuletzt dank seinen guten Beziehungen zur offiziersträchtigen Bonzokratie, zum Beispiel zum von Raffenweidschen Clan, Bundesrat geworden, deshalb werde Maximilian von Raffenweid jetzt mit Seidenhandschuhen angerührt. Aber auch auf nichtaristokratischer Ebene, so erzählte mir mein Anwalt, wurde Rüdisühli an den Pranger gestellt, und trotz meines tristen Kittchendaseins konnte ich mir das Lachen nicht verbeissen:

Das Polizeiweib nämlich war von ihren Vorgesetzten, die unter sich eine Schlammschlacht austrugen, angehustet worden, weil sie offenbar im Zusammenhang mit der Entführung ihre Kompetenzen doch überschritten hatte und namentlich am Anfang zu eigenmächtig vorgegangen war. Diesen Anpfiff hatte sie so schlecht verdaut, dass sie nun ihrerseits mit Dreck schmiss und behauptete, sie sei während unserem Aufenthalt in Guggernäll von Rüdisühli sexuell belästigt worden. Das Pikante daran war, dass Rüdisühli, aus was für Gründen auch immer, ein solches Gerücht scheute wie der Teufel das Weihwasser und grundsätzlich in Abrede stellte, die Frau jemals angerührt zu haben. In dieser Sache hätten sie nur mich zu befragen brauchen, ich wäre bestens im Bilde gewesen.

Das Lachen verging mir allerdings und machte einer Stinkwut Platz, wenn ich immer wieder erfahren musste, dass Vetterliwirtschaft und dubiose Machenschaften bei denen da oben zur Tagesordnung gehörten, dass deswegen aber niemand echt an die Kandare genommen wurde. Aber mich wollte man hängen, als wäre ich mindestens Tom Dooley. Dabei musste ich mich fragen, was für schreckliche Verbrechen ich eigentlich verübt hatte, ehrlich. Gut, auf der Monbijoubrücke war ich mit dem Bundesrat etwas unzimperlich verfahren, und später hatte ich ihn hie und da das Fürchten gelehrt; das war aber auch alles. Gegenüber dem Weib war ich als einziger zurückhaltend gewesen, ich hatte keine erpresserischen Telefongespräche geführt, war keine

Sekunde im Besitze der Geldtasche gewesen und hatte bei der Verhaftung nicht einmal Widerstand geleistet. Dennoch war ich der Knorrli im Umzug. Daran konnte weder der Linksanwalt noch das zu meinen Gunsten gegründete Komitee etwas ändern. Ich war verraten und verkauft. Die Tatsache, dass Murr nichts anderes als ein heimtückischer Fiesling war, hatte mir jeden Elan geraubt, ich war nicht einmal mehr fähig, dem Untersuchungsrichter einigermassen Rede und Antwort zu stehen, geschweige denn, mich zu verteidigen; aber was sollte man schon anderes von einem erwarten, der nicht einmal den Unterschied zwischen Huflattich und Weinblättern Mirza-Karibundi-Mutabor kannte.

Bald sollte erneut eine Verhandlung gegen mich stattfinden. Aber ich machte mir nicht mehr die geringsten Illusionen, mit Prisi Fritz war es aus. Da ereignete sich etwas Kurioses: Ich sass gerade auf dem Nest in meiner Zelle, die eine gewisse Ähnlichkeit mit der Gästetoilette in Guggernäll aufwies, zermarterte mir zum hundertsten Mal das Hirn, wie ich eine Flucht bewerkstelligen könnte, und musste zum hundertsten Mal feststellen, dass es schlicht unmöglich war, hier ohne fremde Hilfe auszubrechen – und wer hätte mir schon zu Hilfe kommen wollen? Ich hatte keine Ahnung, wie spät es war. Weil mich das ewige Auf-die-Zeit-Schauen besonders am Anfang meiner Haft halb wahnsinnig gemacht hatte, war ich davon abgekommen, eine Uhr zu tragen. Die Helligkeit in der Zelle veränderte sich zwar laufend, aber wegen der Blende vor dem Fenster wusste ich nie, ob der Sonnenteufel schien oder nicht, eine gewisse Verdunkelung konnte sowohl von einem bedeckten Himmel wie von der Dämmerung herrühren.

Ich sass also auf dem Nest, das eigentlich besser war als alle andern, die ich je besessen hatte, da schneite unerwarteterweise der Linksanwalt herein. Es war das erste Mal, dass er nicht im Besucherzimmer auf mich wartete. Er habe soeben erfahren, schwadronierte er und nahm vor lauter Aufregung nicht einmal auf dem einzigen Stuhl Platz, er habe soeben erfahren, dass sich Bundesrat Rüdisühli über mein Schicksal Gedanken mache und beabsichtige, mich morgen im Gefängnis zu besuchen. Dies sei eine einmalige Gelegenheit, Rüdisühli zu bewegen, bei nächster Gelegenheit günstig für mich auszusagen. Leider dürfe er nicht dabei sein, denn der Bundesrat habe sich gewünscht, mit mir unter vier Augen zu reden.

Das hatte mir gerade noch gefehlt, dass dieser Rüdisühli, der sich nicht zu schade war, mit einer abgetakelten Polizistin auf Kollisionskurs zu gehen, und dabei erst noch log wie gedruckt, hier aufkreuzte, um mein Geschick zu beweinen. Das passte genau zu seinem populären Gebaren, das ihn auch dazu bewogen hatte, am Grand Prix teilzunehmen: Herr Bundesrat Omar Rüdisühli, ein wahrer Vater des Volkes, liess es sich nicht nehmen, seinen Entführer im Gefängnis zu besuchen. Ich sah schon die Schlagzeilen in den Zeitungen, und mir kamen fast die Tränen vor Rührung. Zuerst hatte ich die beste Lust, den volksfreundlichen Bundesrat durch meinen Anwalt wissen zu lassen, dass ich ihn nicht empfangen würde; aber dann sagte ich mir, dass der Linksanwalt wahrscheinlich recht hatte und ein Gespräch mit Rüdisühli mir vielleicht tatsächlich nützen könnte, und dann würde die Visite auch etwas Abwechslung in mein Haftdasein bringen.

So kam es, dass ich am nächsten Tag aus meiner Zelle in den Besucherraum geholt wurde, wo der Vorsteher des Eidgenössischen Militärdepartements bereits auf mich wartete. Ungewollt fiel mein Blick auf die an der Stirnseite des Raumes angebrachte Bahnhofsuhr, die genau zehn nach zwei zeigte. Rüdisühli, der bei meinem Eintreten mit dem Rücken zum Fenster stand, kam sofort auf mich zu und reichte mir die Hand. Bis jetzt hatte ich ihn meistens halbnackt oder höchstens angetan mit einem Trainingsanzug gesehen, darum erkannte ich ihn beinahe nicht.

«Oho, Kleider machen Leute», wäre mir beinahe hinausgerutscht, aber dann bezähmte ich mein unverschämtes Maul, das mir auch vor dem Untersuchungsrichter nichts als Ärger eingebracht hatte, und grüsste ganz manierlich. Offenbar machte es draussen am Regnen herum, denn neben Rüdisühlis Tarnmantel und dem Schlapphut hing noch ein zusammengerollter Regenschirm am Kleiderständer. Die Greta-Garbo-Brille lag auf dem viereckigen Stahlrohrtisch.

«Wenigstens habt ihr es fertiggebracht», bemerkte der Bundesrat stirnrunzelnd und deutete zur Garderobe, «dass wir uns seit kurzem verkleiden müssen wie für einen Maskenball.»

«Sorry», sagte ich. Es war mir nicht klar, ob diese Worte ein Vorwurf, eine sarkastische Bemerkung oder gar eine freundliche Einleitung zu einem Gespräch sein sollten. Der Wärter, der mich hergebracht hatte, zog sich zurück, nicht ohne vorher noch darauf hinzuweisen, dass der Besuch höchstens eine halbe Stunde dauern dürfe und der Herr Bundesrat sich beim Kontrollposten im Gang draussen melden solle, sobald wir fertig seien. Rüdisühli nickte, setzte sich an den Tisch und forderte mich auf, ebenfalls Platz zu nehmen. Ich rückte meinen Stuhl so, dass ich einen Blick aus dem hier nicht abgedeckten Fenster werfen konnte, hinter dem sich eine zwar grau verhangene, aber deswegen nicht minder verlockende Freiheit breitmachte.

Da unsere Zeit knapp bemessen sei, wolle er sich kurz fassen, erklärte Rüdisühli, senkte den Blick auf den Tisch und legte die Fingerspitzen gegeneinander, als wollte er gelegentlich zu beten beginnen. Er habe viel über mich und die ganze Entführungsgeschichte nachgedacht, fuhr er fort, und er sei zum Schluss gekommen, dass es sich bei mir nicht direkt um einen schlechten Menschen handle; eine unheilvolle Vergangenheit und ein gewisses Versagen unserer Konsumgesellschaft gegenüber Aussenseitern seien für mein asoziales, um nicht zu sagen kriminelles Verhalten zweifellos mitverantwortlich zu machen.

Ich enthielt mich vorderhand eines Kommentars und wartete gespannt, was noch kommen würde.

«Wie gesagt», dozierte Rüdisühli mit gesteigerter Stimme, «für die wachsende Kriminalität in unserem Lande sind wir alle mitverantwortlich, ich möchte mich da nicht ausschliessen, und manchmal wird jemand schlechter gemacht, als er wirklich ist. Wahrscheinlich wissen Sie, dass auch über mich Gerüchte verbreitet werden.»

«Ach, da also liegt der Hund begraben», dachte ich, und mir wurde klar, dass Rüdisühli das Gespräch langsam, aber sicher auf das ihn und seine Polizistin betreffende Gerede lenken wollte. Die Peinlichkeit, dass er mit mir einen Kuhhandel einfädelte, wollte ich uns beiden nun doch ersparen. Zwar hatte ich noch vor drei Sekunden keinen Gedanken an eine Flucht verschwendet, aber jetzt witterte ich Morgenluft. Genau wie damals am GP handelte ich reflexartig und völlig automatisch: Aufspringen, am Garderobenständer den Parapluie packen und dessen Knauf Rüdisühli über den Schädel ziehen war eines. Ich hatte meine ganze Verbitterung und Wut in den Hieb gelegt; der Bundesrat gab ein einziges «Höch» von sich, sackte auf seinem Stuhl zusammen und küsste inniglich das Tischblatt. Schüli, schüli… Ich schlüpfte in den schwarzen Mantel, setzte Hut und Brille auf, ergriff den Schirm und betrat den langen, von trüben Neonpfunzeln beleuchteten Korridor, an dessen vorderem Ende der Wächter aus seinem Kabäuschen äugte wie ein Geier aus dem Guckloch. Ich marschierte forsch drauflos, reckte das Kinn unternehmungslustig aus dem Mantelkragen, legte grüssend zwei Finger an den Hutrand und stolzierte an der hochgehenden Barriere und am Wärterhäuschen vorbei in die echoträchtige Eingangshalle. Den zwei Beamten, die mir entgegenkamen und je eine Verbeugung in meine Richtung andeuteten, winkte ich freundlich zu, dann schritt ich behenden Fusses die paar Tritte hinunter. Ich hatte Glück, dass bis jetzt niemand auf meine unter dem Mantel hervorguckenden Turnschuhe geachtet hatte. Ich versicherte mich mit einem Blick nach hinten, dass ich nicht beobachtet wurde, entledigte mich des Hutes und des Mantels, schmiss beides in die Ecke hinter der Tür und verfügte mich ins Freie.

Die Sonnenbrille auf der Nase und den Schirm in der Hand, angetan mit meiner Jeanshose und dem graublauen Polohemd, das sie mir im Gefängnis gegeben hatten, schritt ich um den direkt vor dem Eingang geparkten Mercedes herum und trollte mich. Rüdisühli hatte richtig vorausgesehen, es begann eben zu regnen, aber ich machte mir keine Mühe, den Schirm zu öffnen. Der Chauffeur des Protzkarrens und die beiden nach Sicherheitsbeamten riechenden Typen, die auf Rüdisühli warteten, hatten mir kaum Beachtung geschenkt. Auch die paar Fotoreporter, die von Rüdisühlis Besuch etwas geahnt haben mussten und ausserhalb des Gefängnisareals in Stellung gegangen waren, erkannten mich nicht und liessen mich unbehelligt ziehen. Viel Zeit hatte ich allerdings nicht mehr. Im Gefängnis ging der Alarm los, und vor der nahen Polizeikaserne begannen die Sirenen diverser Streifenwagen zu jaulen. Das letzte, was ich sah, bevor ich mich davonstahl, waren Reporter und Wärter, die auf dem Gefängnishof durcheinanderrannten. Menschen blieben stehen, gafften, ich wusste genau, wenn ich mich jetzt noch irgendwie auffällig benahm, dann würde ich mein eigenes Grab schaufeln. Möglichst gemessen ging ich dem in unmittelbarer Nähe gelegenen Bahnhofplatz entgegen, zwängte mich in letzter Sekunde in einen dort eben startenden Marti-Reisebus, der, wie ich gleich feststellte, mit Japsen und Yankees gefüllt war, und setzte mich auf einen der letzten freien Plätze.

«Wo kommen denn Sie noch her?» erkundigte sich die charmante Hostess, die eine hellblaue Uniform trug und eine gewisse Ähnlichkeit mit Miss GP aufwies. «Where are you coming from?»

«From Honolulu», sagte ich schlicht.

«Oh», staunte sie, lächelte mich etwas argwöhnisch an, aber wandte sich zum Glück dem auf der andern Seite sitzenden Schlitzauge zu. Während wir losfuhren, der Platz sich mit sensationshungrigem Publikum zu füllen begann und die nach allen Seiten ausschwärmenden Polizisten in den Massen hoffnungslos steckenblieben, zielte ich mit dem Schirm durch die Scheibe, machte «trrrrrr» und tat so, als ob ich auf die Menge draussen schiessen würde. Der kamerabewehrte amerikanische Typ neben mir grinste breit unter seinem Cowboyhut hervor und hieb mir auf die Schulter, dass es krachte.

«Honolulu, eh?»

«Honolulu, yeah!» rief ich, schob die dunkle Brille auf die Stirn und lehnte mich wohlig in die Polster des nun bereits aus der City brausenden Autobusses. Irgendwann griente der Sonnenteufel durch die frühherbstlichen Nebelgespinste und tauchte die nasse Strasse in gleissendes Licht. Was die Zukunft bringen würde, wusste ich nicht, aber für den Moment war ich in Sicherheit. Die Polypen hatten keine Ahnung, wo ich steckte, und das Schönste von allem war, Fans, ich fuhr wieder einmal schwarz.

Alexander Heimann

Lisi

Roman

Alexander Heimann

Die Glätterin

Roman

Alexander Heimann

Nachtquartier

Roman

Alexander Heimann

Bellevue

Roman

Edition Erpf bei Neptun, CH-8272 Ermatingen

Serge Ehrensperger in der Edition Erpf:

Prozesstage
Roman, Leinen, 282 Seiten

Passionstag
Roman, Leinen, 276 Seiten

Schlossbesichtigungen
Erzählungen, Leinen, 445 Seiten

Prinzessin in Formalin
Roman, Leinen, 445 Seiten

Francos langes Sterben
Chiffrierte Briefe aus der Diktatur
Roman, 260 Seiten

Far East
Georg Seldams Deutschlandträume
Die Floraldollars
3 Romane, 260 Seiten

So weit wie Casanova
Roman, Leinen, 392 Seiten